【关中枭雄系列】

野滩镇

贺绪林◎著

陕西出版传媒集团
太白文艺出版社

图书在版编目（CIP）数据

野滩镇 / 贺绪林著. — 西安 ：太白文艺出版社，2015.1
（关中枭雄系列）
ISBN 978-7-5513-0772-7

Ⅰ. ①野… Ⅱ. ①贺… Ⅲ. ①长篇小说—中国—当代 Ⅳ. ①I247.5

中国版本图书馆CIP数据核字（2014）第280401号

野滩镇

作　　者　贺绪林
责任编辑　王大伟　荆红娟　李　丹
封面设计　朵　云
版式设计　前　程
出版发行　陕西出版传媒集团
　　　　　太白文艺出版社
　　　　　（西安北大街147号 710003）
　　　　　太白文艺出版社发行：029-87277748
　　　　　tbwytougao@163.com
经　　销　新华书店
印　　刷　陕西博文印务有限责任公司
开　　本　880mm×1230mm　1/32
字　　数　269千字
印　　张　10.625
版　　次　2015年6月第1版 第1次印刷
书　　号　ISBN 978-7-5513-0772-7
定　　价　29.00元

序

“关中枭雄”系列长篇迄今我写了五部，依次是——《兔儿岭》《马家寨》《卧牛岗》《最后的女匪》《野滩镇》。

第一部是 1994 年动笔写的，1995 年 8 月份完稿，交给了一个书商，没想到被他弄丢了。沮丧的个中滋味只有自己知道，幸亏我的承受力还可以，没有崩溃，重整旗鼓，花了三四个月时间重新写出。2002 年人民文学出版社出版了这部作品，书名《昨夜风雨》。等待出版期间被西安华人影视公司改编为三十集电视连续剧《关中匪事》(又名《关中往事》)，在全国热播，广获反响。片头曲“他大舅他二舅都是他舅，高桌子低板凳都是木头……”唱红了大江南北。这是我始料不及的，也给了我极大的鞭策和鼓励。

随后一鼓作气写了《马家寨》和《卧牛岗》。2005 年年初，太白文艺出版社把这两部作品连同《昨夜风雨》(更名为《兔儿岭》)一并隆重推出，产生了一定的影响。

2006 年完成了《最后的女匪》，由北京文化艺术出版社推出。

2008 年完成了《野滩镇》，此作被列入陕西省重大文化精品项目——西风烈·陕西百名作家集体出征，2010 年由太白文艺出版社出版。

“关中枭雄系列”小说讲述的都是关中匪事。陕西关中闹匪是20世纪50年代以前的事了，我出生于20世纪50年代之后，从没见过土匪，书中的故事都是听来的。土匪的首领几乎都是世之枭雄，不乏智勇杰出的人物，譬如书中的刘十三、马天寿、秦双喜、郭鹞子、彭大锤……他们称得上真正的关中汉子，之所以为匪，并非他们所愿，是有其社会根源的。

我的故乡在陕西关中杨陵。杨陵，曾是农神后稷教民稼穑之地，现在发展成为国家唯一的农业高新技术产业示范区，便改“陵”为“凌”，意在高翔。根据这五部书之一《兔儿岭》改编的电视剧《关中匪事》在全国各地电视台热播后，常有人问我，这块圣地怎么会出土匪呢？甚至有人怀疑我在瞎编。这些朋友对杨凌的历史只知其一，不知其二。杨凌位于关中西部，南濒渭水，北依莽原，西带长川，东控平原，原本是富饶之地。民国十八年(1929年)，关中地区遭了前所未有的大年馑，旱灾、蝗虫加瘟疫，死人过大半，十室九空，富饶之乡变成了荒僻之壤，土地也变得荒芜贫瘠，很难养人。有道是：“饭饱生余事，饥寒生盗贼。”此话不谬。贫瘠的土地长不出好庄稼，却盛产土匪，当然，书中涉及的地域不仅仅局限在今杨凌，而是包括整个关中西府的黄土地。

还有人以为我是土匪的后代。在这里我郑重声明：我家祖祖辈辈都是纯朴忠厚的良民，以农为本，种田为生，从没有人干过杀人放火抢劫的勾当；而且我家曾数次遭土匪抢劫，我的父亲和伯父都是血性硬汉，舍命跟土匪拼争过。那一年父亲和伯父因家务事吵了架，分开另过，土匪趁机而入，经过父亲住的门房时，土匪头子对几个匪卒说：“这家伙是个冷娃，把他看紧点！”随后直奔伯父住的后院，响动声惊醒了伯父，一家人赶紧下了窨子，伯父手执谷杈守在门口，撂倒了一个匪卒，随后跳下了窖子。至今许多老人跟我讲起往事，都对父亲兄弟俩赞不绝口，说他们兄弟俩是真汉子。

然而，我的家族中确实有人当过土匪，让乡亲们唾骂不已，这也让我心怀内疚感到难堪。有句俗话说："养女不笑嫁汉的，养儿不笑做贼的。"虽是俚语，却很有哲理。谁都希望自己的儿女成龙成凤，可谁又能保住自己的儿女不去做贼为匪，不去偷情养汉？家乡一带向来民风剽悍，几乎每个村寨都有为匪之人，都流传着关于土匪的传奇故事。追根溯源，这些为匪者或好吃懒做，或秉性使然，或贫困所迫，或逼上梁山……尽管他们出身不同，性情各异，可在人们的眼里他们都不是良善之辈。我无意为他们树碑立传，只是想再现一下历史，让后来者知道我们的历史中曾有过这么一页。

"关中枭雄系列"小说迄今写了五部，不管哪一部，您看过三页还觉得不能吸引眼球的话，就把书扔了吧，免得耽搁您的时间。

这不是广告词，是心里话。

好了，不啰唆了，您看书吧。

贺绪林

2014 年中秋

第一章

（一）

大锤的䐨（音：sa；陕西关中方言：脑袋）让官府挂在了城门楼上！

这消息是吃午饭时雷娃端着耀州高把老碗圪蹴在碾盘上，一边咥蘸水面一边发布的。那老碗比他的脑袋还大，他吃得满嘴的辣子油，吸吸溜溜的可嘴还不肯闲着。碾坊在镇十字街口，每逢饭时这里就聚集着一大群汉子，一边吃饭一边谝着镇里镇外的逸闻趣事。这一方土地上的逸闻趣事、奇人异事乃至地球上发生的重大事情都是通过这个地方传遍整个野滩镇的。

雷娃在镇公所帮闲跑腿，消息自然灵通。可他有个毛病，说话办事虚多实少，人送外号——谝传客，大伙儿对他的话从来都是半信半疑。当下就有人提出质疑："你亲眼看见了？"

雷娃把嘴里的面条吸溜进肚子，对此质疑很生气，撇了一下嘴说："我是没亲眼看见，可有人看见了。"

"谁看见了？"

"拴柱。"

大伙把目光都投向圪蹴在墙角的拴柱。拴柱正在咬一块玉面粑粑，见大伙都看他，涨红了脸，急忙咽了口中的食物，结结巴巴地说："我……我去了一趟县城，城……城门楼上挂着一颗人……人头，城门口贴……贴着门扇大的告示，盖……盖着官府的红坨坨大……大印，说……说那是大锤的膗……膗"他额头鼻尖都沁了汗珠，似乎做错了啥事。

有人鼓励他："别急，慢慢地说。"

拴柱拙嘴笨舌，好半天才说清了事情的原委。昨天拴柱的老爹病了，请大夫开了个药方。他拿着药方去西街陈二先生的同济堂抓药，缺两味药。今日个鸡叫头遍他就起身去县城补那两味药，到了县城日上树梢，心里有事走得急，慌慌忙忙就进了城。还好，两味药都有。返回时心不怎么急了，便张目四望看街景。乡下人难得进一回县城，让眼睛也过过年。城里果然非乡下能比，单说女人，个个都比乡下女人水灵鲜丽。乡下女人整日里下田劳作，风吹日头晒，脸上的皮肤是粗糙的黑红色，衣着都是家织的粗布，大襟袄大裆裤，不是黑色就是靛蓝色，再苗条的女人都看不出身段来。城里的女人可就不一样了，保养得好，肤色如同刚剥开的熟鸡蛋，身上穿的是绸缎做的旗袍，色彩艳丽多姿，该收的地方收得恰到好处，该放的地方放得让人馋涎欲滴，就是丑女人都让衣服穿出了几分俊气。他不是傻人，自知城里再好，但不属于他一星一点，不敢多看，怕撑胀了眼睛回去睡不着觉，脚步也就走得急了。来到城门口，他看见拥着一大群人鹅似的伸着脖子往城门楼上瞅啥，当下动了好奇之心，也仰脸往上看。只见城门楼上挂着一个小木笼，木笼里装着一颗血淋淋的人头，十分吓人。那人头虽看不清眉眼，可城门口贴着门扇大的布告。他上过几天私塾，认得字，那布告上白纸黑字写得清清楚楚，说那颗人头是大锤吃饭的家伙。他禁不住心里一寒，打了个尿战，不敢再多看一眼，慌慌张张地就往回赶。

拴柱是个实诚人，不会说谎。他的话大伙信。

这消息来得太突然，大伙儿都惊愕不已。好半晌，忽然有人幸灾乐祸地说了一句："我只当狗日的能逞一辈子强，没料到这么快就把吃饭的家伙弄丢了。"

雷娃讥笑道："大锤这会儿要站在这达，你敢说这话么？哼！只怕你连个屁都不敢放响的。"

被讥笑者还击道："你别猪笑老鸦黑。他这会儿要站在这达，你要不把他叫声好听的，我给你当孙子。"

他们说的大锤，姓彭，野滩镇的土著，是个刀客，人送绰号——鬼见愁。野滩镇的人说起大锤都会唾沫星子乱溅，神情异常。他们说大锤能耐不大，只有三样本事：一是能飞檐走壁，他在房脊上行走如履平地，且毫无声息，从丈二高的墙上跳下如同二两棉花落地；二是能耍刀。他舞起刀来，只见寒光闪闪，不见人形。据说有次他舞刀，有好事者将一盆水迎面泼去，霎时水雾一片，他的衣服却滴水未沾；三是会玩枪。他有两把德国造的"二十响"（能连发二十颗子弹的盒子枪），玩得炉火纯青。闭上眼睛，左右开弓，凭听觉就能打落树梢上的雀儿。如此说来，"能耐不大"是野滩镇人的炫耀之词。

现如今大锤在县城开了个镖局，手下有十几个弟兄，个个都是耍刀弄枪的好手。他在县城有个红颜知己，叫秋月。凡见过秋月的人都惊羡咂舌不已，说秋月是个赛过仙女的美人儿，那模样只在画上见过。因此，大锤很少回野滩镇。

上个月渭北县县长让人打了黑枪，一片风声说是彭大锤下的手。传播消息者说得有根有据有鼻子有眼，县衙门口有保安大队的团丁端着枪站岗，县长身边还有两个马弁，那两个马弁都不是等闲之辈，身手不凡，手中的枪指哪打哪。可他们还没掏出枪来就被撂倒了。除了鬼见愁彭大锤谁还有这样的手段?!

县长被杀是件了不得的大事，当下渭北县府上上下下一片惶恐，人人自危，惶惶不可终日。这消息也震惊了咸宁专署和省府的头头脑脑，当即责令渭北县保安大队协助县警察局迅速破案。县保安大队和警察局不敢怠慢，悬赏五百大洋通缉凶犯。随后省府又给渭北县委派了新县长，不日到任。新任县长未到任之前，由副县长牛泰来暂代县长之职。国不可一日无君，县也不可一日无长嘛。

原以为破获这件凶案十分棘手，没料到悬赏通缉令刚刚贴出三天，凶犯彭大锤的头就被官府挂在县城门楼上的木笼里。由此看来，刀客彭大锤徒有虚名，并不像人们传言的那样凶悍厉害可怕。就算他真是个杀人不眨眼的恶魔，现在已让人把吃饭的家伙砍下来示众，死老虎谁还惧怕他!

野滩镇的碾坊门前一时间议论纷纷，有笑的有骂的有叹息的，莫衷一是。这时人窝中有大锤的一个堂弟，叫二锤。他黑了脸，拔腿去给大锤的老娘和媳妇麦草报凶信。时辰不大，大锤家就传出了哭声。碾坊门前一伙人听得清清楚楚，都噤了声。他们虽对大锤之死看法各异，但都怜悯大锤的娘和媳妇。那一老一少两个女人可都是好人哩。

（二）

野滩镇南街外有一道三丈多高的土崖。土崖上挖了一排窑洞,住着十几户人家。这地方叫白门窑,是野滩镇最不起眼的地方,却极有名气。方圆数十里提起野滩镇的白门窑无人不知无人不晓。

大锤的家就在白门窑。

相传乾隆年间,这里住着一个白姓刀客。白刀客二十啷当岁,身材魁梧、宽肩细腰,长得一表人才,面白唇红,睛如点漆,鼻似悬胆,江湖人称赛马超。他武艺超群,十八般兵器样样精通,惯使一把青龙宝刀,那刀寒光闪闪,削铁如泥。他的刀术更是十分了得,青龙宝刀使得密不透风,泼水不入,数十人也近不到他的身。更奇的是他体轻如燕行走如飞,跑起来比骏马还快,能追上逃命的野兔。据说,他两只脚心各长着一撮毛,他飞檐走壁行走如飞全仗着脚心的两撮毛。虽然都这么传说,可谁也没见过他脚心的毛发。

艺高人胆大。白刀客作案向来是天马行空,独来独往。他行劫的对象全是乡绅富商,特别是那些为富不仁的土豪劣绅,他从不放过。他打劫从不手软,对待劣绅更是心硬如铁,财命一起要。野滩镇方圆数十里的土豪劣绅乃至富家大户一提起白刀客无不谈虎色变。他们联名上报官府,请求官府出兵剿除白刀客。官府派兵四处搜捕白刀客,白刀客却神龙见首不见尾。官府一无所获,还屡屡损兵折将。无奈,官府出重金悬赏白刀客的人头。一时间,闹得满城风雨,草木皆兵。白刀客并不是莽汉,见势头不对,暂避风头,销声匿迹了。

是年,白刀客风华正茂,血气方刚,正是儿马(公马)撒欢的年龄。藏匿的时间长了,他耐不住寂寞。一日夜晚,月圆花香,他春心大动,悄然潜入县城一家妓院。他搂着窑姐儿睡得正美,忽听外边有响动。刀客生涯使他十分警惕,他喝问一声:“谁呀?!”没有人应声。他情知不妙，一把推开窑姐儿，匆忙穿上衣服，伸手抓起身边的青龙宝刀。这时门哗啦一下被撞开了，几个兵卒冲了进来。他挥刀迎了上去，一阵狂劈乱砍，兵卒手中的兵刃都断成了两截。兵卒们握着半截兵刃面面相觑，畏缩不敢向前。他冷笑一声，骂道："拿拨火棍也敢跟爷爷对阵！"越窗跳下了楼，转眼之间消失得无影无踪……

白刀客常胜不败，全仗着手中削铁如泥的青龙宝刀和一双飞毛腿。民间和官府都这么传说。

时隔不久，县城最有名的妓院芙蓉楼新来了个窑姐儿，叫翠红，年方二八，美艳绝伦。一时间芙蓉楼的生意十分红火，翠红如同天仙的姿色被传得沸沸扬扬，有钱的主都以能和翠红同床共枕为荣。

一夜，一个黑衣侠客潜入芙蓉楼，轻而易举地掠走了翠红。那黑衣侠客正是白刀客。

白刀客得到翠红后便不再去妓院。他如获至宝，终日和翠红厮守在一起。那翠红原本是省城中青楼里的花魁，床上功夫十分了得，她对白刀客百依百顺，不仅温顺得如同一只令人怜爱的羔羊，而且把白刀客伺候得百般周到。白刀客乐得"从此君王不早朝"，搂着她颠鸾倒凤，不知早晚。

不觉两月过去，正值夏秋交换之季，白刀客偶染风寒，卧病在床。翠红衣不解带伺候白刀客，端汤送药，嘘寒问暖，说些逸闻趣事给他解闷；又使出女人的百般柔情蜜意讨他欢心，照顾得无微不至。白刀客很受感动，拉着翠红的手动情地问："愿不愿嫁给我？"

翠红妩媚地笑道："我身子都给了你，你还问这话。"

白刀客笑道："我就想听你亲口说。"

"愿意。"翠红倒在白刀客怀中，尽显媚功。少顷，又叹了口气。

白刀客遂问:“你叹的啥气?”

翠红说:“官府悬赏捉拿你,我真害怕。我胆子小,就怕提心吊胆地过日子。人常说,常在河边走,哪能不湿鞋。万一哪一天你被官府捉拿了,我咋办呀?”说着眼里有了泪水。

白刀客受了感动,随后哈哈笑道:“你怕个球,我有青龙宝刀和一双飞毛腿,就是天兵天将下凡也把我的球咬不了。”

翠红拿起放在炕头的青龙刀,小心翼翼地抽出来,只见寒光闪闪,一股冷森之气扑面而来,令人不寒而栗。她急忙把青龙刀插回刀鞘,手抚胸脯,按住狂跳的心,半晌说道:“真是把宝刀啊。”顺手把刀搁在了桌子上,没小心打翻了桌子的醋瓶。

白刀客大惊,急忙拿过宝刀。翠红随口道:“怕啥哩,那醋水还能吃了宝刀不成?”

白刀客说:“你知道个啥,这把宝刀虽说能削铁如泥,可最怕醋水。醋水当真能吃了它。”

翠红暗暗地笑了。

晚上,翠红打来洗脚水给白刀客洗脚,白刀客动手要自己洗。翠红说:“我是你的女人,你有病,我理应伺候你。你好好躺着,我给你洗。”

白刀客笑了,在翠红俊俏的脸蛋上捏了一把:“真是个好媳妇。”躺倒身子,心安理得地接受女人的伺候。

翠红脱了白刀客的袜子,果然见他的脚心各长着一撮长长的黑毛,心中暗暗称奇。翠红洗完脚,用毛巾擦干水,摸着他脚心的长毛说:“这毛垫脚吧?我帮你剪了。”说着就要找剪刀。

白刀客急忙说:“剪不得,千万剪不得。剪了我就走不动路了。”

白刀客做梦也没想到翠红是官府出重金收买来对付他的卧底。

此后的日子，翠红趁白刀客熟睡之际，就给青龙宝刀的鞘中偷偷浇醋。半个多月过去了，白刀客的病情好转了，自觉有了精神，便对翠红说："我躺了快二十天了，浑身的骨头都有点散架了。明日儿起来练练刀。"

翠红温柔地说："是该下床活动活动了。常言说得好，曲不离口，拳不离手。别把你一身的好本事撂荒了。"

白刀客搂住翠红亲了一口："你真是我的好媳妇。"

那天晚上，翠红在白刀客怀里使出百般温柔万种风情，把白刀客迷得神魂颠倒，云来雨去，不能自已。到了后半夜，白刀客如同犁了地的牛累成了一摊泥，昏沉沉地睡着了。翠红悄悄起身，拿出剪刀把他脚心的长毛剪掉了……

天光大亮，白刀客被窑外的喝喊声惊醒。他急忙起身，疾声喊："翠红！翠红！"

不见翠红应声，更不见人影。白刀客情知不妙，抓起床头的青龙宝刀冲出窑门。窑院被一队官兵团团围住，官兵们见他手中提着宝刀，不敢贸然向前。他见此情景，心中一凛，但并无惧色，冷笑一声，伸手就拔宝刀，却拔不出来。他大惊失色，使劲猛拔，刀断了，宝刀锈在了鞘中，只有刀把握在手中。他大骇，浑身一哆嗦，惊出一身冷汗。坏了宝刀，他的虎胆失去了一半，疾步奔向院墙，想越墙而逃，却感到体重如山，双腿如同灌了铅，腾挪不动，未上墙就被一伙兵卒缚住了。这时耳边传来一阵尖利的笑声，他抬头看时，只见那个叫翠红的女人站在一旁呵呵冷笑，这才恍然大悟，遭了这个美艳女人的暗算，几乎要把肠子悔青，可为时晚矣……

白刀客死后，野滩镇的人便称他住过的地方为“白门窑”。白刀客没有子嗣，但留下了一个以他姓氏命名的地名和一段传奇故事，也不枉来人世走了一回。

百余年过去，弹指一挥间。不知不觉中，时间老人的脚步迈到了民国二十六年（公元1937年），白门窑虽说旧貌未改，但已物是人非，十几家住户没有一户姓白的。彭大锤的家靠着崖边，有一大两小三孔窑和三间瓦房。自打他开了镖局后，野滩镇的人背地里议论，说白门窑出刀客。

其实，野滩镇的人太谦虚了些。不仅白门窑出刀客，整个野滩镇都出刀客。掐指算来，如今的野滩镇舞刀弄枪的不下好几十个。可名声最响的是彭大锤。

（三）

大锤的死讯很快就传遍了野滩镇。他开镖局常年在江湖上行走，把官府的人也不放在眼里，得罪过不少人，但行侠仗义，扶弱济贫，人缘还是很不错的。彭家的门族以及邻里乡亲闻讯都来吊唁，彭家小院里霎时拥满了人。

红白事是人生最重要的事。人来世上一回不易，走时举行一个隆重的送别仪式也是应该的，一来是对亡者的悼念，二来安慰安慰活着的亲人。可葬礼需有人拿主意来料理。大锤的寡母和媳妇早已哭成了泪人，哪里还有什么主意，更别说如何料理了。这时大锤一个近房叔父——彭五老汉站出来张罗料理大锤的丧事。

大锤的窑院很快搭起了灵棚。大锤原本为母亲预备的寿材被抬了出来，置放在灵棚中央，拭去尘土，油光鉴人。打开棺材盖时大伙儿才想起大锤的尸首还在县城。彭五老汉急召众人商议，没有尸首咋办丧事？这事可如何是好？

有道是，三个臭皮匠顶个诸葛亮。当下众人纷纷出谋献策，彭五老汉集思广益，一锤定音，选几个能言善辩者去县城交涉，搬回大锤的尸首，入土为安。临了彭五老汉说道："大锤就算是个十恶不赦的瞎熊，已经把他的𩠐砍了，罪孽也就了结了。掩埋尸首，这是人之常情，官府总不能不答应吧。"

大锤的堂兄麦囤说："五爸，现时官府那伙人瞎得很，会处处刁难你。依我之见带点袁大头（银圆）。俗话说得好，有钱能使鬼推磨。那伙瞎熊再瞎，可跟袁大头没仇。"

彭五老汉一拍大腿："你这话说得对极了，是得带点大洋。"可寻思此时不好跟大锤娘和媳妇要钱，便从自个衣袋掏出十块大洋给了麦囤，再三叮咛，务必把大锤的尸体搬回来。

翌日，天刚麻麻亮，麦囤带着几个人去了县城。他们找到监狱说明情况，一个管事的把他们打量了半天，说他们只管关人，不管杀人，让他们去找法院。他们来到法院，法院的人说他们只管判刑，不管杀人，让他们去找警察局。他们找到警察局，警察局的一个头目把他们盘问了大半天，最后说大锤的尸体没人来认领，已经埋了，让他们交五块大洋的安葬费。这才是问路没问着，倒惹来了一个讨债的。在人家的屋檐下，不得不低头。麦囤明白警察局的人不好得罪，只好交上五块大洋。那头目把大洋装进衣兜，说了句："在城西的荒坡上，你们去找吧。"转身走了。

麦囤一伙来到城西，在一片荒坡上找到了一堆新土，动手就挖。时辰不大，挖出了一具无头尸。他们都傻了眼，望着无头尸发呆。后来醒悟到大锤的𩠐被官府砍下来挂在城门楼上示众哩。他们一合计,又去找警察局交涉,想要回大锤的軅。搬一具无头尸体回去算个啥事?他们脸上无光且莫要说起,野滩镇的人也会拿尻子笑话他们姓彭的!

麦囤一伙又找到警察局,先前的那个头目问他们又来干啥。他们说明来意,头目直翻白眼。麦囤急忙又把一块大洋塞到头目手中,头目捏着大洋说,人头在城门楼上挂着,保安大队的人在那儿站岗,想要人头就去找保安大队的人,这事不归警察局管。

麦囤一伙只好又去保安大队。这回算幸运,他们遇见了一个熟人。熟人叫二杠,是野滩镇人,现在给保安大队长严智仁背枪(当护兵)。麦囤给二杠塞了一包香烟,说明来意。二杠诡谲地笑了,麦囤问他笑啥。二杠打了个哈哈,说:“你们早点来找我,也不用费这么大的周折。”

麦囤一听有门,急忙说:“兄弟,那就麻烦你帮帮忙。”把两块大洋灌到二杠的衣袋。

二杠伸手在衣袋捏了捏,一拍胸脯,拉大腔说:“碎碎个事,我给你摆平了。”

二杠找到保安大队长严智仁。严智仁正在打麻将,他连和了几把,心情很好。二杠趁机说道:“大队长,有人来给大锤收尸。”

严智仁问道:“是谁来收尸?”

“来的都是大锤的族里人。”

“你都认得?”

“都认得。”

严智仁来了一个自摸,脸上笑开了花,随口问道:“那軅挂了几天了?”

二杠说:“四天了,都有味了。”

严智仁摆摆手说:“三天过了,让他们拿走吧。免得咱们去埋那个肉球。”

二杠得到命令,带麦囤他们上城门楼去取大锤的靨。打开木笼,他们都傻了眼,木笼空空如也,里边的人头不翼而飞,只留下一摊干涸的血迹。

二杠当下慌了神,说这下糟了,这一桶泔水他还得想法喝了,让麦囤他们赶紧走。麦囤他们只好把无头尸体拉了回来。

麦囤把事情的经过讲述了一遍,众人面面相觑。好半晌,彭五老汉从嘴里拔出烟锅嘴,喃喃道:“出了奇事了,谁把大锤的靨拿走了?他要那东西干啥?”

二锤说:“是谁偷去做了人肉包子吧?”

彭五老汉瞪了儿子一眼:“别胡说八道了,一边待着去。”

麦囤说:“一路上我也在寻思,莫非是大锤的哪个亲朋好友给大锤收了尸?”说罢,用目光扫众人。

大锤的亲朋好友几乎都在这里。大伙面面相觑,都直摇头。

彭五老汉说:“那东西挂在城门楼上,又有人看守着,能拿走的人也不是等闲之辈。”

大伙连连点头。

麦囤说:“八成是大锤道上的朋友取走的。”

彭五老汉说:“也许吧。”

沉默半晌,麦囤请示彭五老汉:“五爸,你看这事咋办?”

彭五老汉埋头大口抽烟,默然不语。

麦囤又说:“那尸体有味了,不能再放了。”

大伙都说再放不得了。彭五老汉吐了口烟,抬起头来。大伙儿眼巴巴地看着他,等他拿主意哩。他在鞋帮上磕了磕烟锅,说道:“是不能再放了,埋吧,入土为安。”

有人问了一句:“就这么埋?”

老汉反问一句:“还能咋埋?”

“要把雁找回来了咋办?”

这还真是个问题。大伙又都把目光投向彭五老汉。彭五老汉到底是个有主见的人,说了句:“走一步是一步,把雁找回来咱再说雁的事。”

第二章

（四）

大锤在襁褓时，娘的奶水不足，就用米汤喂他。毕竟是代乳品，缺乏营养，他两岁了还不会走路。爹娘下地时把他放在地头，爹娘在田里劳动，他便在地头四处乱爬，自得其乐。

一天下午，爹娘又把他放在地头，给他手里塞了块馍馍便去锄地。他先是吃掉了馍馍，随后尿了泡尿，用那尿水和泥自娱自乐。忽然一只蚂蚱蹦到了他跟前，他扔了尿泥去逮蚂蚱。蚂蚱蹦进了草丛，他爬行去追。这时从草丛里钻出一只豹子，两只绿莹莹的眼珠瞪着爬行的婴儿。那是一只母豹，吊着的乳房胀鼓鼓的。小大锤被母豹拦住了去路，抬眼看着面前的不速之客，痴痴地看着，竟然毫无惧色。对峙片刻，那母豹伸出舌头在他脸颊和头发上舔了起来，他感到痒痒的，伸手打了一下母豹。母豹张开血盆大口噙住了他的脖子，他可能感到了痛，哇的一声哭了。爹娘听到哭声，急回首，看见母豹咬住了儿子，惊呆了，随即醒过神来，拿着锄头扑了过来，嘴里喊着："打老虎！打老虎！（他们把母豹误认作老虎）"等赶到地头时母豹早已不见了踪影。

失去了儿子，大锤的爹娘十分悲痛，人都瘦了一圈。可不管咋样，日子还得往下过。几天后夫妻俩打起精神又去下地。如果不去下地，来年就得喝西北风。刚进了地，他们就听见地头有个稚嫩的声音在喊："爹！娘！"他们回头一看，只见儿子蹒跚地朝地里走来。他们以为在做梦，揉揉眼睛，不是梦，真的是儿子！他们扔了锄头，狂奔过去抱住儿子，连声问："你是咋回来的？"

儿子指着身后的草丛。他们抬眼去看，草丛中有一双灯笼似的眼睛在放光，夫妻俩明白过来，跪倒在地，冲着草丛直叩头，嘴里不住地说："谢谢山神爷爷！谢谢山神爷爷！"那只母豹低吼一声，钻进了草丛深处……

事后，镇里人都把那只母豹当成了老虎，以讹传讹，说大锤得到了山神爷（他们尊老虎为山神）的庇护，福大命大造化大。教私塾的吴二先生另有别论，他说那只母老虎可能死了幼崽，乳房胀憋得难受，把大锤当成了幼崽哺乳。不管咋说，大锤吃过豹子的奶是不争的事实。

转眼间大锤八岁了，他爹却得了绞肠痧，不治而亡。那年大锤娘才二十七岁。二十七岁还算是女人的花季，好多人都劝大锤娘再找个男人过日子。大锤娘怕后爹不善待大锤，不肯再嫁。孤儿寡母的日子过得苦焦恓惶，不说也罢。

大锤自小就性子野，没了爹，娘更舍不得打骂他，凡事都由着他性子来。上树掏鸟蛋，下河摸王八，崖畔上捉蝎子，蛇洞里抓黄鼠，没有大锤不敢干的事。一天，大锤娘在桌上装鸡蛋的瓦罐里取鸡蛋换盐，却摸出一条长虫来，当下把她吓了个半死。原来那条蛇是大锤抓回来的，说是看能不能养成蟒。大锤娘忍无可忍，拿起笤帚疙瘩教训大锤。大锤不哭不喊也不求饶，木橛似的戳在脚地任娘抽打。大锤娘越打越气，到了后来手软无力，扔了笤帚放声大哭："你这崽娃子，咋这么匪呀……长大了可咋得了呀……"大锤这时扑通一下跪在娘面前，一句话不说，直到娘不哭了，他才站起身来。

那一年大锤才十岁。

此后，大锤一直没再让娘伤心流泪。直到十六岁那年，大锤跟王山虎打了一场恶架，众人才对他刮目相看。

那天大锤娘病了，吃啥都没胃口。是日恰好野滩镇逢集，大锤想给娘换换口味，就去镇上包子刘的铺子买了几个肉包子，返家时遇上了王山虎。王山虎是野滩镇出了名的街楦子，平日里最爱惹是生非。他见大锤走得匆忙，坏笑一下。擦肩而过时，王山虎脚下使了个绊子，大锤没留神摔了个大跟头，包子滚了一地。王山虎哈哈大笑起来，惹得一街两行的人都来看热闹。大锤爬起身，看清是王山虎，便明白是这家伙使的坏，肚里就冒火。王山虎欺负他是个娃娃，嘴里阴阳怪气地说："你长眼睛出气哩？往人身上撞！急着去抢大元宝呀？"

围观的人都哄地笑了。大锤怒火填胸，忍不住骂道："你狗日的才长眼睛出气哩，得了便宜还卖乖！"

王山虎没想到大锤竟敢骂他，勃然大怒："谁的裤带没勒紧，弄出你这么个崽娃子来！"骂着，一个耳光扇过来。

大锤防着他这一手，身子一矮，王山虎的掌扇空了，闪了个趔趄。大锤趁势在他屁股上踹了一脚，王山虎摔了个饿狗吃屎。他哪里吃过这样的亏，而且对方是个胎毛没褪光的娃娃。当下他恼羞成怒，爬起身举拳直朝大锤扑去。大锤毫无惧色，紧握拳头迎了上去。王山虎身坯粗壮，力大如牛，却笨脚笨手有力不会使。大锤虽说身体弱小,力气未长全,但手疾眼快,身子灵巧如猿会使巧劲。几个回合下来,王山虎不但没占着便宜,反倒让大锤抓破了脸。围观者见状,都哈哈大笑起来。

王山虎颜面丧尽,怒火中烧,使出了泼皮劲。他转身从一个卖刀削面的厨师手中抢过削面刀,要砍大锤。众人一声惊呼,慌忙后退。大锤着实吃了一惊,可已无路可退,只能硬着头皮迎战。他顺手从卖镢把的老汉摊上摸了一根槐木镢把,紧握在手,一双眼睛紧盯着王山虎手中的削面刀。刀器虽利,但是短兵刃;镢把虽钝,却是长家伙。一番争斗下来,王山虎的削面刀没砍伤大锤半根毫毛,大锤的槐木镢把却打断了王山虎的一只胳膊。

打斗结束后,王山虎躺在街上直哼哼,大锤走过去踢了他一脚,说道:"你把罗成认娃哩,瞎了你的狗眼窝!"扬长而去。

王山虎本是野滩镇的蒋门神,今日却栽在了一个半壮小伙子手中。围观者无不拍手叫好,也无不暗暗称奇,对大锤刮目相看。此后,街楦子王山虎的威名扫地,彭大锤的名声大震。野滩镇的人都说,大锤吃过山神爷的奶,长大了可了不得。正所谓,江山代有才人出,各领风骚数百年。

大锤的匪性让做娘的很是担忧。大锤娘是个明白人,知道儿大不由娘。也许女人能收敛住儿子的匪性。大锤娘想给儿子娶个媳妇拴住儿子的心。可家里太穷,一时半会儿拿不出给儿子说媳妇的钱,把大锤娘愁得头发白了不少。

说来也是凑巧,那年冬天北山下来一伙讨饭的,其中有个女子叫麦草,没爹没娘。大锤娘可怜没爹没娘的娃,就把她收留下了。大锤娘见麦草虽是一脸菜色,却长得周正。仔细一问,比大锤大两岁,在老家也没说下婆家。大锤娘大喜,便有心让麦草给大锤做媳妇,却又担心麦草不肯。思之再三,大锤娘决定先用话语试探一下。

这一日大锤不在家,大锤娘没话找话地跟麦草拉闲话:“麦草,你看我家大锤人咋样?”

麦草说:“大锤哥人不错。”

大锤娘故意叹了口气,说:“唉,他性子太野太匪,整天让人担心。”

麦草说:“男人么就要性子野点匪点,要不就会遭人欺负。我就喜欢大锤哥那样有血性的人。”

大锤娘大喜:“你真的喜欢?”

麦草点点头:“我爹就性子绵,在世时被人欺负扎咧。”

大锤娘说:“大锤比你小两岁,往后你别叫他哥了。”

麦草说:“我娘在世的时候说,出门三辈低,你一家人待我这么好,我叫他声哥也是应当的。”

大锤娘见麦草如此懂礼数,更是喜欢得不得了。她见时机成熟,便把心中所想给麦草明说了。十八岁的麦草情窦初开,心中已有所想,她心仪的就是大锤那样的小伙,加之大锤娘是个心地善良的好人,再者逃难之人还有啥挑拣的,当即点头答应了。大锤娘满脸乐开了花。说等明年日子好过了,就给他们成亲。打那以后,她扳着指头过日子,做梦都盼着抱孙子。

转眼到了青黄不接的二三月。家里添了一口人,缸里的米面锐减,所剩不多。大锤对娘说,他出去找活干干,一来省出一个人的口粮,二来还能挣些钱。大锤娘觉得儿子这个主意不错。儿子临出门时她再三叮咛:“麦梢一黄就赶紧回来,家里的几亩麦子还等着你割哩。”

麦梢黄了，大锤如期回了家。大锤把下苦力挣得的几块银洋交给娘。大锤娘笑容满面捏着儿子的血汗钱，急唤麦草把剩下的白面全拿出来，给大锤撕扯面。大锤最爱吃扯面。

八百里秦川盛产小麦，因此关中人喜吃面。扯面是面食的一种，好吃却不易做。用上好的小麦磨成白面，再用淡盐水和面，揉光，在面盆醒上半个小时，再揉，拌上油盘条，再醒上半个小时；吃时两手扯住面条两头在案板上使劲甩打。一条面条扯开足有五六尺长，宽如裤带。一个大如脑袋的老碗里盛上多半碗西红柿鸡蛋汤，面出锅后先在一个汤盆中过水，再捞进老碗，佐以老陈醋、油泼辣子和蒜泥，再加以青菜，香气扑鼻，令人馋涎欲滴。此面因宽长都如裤带，且碗大汤宽，又叫“裤带面”，名列关中八大怪之中——面条像裤带。关中的女人都会擀面撕扯面，能把面做到极致便是好女人。麦草最拿手的就是撕扯面，她撕的扯面又光又酿又筋道，十分地爽口。

麦草手脚麻利地撕好了扯面。一家三口坐在院子的石桌前刚端起了碗，几个警察突然闯进了院子，不问青红皂白就抢下大锤手中的饭碗，扭住了他的胳膊。一家人都被突如其来的变故惊呆了。大锤最先醒过神来，怒声质问：“你们是干啥的？扭我干啥？”

为首的官儿三十来岁，是个白胖子，提着盒子枪，白胖脸板得如同刚浆过的白粗布，并不回答大锤的质问，反而审讯似的问道：“你叫啥名？”

“大锤。”

“这么说你就是彭大锤了？”

“我就是彭大锤。咋咧？”

那官儿走到大锤跟前，把头凑过来看大锤的耳朵，看了左耳看右耳。大锤的右耳上长了个麦秆粗的小肉桩,俗称"拴马桩"。大锤剃了个光头,那"拴马桩"很是显眼。官儿伸手摸了一下大锤的"拴马桩",嘿嘿一阵冷笑。忽地他收了笑,喝喊一声:"带走!"

大锤的脸涨得青紫,拼命挣扎,怒声大喊:"你们凭啥抓我?!"

几个警丁不理不睬,使劲扭住大锤的胳膊往外推搡。大锤娘急了,扑上前拉住官儿的衣襟,泣声道:"长官,我娃到底犯了啥法?你得给我说明白呀!"

官儿说:"有人把你娃告下了,说你娃是土匪。"

大锤娘说:"我娃咋能是土匪?他给人打短工去了,刚进家门呀!"

"你娃刚进家门?这就更对了!"官儿不耐烦地拨开大锤娘拉他衣襟的手,喝令警丁押上大锤快走……

大锤娘根本不相信儿子是土匪,第二天一大早就赶到县城找警察局问个究竟。警察局门口站着两个背枪的警丁,哪里肯放她进去。大锤娘索性坐在警察局门口大声哭喊冤枉,招惹得一街两行的人都来看热闹。有好事者上前问究竟,大锤娘便哭诉冤情。众人听清了事情的原委,议论纷纷,指责警察局没有证据怎能不明不白地乱抓人。

这时抓大锤的那个官儿从里边走了出来。有人认得,说那官儿叫章一德,是警察局的一个什么科长。章一德喝退人群,凶大锤娘:"你这个刁妇,少在这里撒泼!你儿子是土匪,我看你也是个匪婆!"

大锤娘虽是乡下女人,目不识丁,却极有血气,加之救儿心切,并不畏惧章一德。她大声质问:"捉奸捉双,捉贼捉赃。你凭啥说我儿是土匪?又凭啥说我是匪婆?你们警察局也不能平白无故欺负人呀。”

章一德冷笑道:“谁欺负你了?我今日儿给你再说清白,有人告你儿子是土匪,抢劫了他家。不然的话,我们没事抓你儿干球啥呀。”

大锤娘又问:“那人是谁?”

章一德又是一声冷笑:“你以为你是谁?凭啥我给你说那人的名姓?我要给苦主保密!”

大锤娘一怔,随即说道:“我没别的意思,你让他拿出证据来,我才信。”

章一德狞笑着问:“你儿叫大锤吧?”

大锤娘说:“我儿是叫大锤,野滩镇的人都知道。”

“你儿的耳朵上长了个拴马桩吧?”

“我儿的耳朵上是长了个拴马桩,这个野滩镇的人也都知道。”

“那就对了。苦主说抢劫他家的土匪中有个人叫大锤,耳朵上长了个拴马桩。”

大锤娘愣了一下,随即说道:“天底下叫大锤,耳朵上长拴马桩的就是我儿一人吗?你们咋能凭这就抓他?”

章一德也愣了一下,随后恼羞成怒:“刁妇!你再胡搅蛮缠连你也一块儿抓了!”

大锤娘毫不示弱:“你有能耐就把我也抓了。我陪着我儿坐你的牢!”

章一德气青了脸,往地上啐了一口,骂了句:“呸!狗日的疯了!”

“我就疯了!”大锤娘不管不顾,用头往章一德身上撞。她要跟章一德拼命。

章一德的脸由青变紫，却也拿大锤娘没办法，嘴里说道："疯了，疯了，狗日的真个疯了。"抽身就走……

往后的日子大锤娘三天两头地往县城跑，为儿子申冤叫屈。可县衙、警察局以及保安大队的人都不理识她，说她是疯子。可怜大锤娘四十岁不到，却白发丛生，一下子老了十多岁。她逢人就诉说遭受的冤屈，一时间县城的人都知道野滩镇有个叫大锤的小伙子，让官府冤屈成了土匪。话越传越远，也变了味。到后来方圆数十里的人都知道大锤的名，竟然说大锤是个杀人不眨眼的土匪。这是大锤娘做梦都没想到的。

两月后，大锤突然被释放了。大锤是个驴脾气，不肯出狱，大声嚷道："你们凭啥抓的我？又凭啥放的我？要给我说明白！我不能稀里糊涂坐一回牢！"

开门锁的狱卒说："你问我，我问谁去？让你走你就走，当心拿事的又变了卦再把你关进去。"

大锤怒火难平，还是大声嚷嚷，讨要公道。那狱卒是个五十岁开外的好心人，提醒他说："我看你这小伙灵醒着哩，咋不知好歹？有道是民不和官斗，你跟谁要公道哩？警察局抓你就有抓你的理由，放你就有放你的理由。赶紧走吧，你妈和你媳妇还在屋里等着你哩。"

大锤听出狱卒的话中有话，放软了声气，再三恳求："大叔，你跟我透透底，这到底是咋回事？"

狱卒左右看看，见没有人便压低声音说："当初抓你，是因为有人把你告下了，说你是土匪，打劫了他家。前些日子，一伙土匪抢劫县城一家珠宝店，被保安大队围住了，打死了五六个，活捉了七八个。活捉的其中一个叫大奎，耳朵上长了个拴马桩，仔细一审，原来是这家伙抢劫了告你的那个苦主，这才知道冤枉了你。今日个命令下来了，让把你放了。要不是把那个叫大奎的土匪抓住，这个黑锅你是替他背定了。算你娃运气好，赶紧回吧。”

大锤听完，怔了半天，咬牙切齿地骂道：“狗日的这么冤枉人就算完了！”

狱卒说：“不算完了，你还想咋？”

大锤说：“我要他们还我一个公道！”

狱卒说：“还你个啥公道？放了你就是给你公道了。要不放你，你能把当官的弄个啥？我看几天牢饭把你给吃出毛病来咧，没事了还想找出点事来。听人劝，吃饱饭。听我一句劝，赶紧回家吧。”

大锤自思老狱卒的话有几分道理，只好打碎牙往肚里咽，忍气吞声地走人。

回到家，母子抱头大哭，麦草也在一旁直抹眼泪。大锤娘泣声问儿子咋出的狱。大锤把老狱卒的话给娘说了一遍，随即抹干眼泪，恨声说道：“狗日的这么冤枉我，我不能便宜了他们！”

看到儿子平安归来，大锤娘心平气和了，垂泪道：“别说傻话了，那个狱卒说得对，民斗不过官。经历了这场事，我把世事也看明白了，这个世道就没有公道，就是有公道也没处去讲，谁叫咱是草民呢。咱就打碎牙往肚里咽吧。你平安回来了就好……”

大锤怒气难消地说：“娘，我咽不下这口窝囊气呀！”

大锤还想说啥，被娘拦住了。大锤娘抹着泪水说：“听娘的话，咱穷家小户折腾不起，娘不想过担惊受怕的日子。”

大锤不敢看娘的泪眼，可心中怒气实在难平。麦草在一旁含泪说：“你就听娘的话吧，别再让娘担惊受怕了。”

大锤不吭声，只把牙咬得咯嘣响。

“大锤，娘求你了……”大锤娘的眼窝里又涌出了成串的泪珠，她知道儿子的脾气，怕惹出祸事来。

大锤的心一下子软了：“娘，你别这样，我听你的话……”说着泪如泉涌。

“娘知道我娃肚里憋屈，娘也憋屈啊！可这个世道容不得咱草民百姓说话呀……娃呀，忍字头上一把刀，咱就咬牙忍了吧。你要心里憋屈难受，就在娘跟前哭上一场吧……”

“娘！……”大锤哭出了声。

“大锤！……”大锤娘抱住了儿子，泪如雨下。

母子俩抱头大哭，麦草也在一旁泪水泫然。

良久，大锤娘抹去泪水，说道：“我想给你和麦草把房圆了……娘想赶在闭眼前抱上孙子，到了九泉之下也好给你爹有个交代。”

大锤拭干泪水说：“我听娘的。”

家里穷，大锤娘只办了两桌酒席，一桌招待近族的几个长辈，一桌招待几个至亲的亲戚，又放了一挂鞭炮，草草地给大锤和麦草圆了房。

大锤娘只想着忍一忍，过了这一劫就能过上好日子。可老天并不垂怜他们。时隔不久，县上派下壮丁，有大锤的名字。原本两丁抽一，大锤是独生子，不该去当兵。可名单上偏偏就有他的名字，不知问题出在了哪里？娘和麦草离不开大锤，大锤也丢不下娘和新婚媳妇。可保安大队那伙团丁哪管他们谁丢不下谁，名单上有谁就抓谁，大锤便被抓了壮丁。还好，大锤没有走远，在县保安大队当了团丁。

大锤生来尚武，当了团丁如鱼得水，整天舞刀弄枪干得很欢实，打起仗来悍不畏死，冲在最前头，一年后就当上了小队长。不幸的是，一次保安大队去北山剿匪，被土匪包围了。部队冲出包围清点人数，少了大锤等二十几个团丁，十有八九是没命了。大队长便往上报了阵亡名单，又通知了家属。噩耗传到大锤家，大锤娘叫了声："我的儿呀！"身子往后一仰，昏了过去。麦草见状，大放悲声。邻里乡亲闻声赶了过来，七手八脚抚胸的抚胸，掐人中的掐人中，把大锤娘救醒。

大锤娘醒后，说啥也要去看儿子一眼。麦草搀扶着婆母到了保安大队，操场上一排溜放着二十几口棺材，属于大锤的那口棺材却是空的。原来剿匪战斗结束后，保安大队清理战场，把阵亡团丁的尸体搬运回来，唯独没有大锤的，活不见人，死不见尸。头儿思之再三，为了给上峰和家属都有个交代，就把大锤列入了阵亡名单，赏了他一口棺材。

大锤娘不相信儿子会死，可左盼右盼不见儿子回来。大锤娘寡妇抓养儿子一场空，悲哀之情难以言表，天天伤心流泪，竟然把一双眼睛哭瞎了。

谁都没想到六年后大锤突然回来了。

（五）

大锤那天一进家门，把正在院子洗衣裳的麦草吓了个半死。麦草听见院门响，抬头一看，惊呆了，嘴张得老大，却说不出话来。

大锤问了一句："咱娘哩？"

麦草灵醒过来，"娘哟！"叫了一声，撒腿往娘屋里就钻。大锤有点莫名其妙，骂了一句："这熊婆娘是咋了？"跟脚进了屋。大锤娘在炕上坐着,摸索着搓棉花捻子。麦草吓得躲在娘身后,颤声说:"娘,鬼进了屋……"

大锤娘笑道:"胡说啥哩,大白天的哪来的鬼。"

"娘,真个有鬼……"麦草的身体也哆嗦起来。

大锤叫了声:"娘!"

大锤娘浑身一颤,抬起无神的眼睛,疑惑地问:"是大锤?"

"娘,是我。"

"你是人是鬼?"

"娘,看你问的这话。我咋能是鬼哩,我是人,是你儿大锤。"

"大锤!我的儿呀,快过来让娘看看!"

大锤走到娘跟前。大锤娘伸出一双手,抖抖地摸着儿子的头、脸、鼻子,最后捏住了耳朵上的"拴马桩",喃喃道:"我儿回来了,我儿回来了……"泪如雨下。

大锤这才发现娘的眼睛看不见,惊叫道:"娘,你的眼睛?……"

麦草这时已醒过神来,抹着泪说:"咱娘的眼睛哭瞎了……"

"娘!"大锤双腿一软,跪倒在娘面前,泪水流了一脸。

"起来起来,快起来。娘没啥事,只要我娃回来,娘心里就高兴……"大锤娘撩起衣襟擦干眼泪,脸上挂满了笑纹。"那年他们说你让土匪打死了,我就不信,跑到县城去看,果然给你的那口棺材是空的,可就是把你盼不回来……"说着,又流出了泪。

"娘,我这不是回来了么。"大锤替娘拭泪。

娘攥着大锤的手:"这几年你跑到哪达去咧?咋也不捎个信,把娘想死咧。"

"那年土匪把我们包围了,冲出来我找不着队伍了。后来遇到了一伙杆子,拉我去入伙。干了不到一年,我见那伙杆子匪气太重,就跑了。我怕那伙杆子跟踪我,没敢回家,跑到了山东,在一家镖局落了脚。”

“镖局是干啥的?”大锤娘问。

“就是给人送个货干个啥的。”大锤没敢跟娘说那是个玩命的差事,他怕吓着娘。

“活不重吧?”

“不重。”

“那你咋瘦了?”大锤娘摸着儿子的胳膊,其实儿子的胳膊筋肉很壮实。

大锤笑道:“娘,我壮实得很,你是偏心眼。”

大锤娘也笑了。老人又把儿子细细摸了一遍,摸到儿子左眉梢时,惊问道:“这是咋了?”

大锤左眉梢有道伤疤,刚才老人摸得急,竟没摸着,这会儿摸着了很是吃惊。大锤笑着说:“前年我去华山,没留神摔了一跤,磕在了石头上,伤好后就留下了疤。”

其实,这道疤是枪伤留下的。前年他们镖局给一个南方珠宝商保了一趟镖,途中遇到了一伙土匪。那伙土匪人多势众,蜂拥而来,志在必得。大锤在那场战斗中大显身手,一把钢刀砍倒了七八个土匪。土匪见他武艺十分了得,不敢向前,纷纷后退。匪首急了眼,朝他开了枪。幸好他身灵似猿,躲闪得快,但眉梢还是挨了一枪,所幸只是擦破了皮,性命无虞。此时老娘问起这伤疤,他哪能实言相告。

大锤娘轻轻抚摸着儿子的伤疤,心疼地说:“你都是大小伙了,咋还是那么地不小心。还疼么?”

大锤鼻子不禁一酸,眼里有了泪花:“娘,早就不疼了。”

老人再三叮嘱儿子:“往后不管干啥都千万要小心,再不敢毛手毛脚的了。”似乎儿子还是个没长大的娃娃。

“娘,我会当心的……”

正说着话,忽听门外有人喊叫:“大锤哥！大锤哥!”

大锤出屋一看,来人是镇上卖醪糟胡十老汉的后人(儿子)雷娃。论年龄雷娃比大锤还年长两岁,可他一进门就把大锤叫“哥”。雷娃平日里油嘴滑舌,说话满嘴跑火车,是出了名的谝传客,可有个最大的优点:嘴甜脸皮厚。今日儿他进得门来就把大锤叫哥,说起来有点缘故。

大锤回家时路过县城,看到几个警丁在殴打一个小伙。小伙抱着脑袋满地乱滚,嘴里“爷爷大叔”地求饶。几个警丁不依不饶,抡起皮带没头没脑地乱抽,围观者有人拍手叫好,有人摇头叹息。他本不想管这闲事,却认出那小伙子是镇上跟他一块玩尿泥长大的雷娃,按捺不住上前呵斥警丁不要打人。警丁们瞪眼说他牛槽出了个马嘴,让他少管闲事。他是个性高气傲的主,见警丁说话不中听,顿时来了气,说这闲事今日儿他是管定了。警丁们说他再胡搅这浑水就连他一块揍。他冷笑着说你们有能耐就看着揍吧。警丁们当真动起了手,他们看出大锤不是等闲之辈,却仗着人多,摆出一副群狼斗虎之势。大锤毫无惧色,又冷笑几声,出手还击。

几个回合下来,两个警丁躺在地上直哼哼,另一个捂着流血的嘴满地找牙,另外两个退得远远的不敢再上前。围观者齐声喝彩。这伙警丁平日里飞扬跋扈耀武扬威尽拣好人欺负,口碑极差。今日儿有人如此教训他们,着实替大伙儿出了一口恶气。

忽然,大锤感到有个冷冰冰的东西顶住了他的后脑勺。他慢慢转过头去,是个黑洞洞的枪管,枪把握在一个穿警服的壮汉手中。他凝神细看,认出握枪的警官是几年前曾抓过他的章一德。

章一德现在已官拜渭北县警察局长,是个响当当硬邦邦的角色,他跺一下脚,渭北的地皮都要颤一颤。他接触的人太多,人多眼就杂,他没认出大锤,厉声道:“你吃了熊心豹子胆,敢动手打警察!”

大锤并无惧色:“是警察先动手打人的!”

章一德说:“警察打的是瞎熊,不打好人。他是个绺娃子(小偷),你知道么?”

雷娃见有人替他撑腰说话,再者也认出了大锤,一改刚才卑鄙猥琐之气,抹了一把鼻血,分辩道:“我不是绺娃子,你们冤枉好人。”

大锤不卑不亢地说:“就算他是个绺娃子,有王法整治他哩,警察凭啥打他?”

章一德一怔,随即冷笑道:“你还敢替他说话!你知道么,你这是妨碍公务,依法要关押你!”

大锤也冷笑一声:“你跟谁说法哩?警察打人算不算犯法?穿上警服就能随便打人?这是谁家的王法?”

章一德的脸涨成了猪肝色:“哟嗬,你还这么牙硬!”他上上下下把大锤打量了一番,用审讯的口气问道,“你是个干啥的?”

大锤铁青着脸说:“我是个过路的。”

“过路的?看你这神气好像是从水泊梁山上下来的,要打抱不平还是要咋的?识相点,走你的路!”

几个警丁围上来乱嚷嚷:“局长,甭放他走!这家伙跟那个绺娃子是一伙的!不给他点颜色瞧瞧,他还当警察局是个摆设。把他俩都带到警察局去!”他们吃了亏,哪里肯放大锤走。

章一德没吭声，算是默许了。

几个警丁忍着伤痛，扑过来就要抓大锤。大锤哪里肯就范，侧身躲开，一个扫堂腿过去，两个警丁又趴在了地上。章一德恼羞成怒，挥着枪命令把大锤抓起来。大锤不等警丁们扑过来，身子一跃，到了章一德身边，出手如闪电，一把擒住章一德拿枪的手腕。章一德只觉得一阵割筋断骨般的疼痛，手不能自已地一松，盒子枪掉在了脚地。大锤捡起盒子枪，把玩起来："德国造的镜面盒子，家伙不错，烤蓝还没褪。"说着举起枪对章一德的脑袋做瞄准状，嘴里说道："我没玩过这玩意儿，不知能不能打响，有没有准头。"

章一德吓得面如死灰，额头沁出了冷汗，说话也不利索了："别别……当心走，走火……"

几个警丁吓得浑身哆嗦，直往一旁躲。

大锤哈哈大笑起来："瞧你们几个熊相，这么不经耍的。"忽地收了笑，训斥道，"别仗着有枪就欺负人。下回别让爷碰上，碰上爷就玩真格的。"他把枪插进章一德的枪套，揶揄地说："章局长，这玩意儿可要保管好，不要见谁都胡乱摆弄，当心走火。"转身扬长而去。

章一德傻了眼，他看出大锤不是等闲之辈，但弄不清大锤的来头，不敢再对大锤贸然动手，带着他的部下悻悻而去……

大锤把刚才在县城发生的事已扔在了脑后，没想到雷娃跟着他的屁股来了。雷娃把刚才的事加盐调醋地给大锤娘和麦草叙说了一遍，临了咂舌道："啧啧，我大锤哥的功夫十分了得，比当年的白刀客都要强出几分。大锤哥，有空教我几手，到时看谁还敢欺负我。"

大锤娘冷着脸说："雷娃，我没记错的话，你比大锤还大两岁哩,你咋叫他哥哩?”

雷娃嬉皮笑脸地说:“婶,我俩是狗皮袜子没反正,谁把谁叫哥都一样。”

大锤娘说:“你没事了吧,大锤刚回来,我娘俩想说说话哩。”

雷娃是个最会见风使舵的人,还想套套近乎,见大锤娘冷着脸下逐客令,便说:“我没事,就是来看看大锤哥和婶。你娘俩说话,改日我再来看婶。”

雷娃走了,大锤娘对儿子说:“雷娃是个逛鬼谝传客,不走正道,往后少和他来往。”

麦草在一旁也说:“他手脚还不干净,整天偷鸡摸狗的。咱家的两只老母鸡丢了,我估摸是让他偷走的。”

大锤娘说媳妇:“别瞎说了,你又没逮住他。”

麦草说:“我没瞎说。咱家丢鸡的第二天,我满到处寻鸡,在他的屋背后看见了一堆鸡骨头,其中一只鸡爪上拴着红花布条,那红花布条是我做棉袄时剪下的边角料,我怕鸡丢了,就拴在鸡腿上做记号。”

大锤这时心里明白了,看来那几个警丁并没有冤屈雷娃。他笑着对媳妇说:“丢两只鸡也不算个啥,往后在人面前就再甭提这事了。”

大锤娘问儿子:“你回来还走吗?”

大锤说:“不走咧。山东那边镖局的头儿下了世,新换的头儿容不下人,我就回来咧。”

大锤娘说:“回来好,把咱那几亩地种好,吃喝穿戴也用不着发愁。”

大锤笑着说:“咱那几亩地不够我种。我想在县城开个镖局,挣些钱，让娘过上几天油和面的美日子。”

大锤娘笑了：“娘啥日子都能过，只要你在娘身边，娘就高兴。”大锤娘又拉过麦草的手，说道，“这几年多亏麦草照顾娘，你要好好待她，不要亏待了她。”

大锤说：“娘，你放心。”

大锤娘又说：“麦草等了你六年，难熬呵。这下好了，娘盼着抱孙子哩。”

大锤看了一眼媳妇，麦草也在看他。六年不见，麦草更加丰满成熟，一张圆脸红通通的，胸脯挺得像两座小山。她见大锤看她，脸上又蒙上一层红布，急忙垂下眼皮。大锤只觉得心头燃起了一把烈火，全身都在发热。

吃罢晚饭，大锤和麦草在娘屋里跟娘拉闲话。大锤娘说：“时候不早了，你俩歇息去吧。”

大锤明白娘的意思，心里虽急可嘴里还是说：“还早着哩，再陪娘说说话。”

麦草也说：“娘，咱们一家人难得聚在一起，就再说说话吧。”

大锤娘说：“往后在一起说话的日子多得很。今日儿晚夕娘困了，瞌睡得很。你们就甭打搅娘的瞌睡了。”把儿子和媳妇撵出了屋。

回到自己的屋，麦草拉开被褥，脱光衣服钻进了被窝。守了六年空房，大锤一进家门她的心头就燃起一股熊熊欲火，可当着婆母的面她又不能表露出来。现在进了自己的屋，她就无所顾忌了。她是个纯朴的女人，不会甜言蜜语，只能用实际行动来表达自己的感情。她要满足自己的男人，同时希望自己的男人也能满足自己。

大锤虽说心头撞鹿，但毕竟时隔六年，觉得一切都很陌生。由于感到陌生让他很是无所适从。他站在炕边呆呆地看着被窝里的女人,一时竟不知道他该去干啥。

半晌不见男人上炕,麦草心里一凉,抹起了眼泪。大锤吃了一惊,忙问:“你哭啥哩?”

麦草啜泣说:“你……在外边有了女人……”

“你瞎说啥哩。”

“你一定是有了女人……”

大锤来气了:“你凭啥这么说?”

“那你咋不上炕?”

大锤顿时醒悟自己该干啥了,心中大喜,嘴里嘟哝着:“熊媳妇,比我还急!”三下五除二扒光自己的衣服,钻进被窝……

时隔不久,大锤在渭北县城开了一个信义镖局。镖局是个玩命的行业,在枪林弹雨中讨生活。大锤自幼性野尚武,耍刀弄枪是他最爱干的事,加之这些年他在江湖上闯荡,握锄把已不习惯了,他觉得除了开镖局其他事他干不好也干不了。是时,社会动荡不安,渭北一带杆子多如牛毛,富商大户谈虎色变。渭北县城有七八家镖局,家家生意红火。大锤虽是初创,但以前干的就是这一行,自然熟知经营之道。其实开镖局也没有什么窍门,一是敢玩命,二是要讲诚信,万一丢了镖,就是拆房卖老婆也要还镖。再就是要有实力。大锤身材魁梧,宽肩细腰,红脸浓眉,眉尖有一道疤,不怒自威,天生一副刀客模样。加之他手下有七八个弟兄,个个都是一顶一的汉子。因此信义镖局的生意并不寡淡。

在世人的眼里,镖局的镖客就是刀客。关中不出剑客,剑客文弱了些。关中汉子的脾气秉性是:生、冷、蹭、倔。他们自嘲为“关中冷娃”。关中冷娃爱耍刀,所以关中出刀客。大锤是典型的关中冷娃,如今世道变了,清朝亡,民国兴。刀客也跟潮流走,不仅要刀,而且更爱玩枪。大锤刀枪都玩得炉火纯青,他镖局的弟兄们都是耍刀玩枪的高手。他多次出镖,遇到不少杆子土匪,都败在了他的手中。货主回来都夸他的本领高强,非同一般。他的名声被众人传得沸沸扬扬,得了一个“鬼见愁”的绰号。也因此给他招来了祸殃。正应了那句俗话:人怕出名猪怕壮。

第三章

（六）

渭北新任县长复姓司马，单名亮。接到调令时，司马亮已得知前任被打了黑枪。刚逃脱虎口，又要去狼窝。真是流年不利，时运不济。他心中暗暗叫苦。此次调动他是花钱托人办的。别无选择，他只好硬着头皮走马上任。

初进渭北县城时，司马亮看到了城门楼上挂着的木笼，同时也看到了贴在城门旁边的布告。布告上白纸黑字写得清清楚楚：

彭犯大锤，系本县野滩镇人氏，假开镖局之名，行匪盗之实，枪杀政府官员，实属罪大恶极。法网恢恢，疏而不漏，日前已将彭犯抓捕归案，枭首示众，以儆效尤！

渭北县保安大队

渭北县警察局

民国二十六年×月×日

看罢布告，司马亮仰首又看了看挂在城楼上的木笼，以手加额，说了句："天助我也！"心里悬着的石头顿时落了地，长长地吐了口气，浑身也感觉轻松了。

司马亮祖籍关中西秦,曾在省财政厅做文案,是一介书生。两年前,陕北三边县缺任,他被委派到三边县任县长。是年,他刚三十出头。而立之年他就当上了县长,心中自然十分得意,踌躇满志。可他不是一个目光短浅之人。“县长”在官阶中最低下(县官以下称为“吏”),被称为“七品芝麻官”。他已经踏上了仕途的阶梯,为什么不把“芝麻官”做成“西瓜官”呢!“王侯将相宁有种乎”,他常常背着人反复念叨着这句古语,以此来激励自己。他熟读过《资治通鉴》,对老祖宗司马光极为推崇,志存高远,立志做老祖宗理论的实践者,干出一番惊天地泣鬼神的伟业来,光宗耀祖。三边小县地处陕宁蒙交界,偏隅一方,人口稀少。他认为治理好这个偏僻小县不是什么难事,心想很快干出一些业绩也好升迁。上任伊始,他微服私访,查明官吏贪污受贿及难以治理的症结,遂下决心拿民怨极大的民政局局长开刀,杀鸡儆猴,没料到拔出萝卜不仅带出了泥,而且带出了更大的萝卜。民政局局长的贪污案不仅牵连到了榆林专署的许多官员,也牵扯上了省府的几个大员,这是始料不及的。这件案子十分棘手,查办了一年之久也没查出个汤清饭亮。最终虽说把那民政局局长撤职查办了,可得罪了许多有权有势的官吏。那些官吏暗地里给他使绊子,也怨他做事不检点,被人抓住了把柄,不但清官的名声没落下,反而落下了骂名,险乎丢了乌纱帽。三边县的大小官吏见了他如同见了瘟神,避之不及。他自知在三边县不好再待下去,便想走人。常言说得好,树挪一步死,人挪一步活。可挪个窝也不容易。所幸他在省上也有熟人朋友,活动了一番,花了不少银钱,调到关中渭北县任职。

司马亮悄然离开了三边县。他并不想不声不响地走,可他在三边县没有亲朋好友,而且把当地的官吏得罪了不少,就是跟他们打了招呼，谁能为一个讨人嫌的离任县长送行？不打招呼也罢。

他带着亲随马弁——同永顺，雇了一辆轿车和两匹驮骡黎明时分离开了三边县城。他的妻小在省城，妻子是个商家女。当初他去三边县赴任时，是想把家眷带去的。可妻子嫌陕北生活太苦焦，说啥也不肯随他去陕北，说等他当上了专署的专员她才考虑去不去陕北。无奈他只好带着同永顺去上任。同永顺是妻子娘家的护院，拳脚功夫十分了得。妻子说陕北那地方偏僻，自古出杆子刀客土匪，跟父亲要来同永顺去陪护他。由此可见妻子对他的一片深情。现在他离任去渭北，没有家眷的拖累倒也安然。虽说孤身一人，但也有不少行李。俗话说，三年清知府，十万雪花银。他官居县长，比不了知府，也仅干了两年，腰包没有十万雪花银。即使有钱，他也不会用轿车驮骡驮运，世事不太平，遇到强盗怎么办？他雇的轿车给自己当脚力，两匹驮骡一匹驮行李，另一匹驮的是书籍。他有许多书籍，舍不得丢掉。

他来三边县之时，胸怀大志，想干一番大事，不说当个清官千古流芳，至少也不能做个赃官落个骂名。没想到壮志未酬，遭小人暗算，落了个如此下场。出了三边县城，他回首望着黑乎乎的城门楼，心中很不是滋味，良久，说了声："惭愧！"

三边县地处偏僻，人稀地广。一干人赶天黑才走到三边县界一个叫沙梁店的小镇。说是镇，比关中平原的村子还要小，仅有几十户人家，镇口有家小酒店。时令已是暮春季节，可陕北的气候还没有回暖。加之这里是个风口，太阳一落山就起了风，飞扬跋扈的狂风把毛乌素沙漠的流沙卷得铺天盖地。转眼间天就黑乎乎的一片。

他撩开轿车帘，锁紧了眉头。同永顺在马背上用马鞭指着前边说:“镇口有个酒店,咱们在那块安歇吧?”

他点点头:“好吧。”

一干人便在沙梁店住了下来。

沙梁店的酒店虽小,却也有酒有肉,吃喝过后,同永顺把两个脚户叫到屋里去。时辰不大,两个脚户手里握着几块大洋,喜滋滋地出了屋。

夜,渐渐地深了,风在树梢上呼叫,很是凄厉。两个脚户还在轮流经管着牲口。由于外边风沙大,草料一添,他俩谁也不愿多往出跑,伴着一盏清油灯一左一右和衣躺着,一边抽着旱烟一边悄声议论着傍晚住店后发生的事。他们有点弄不明白,一县之长,在这块土地上就是土皇上,就算下了台,也瘦死的骆驼比马大,不至于偷偷摸摸地走吧。听说他去关中的渭北县还是当县长,咋这么落魄呢?就说几个钟头前吧,那个县长匆匆吃了饭,改骑马带着亲随反倒投北去了。他们更想不明白,那个随从把他们叫去,给了他们多出几倍的赶脚钱,并让他们把东西送到渭北县,到时候再加倍付脚钱。驮子里是啥东西这么值钱?金银珠宝吗?那年轻县长难道不怕他俩昧了这值钱的东西,赶着轿车和驮骡跑了?也许人家看透了他俩是个老实疙瘩,没贼胆也没贼心。俩人思来想去弄不明白人家葫芦里到底卖的啥药,相视而笑,彼此讥讽。一个说:“人家县长把咱俩碟碟喝凉水,看透咧,眺定咱俩没那个贼胆,也没那个贼心。”

另一个说:“你这话说得对,咱俩也就只是当脚户的料,根本就看不透人家当官的葫芦里卖的啥药。”

“嗐,咱管球他哩。只要人家给咱出工钱,他让往哪达赶咱就往哪达赶。”

“你这话又说对咧，咱只管出力挣钱，咸吃萝卜淡操心……”

俩人抽着旱烟闲谝着，又给牲口添了一回草料。之后，他们的眼皮就困得往一起粘……

不知过了多久，年长的脚户忽然被外边压过风吼的一声响动惊醒了。他侧起身来细耳聆听，风吼声中夹杂着异样的响动声，是牲口踢咬斗槽？还是盗马贼进了牲口棚？牲口是脚户的命根子，若是盗马贼偷走了牲口可如何是好！他头皮一炸，翻身起来，顾不上喊一声同伙，就疾步奔牲口棚。

外边漆黑一片，伸手不见五指，牲口棚的马灯可能被大风吹灭了。他摸到槽头，拉拉牲口缰绳，几匹牲口都在，但都昂着头，显然是受到了惊动。他心中疑惑不安，想点亮灯看个究竟，刚掏出火柴，猛地一双大手从脑后伸了过来卡住了他的脖子。他浑身一颤，张口要喊，一把匕首又顶住了他的胸窝。一个凶狠的声音低吼道："悄着，出声就宰了你！"

他禁不住一连打了几个寒战，张着嘴却不敢出声，一把麦草随即塞住了他的嘴，堵得他心口发闷。他知道是遇上了打劫的土匪，也知道这些土匪心狠手辣，禁不住浑身筛起糠来。

他被两个壮汉前拉后搡地拖到一个土崖下，随后口中的麦草也被拔了出来。他吐出口中残留的麦草，长长嘘了一口气。他隐约看见土崖下有一伙人影，其中有个很粗的嗓门压低声音喝问："那个狗日的县长哪达去了？"

“不……不知道。”

“不说？我看你狗日的是活颇烦了！”匕首又顶住了他的心窝。

“好汉爷，别……别动手……人家县长上哪达去咋能给我这个赶脚的说哩。他，他只是叮咛，让我把东西给他送到渭北县城去。”

"他几时走的?"

"天刚擦黑那会儿就走了。"

"他们几个人?"

"那个县长只带着一个随从。"

"你没说谎?"

"我要说谎好汉爷就把我的头割下来当尿壶。"

粗嗓门头领收回了匕首。

有人失声叫道:"大哥,咱们上当了!"

另一个说:"这叫金蝉脱壳之计。"

"大哥,咱们骑快马去追!"

头领有点犹豫不决。

这时有人嘟哝了一句:"就算能追上,也日头上了树梢。再说了,出了县境就不是咱的地盘了,不好下手。"

头领思忖片刻,骂了句:"算狗日的命大,撤吧!"

……

司马亮离开三边县的当天晚上,和衣而卧。忆起到任两年来的风风雨雨和坎坎坷坷,他不能成眠。子夜时分,他刚有了点睡意,蒙眬中听到一阵脚步声,顿时警觉起来,忽地坐起身,喝问道:"谁?"

"是我。"同永顺从外间走了进来,递给他一个纸团。他展开一看,只见上面写着:当心,有人要对你下黑手!他疾问:"哪来的?"

同永顺说:"是从窗口扔进来的。我追出去时,只看到了那人的背影,像是衙门门口卖醪糟刘老汉的儿子。"

司马亮爱喝醪糟,常去刘老汉的醪糟摊子坐坐,跟刘老汉谝谝闲传,喝上一碗醪糟。刘老汉对他印象极好。

司马亮看着纸条，愕然发呆。

同永顺说："宁可信其有，不可信其无。"

司马亮点点头。

于是，他们主仆二人在沙梁店玩了个金蝉脱壳。那天晚上沙梁店上演的那场拦路打劫的戏因他们主仆二人的缺席而砸了场。为此，三边县想谋害司马亮的人深感遗憾。这是后话，暂且不提。

（七）

司马亮来到渭北县的第二天，副县长牛泰来和保安大队队长严智仁、警察局局长章一德以及各局局长等官吏前来拜见。众人在客厅落了座，同永顺送上茶水，摆上香烟。初次拜见上司，众人都十分拘谨，不敢鲁莽地去喝茶抽烟，乃至言谈，气氛便有点凝重尴尬。

少顷，牛泰来干咳了两声，自我介绍道："老朽牛泰来，忝列副县长之职。"随后又把在座的各位给司马亮一一做介绍。他年近六旬，穿一袭蓝绸长袍，上罩黑绸马褂，留着山羊胡须，关中西府的口音很重。他是个老儒，极迂腐，在副县长这个位子上已经坐了十余年。司马亮未到任之时，他暂代渭北县县长之职。司马亮到任，又让他把屁股挪回了原处。这种事情他经历了好几次，已经司空见惯，宠辱不惊了。

"久仰，久仰。"司马亮客套地冲着众人抱了抱拳。"鄙人复姓司马，单名亮，司马亮。"

忽然有人扑哧笑出了声。众人举目看时，发笑的是保安大队队长严智仁。

严智仁年过不惑,行伍出身,生得五大三粗,满脸虬髯,平日里说话声高气大,不拘小节。时逢乱世,他手握兵权,保安大队有四百多号人,对他一呼百应。他向来说话办事专横,唯我独尊,不把文职官吏放在眼里,县里的大小官吏都有点惧怕他。如果说警察局局长章一德跺一下脚,渭北县的地皮要颤一颤;那么严智仁跺一下脚,渭北县的地皮要颤三颤。此时他突然发笑,闹得大家莫名其妙,都呆眼看他。牛泰来问道:“严大队长为何发笑?”

严智仁笑道:“咱们新来的父母官是不是把姓搞错了?”

众人不明白严智仁为何出此言,把目光又投向司马亮。牛泰来肚里明白,严智仁欺司马亮是个白面书生,拿他寻开心,心里虽憎恨严智仁的作为,却也冷着脸看笑话。毕竟他心中不平,嫉妒司马亮。

司马亮早已看出严智仁在调侃他,顿生恼恨。可几年的官场历练,让他胸襟非凡。他把恼恨藏而不露,笑着脸说:“严大队长说得不错,小时候我也以为姓错了姓,可我问了我父亲又问我祖父,他们都说没错,是姓司马。我说,既然没姓错姓,那是给我把名字起错了。我父亲说生我时刚好天光大亮,就给我起名‘亮亮’。说到底是我姓错了,我要是姓诸葛,严大队长就不会质疑了吧。”说罢,大笑。

众人这时才听明白了,都笑了起来。牛泰来手拈胡须,含笑点头。仅此一番话,他已对司马亮刮目相看了。

严智仁看似粗俗,却肚里也有水。他原本见司马亮年纪轻轻就当上了县长,心中不仅不服,也小瞧司马亮,就想出出司马亮的洋相,也算是给他一个下马威。没料到司马亮没有恼怒,以玩笑化解了他的不恭不敬,并打破了尴尬的气氛。后生不可小觑,他当下也对司马亮刮目相看，笑道："司马县长，跟你开个玩笑，你可别往心里去。"

司马亮也笑道："常言说得好，不说不笑不热闹，我就喜欢和人开玩笑。严大队长是咱渭北县的军事长官，以后还要仰仗你对兄弟的支持。"

严智仁拍着胸脯大包大揽地说："这没啥说的，以后有用得着我的地方就言传一声。"

司马亮又冲众人抱拳："以后就仰仗各位了。"

众人都急忙抱拳还礼，七嘴八舌地说："司马县长太客气了，你是一县之长，有啥事尽管吩咐，我们愿效犬马之劳。"

客套之后，司马亮呷了口茶，严肃了脸面，说道："昨日进城时，我看到了布告，刺杀王县长的凶犯很快擒获正法，警察局和保安大队功不可没。我初来乍到，对渭北的情况不甚了解，不知渭北的当务之急是什么？"他把目光投向牛泰来。

牛泰来欠身答道："依我愚见，渭北的当务之急还是治安问题。渭北地处偏僻，原大沟深，土地贫瘠，不多打粮食，却多生盗匪。还有那野滩镇，最让人头痛。"

司马亮问道："你说的是渭河南岸的野滩镇？"

牛泰来点头道："是的。野滩镇地处渭河南岸，却划归咱渭北管辖。有道是，隔山不算远，隔河不算近。野滩镇距县城三十来里地，不算远，但隔着一条渭河，咱们鞭长莫及。那地方十三省的人都有，三教九流的人聚在了一起，简直就是个土匪窝。"他说着连连摇头。

司马亮的老家在西秦，西秦与渭北相邻。他早就听说过野滩镇是个土匪窝，三教九流的人物都聚集在那里，但详情并不清楚，正想问个究竟。忽然见保安大队的副官乔大年匆匆来找严智仁。乔大年在严智仁耳边低语了几句，严智仁脸色陡然一变，问道："你查看过没有？"

乔大年答道："我上城楼查看过了。"

严智仁两道浓眉拧成了两个墨疙瘩，摆摆手，乔大年退下。章一德疑惑地看着严智仁。严智仁与他耳语几句，只见章一德顿时也变颜失色，神情很是不安。

司马亮心中大疑。这时外边又传来了喧哗声，似乎在议论什么事。他示意同永顺出去看看。片刻工夫，同永顺回来俯在司马亮耳边说了几句，司马亮的脸色也陡然变色。其他人见此情景，不知发生了什么事，面面相觑，心中忐忑不安起来。

司马亮稳了稳神，说道："各位请回。牛副县长、严大队长和章局长留一下。"

众人走后，司马亮绷紧了脸说："严大队长和章局长可能都已得到消息，城门楼上的凶犯首级不翼而飞了。"

牛泰来惊呼一声："啊！有这等事？"

司马亮说："全城的人现在都在议论这件事。"

"真个是出了奇事了，这可如何是好……"牛泰来掏出手绢直擦脑门沁出的冷汗。

这时同永顺又匆匆走了进来，交给司马亮一封信。司马亮打开一看，脸色变得铁青。他把信递给章一德，冷冷地说："章局长看看吧。"

章一德看完信，额头沁出了冷汗。他把信又递给严智仁。严智仁还未看完信，太阳穴处就暴起了青筋。牛泰来把头伸过来，问道："谁的信？"

严智仁没好气地把信塞给了牛泰来。牛泰来看罢信又惊叫起来:“咋的,城门楼上的人头不是凶犯彭大锤的?”

原来这是一封匿名检举信,信上说城门楼上的人头根本就不是刺杀王县长凶犯的人头。检举者显然知情,说得有根有据。

司马亮冷着脸问道:“章局长,这到底是咋回事?希望你能给我说出实情。”

章一德转过目光求助似的看着严智仁。严智仁这时镇静下来,满不在乎地说:“司马县长这么问,那我就实话实说,那人头不是凶犯的。”

消息得到了证实,司马亮还是吃了一惊:“那是谁的?”

“是个死囚的。”章一德说,“王县长被人暗杀,一时间全城人惶惶不可终日。一时半会儿又抓不着凶犯,为了安定人心,我和严大队长商量,李代桃僵。出此下策,我们实属无奈。”

严智仁说:“那死囚是个土匪小头目,枪毙他是迟早的事。砍了他的头是废物利用。”

司马亮讶然半晌,问:“那真正的凶手是谁?”

章一德回答:“彭大锤。”

“他是个啥人?”

“是个镖客。”

“他与王县长有仇?”

章一德摇头。

司马亮说:“那他没有杀人动机呀。”

严智仁说:“他是个镖客,也是个刀客。刀客你知道是干啥的么?”神情很是不屑。

司马亮虽说年轻,但饱读史书,对关中的镖客很是了解。潼关以西、宝鸡以东，渭河两岸以及渭北高原经常出没一帮镖客，他们身上带有一种特殊的刀子，人们把这些镖客称为关中刀客。刀客们刀尖上讨生活，他们带的刀长约三尺，宽约二寸，好钢铁打造而成。他们三个一群、五个一伙保私盐，保私茶，也保大户人家的千金、漂亮媳妇和金银珠宝，路见不平，便拔刀相助。遇到催粮要款的，他们眼睛向天，敞着胸脯，敢跟当兵的玩命。如今是火器时代，刀客与时俱进，不仅要刀，更多的时候玩枪。刀客在官府的眼里也是土匪，是社会的不安定因素。因此，刀客永远是被缉捕的对象。严智仁无疑是把彭大锤认作土匪。

“刀客就是土匪。谁给钱就给谁当杀手，要个啥球动机。”

司马亮对他的说法不以为然：“严大队长，对刀客也不能一概而论。据我所知，能当刀客的十有八九都是硬汉子，不一定个个都是杀人越货的土匪。”

严智仁说：“我想起来了，听说王县长手中有个宝物，价值连城，刺客十有八九是冲着那宝物去的。”

“啥宝物？”

“啥宝物我不知道，我是听别人说的。牛县长和章局长都听说过这个传闻吧。”

牛泰来和章一德都点头称是。司马亮沉下脸说：“严大队长，你是渭北的最高军事长官，怎么能轻信茶楼酒肆的传闻。”话语中有训斥的意思。

严智仁语塞，脸色成了猪肝色。牛泰来瞧在眼里，怕严智仁恼羞成怒不给司马亮面子，急忙插言说：“王县长在任四年，做事认真，得罪了不少人，仇家不少。也许是仇家干的。”

章一德讥笑道：“他要是跟你一样当个好好先生，就不会丢脑袋。”平日里他很是瞧不起牛泰来胆小怕事，常常拿话语讥讽牛泰来。

严智仁也嘲笑说：“这也难说。牛县长，王县长一死，下来就该轮到你了。你可要当心哩。”

“二位别拿老朽取笑了。”牛泰来掏出手绢拭着胖脸，掩饰自己的尴尬，“说正经事，说正经事。”

司马亮见严、章二人如此拿牛泰来取笑，心中有几分不快，干咳了两声，沉下脸问道：“咋能断定彭大锤就是凶手呢？”

章一德说：“王县长身边有两个保镖，身手都不凡。王县长出事时，两个保镖都被刺客杀了，在渭北地面能杀死那两个保镖的也就是彭大锤了。”

“就凭这个断定凶手是彭大锤？”

章一德不吭声了。

严智仁说：“不凭这，还凭啥哩？”口气有点咄咄逼人。

司马亮看了一眼严智仁，心中十分不快，但没有表露出来。他把目光转向章一德：“现场没留下啥东西吗？”

章一德摇头：“凶手干得很利索，啥都没留下来。”

沉默良久，司马亮又问：“你们除了李代桃僵外，还采取了啥措施？”

章一德说：“警察局派出了七八个暗探，四处搜寻彭大锤。”

严智仁也道：“保安大队也派了好多便衣搜捕凶犯。”

“有线索吗？”

章、严二人都摇头。

司马亮说：“你们说的彭大锤真个就那么厉害吗？”

牛泰来这时开口道：“司马县长初来乍到，有所不知。彭大锤当真很厉害,他能飞檐走壁,来无影去无踪,杀人不眨眼,人送外号鬼见愁。"

司马亮把目光投向牛泰来:"牛副县长见过他吗?"

"没见过。"

"那何以得知?"

"是听别人说的。"

"街头传闻也可以信吗?"司马亮冷着脸说,"我们是政府官员,不可以讹传讹。"他已看出牛泰来老朽无能,言语不恭起来。

没人吭声了。客厅的气氛沉重起来。

良久,司马亮忽然开口问道:"城门楼上的人头失踪了,你们认为是何人所为?"

牛泰来连连摇头。章、严二人面面相觑,也都摇头。

"会不会是你们说的那个彭大锤干的?"

"他偷一个死人头干啥?"严智仁摇着头。

"你们说那人头是他的,他就照单收走。"司马亮扫了严智仁一眼,"你们说彭大锤那么厉害,他会不会出一下你们的洋相?"

严智仁以拳击掌,叫道:"你这话有理,那狗日的给咱们示威哩。"

司马亮又把目光转向章一德,问道:"章局长以为如何?"

章一德思忖一下,道:"司马县长言之有理。这种事也只有彭大锤干得出来。"

牛泰来紧跟着说:"我看也是。人头在城门楼上挂着,还有人看守着,却被人探囊取物般地拿走了,除了彭大锤谁有那本事。"

司马亮呷了几口茶,猛地放下茶杯,提高声音说:"既然各位看法一致,那就抓捕那个彭大锤吧。严大队长、章局长,你们何时能破获此案？”

严、章二人相对一视，都不吭声。

司马亮又道：“我知道这个案子不好破，凶手也不好抓。可再难破也得破，再难抓也要抓。给你们一个月时间，咋样？”

严、章二人又相对一视，还是不吭声。显然，他们都没把握在一个月内破案抓住凶犯。

司马亮见此情景，叹了口气：“唉，我初来乍到，你们俩总不能让我坐蜡吧。县长被人杀了，却破不了案抓不住凶手，上峰会骂我们是一群酒囊饭袋。再说了，抓不住凶手，咱们吃饭的家伙说不定几时也会丢的！”

牛泰来跟着说：“司马县长说得极是。”

严、章二人站起身来，同声道：“我们一定竭尽全力！”

司马亮说：“竭尽全力是必须的！破案、抓住凶手也是必须的！”

第四章

(八)

大锤得知自己的脑袋被挂在城门楼上的消息是在当天正午。是时,他正躺在秋月的软床上呼呼大睡。

“大锤! 大锤!”秋月进了院门迭声喊进屋来。

大锤从沉睡中惊醒,睁开眼睛茫然地看着秋月。

秋月穿一袭镶金丝的红绸旗袍,亭亭玉立站在床前。旗袍套在她身上显得有生命有灵魂,把女性特有的曲线勾勒得恰到好处,增一分嫌肥,减一分嫌瘦。她一双乌眸痴痴地看着大锤,似惊又喜。大锤望着飘忽而至的美人,一时竟弄不明白是梦是真。前些日子他给宝和堂的唐掌柜去云南保了趟镖,昨晚刚回来,又跟秋月缠绵了多半宿,实在是又困又乏,虽说睁开了眼睛,可睡意依然很浓。他揉了揉眼睛,打了个哈欠。

秋月刚才出去了。她去割肉买菜,想给大锤改善改善生活,补补身子,大锤比走时瘦了许多,真让她心疼。她走得太急,娇喘不已,俏丽的脸庞泛着桃花色,额前的刘海儿贴在汗津津的额头上。她呆眼看着大锤,半天不吱声。大锤这时灵醒过来,见她神情有点儿古怪，便问道：“你咋了，尽看我做啥？”

秋月突然咯咯地笑了。

大锤莫名其妙了：“你笑啥哩？”

秋月笑弯了腰：“你出去看看……咯咯咯……”

大锤更是丈二和尚摸不着头脑：“出去看啥哩？”

“你的头让人挂在城门楼上了……哎哟，笑死我了……”秋月跌坐在床边上，边笑边握着拳头捶打着床。

大锤不高兴了：“你胡说八道啥哩！”

“我没胡说八道，不信你出去看看。城门楼上挂了个木笼，木笼里装着一颗人头，还滴着血哩，十分地瘆人。城门口贴着一张门扇大的布告，布告上清清楚楚地写着锤头大的黑字，说那木笼里的人头是你的。当时把我吓了一大跳，我出门时你还在我的床上睡着，咋的一转眼工夫就让人把头割了挂在了城门楼上?！我顾不得去割肉买菜就跑了回来，一看你还在床上打呼噜哩。笑死人了……”秋月抹着笑出的泪水。

大锤骂道：“狗日的这不是咒我死么。”

秋月收住了笑，说道：“你还不知道吧。你去云南不几天，王县长就让人打了黑枪，城里一片风声，都说是你下的手。你要是没去云南，我也以为是你干的哩。”

大锤边穿衣服边说：“王县长有两个保镖，功夫都很不错，咋能被人打了黑枪。”

秋月说：“要不人家都说是你干的呢。”

大锤愤声说：“狗日的，凭啥把屎盆子往我头上扣！”手在枕头下摸。

“还不是你的本事大么。你现在是老虎不吃人威名在外哩。

你找啥哩?"

"枪。"

"在这。"秋月拉开桌子抽屉,取出两把盒子枪。

大锤接过枪,很不高兴地说:"往后不许动我的家伙。"

"你不高兴啦?"秋月看着大锤的脸色,"枕着这家伙睡觉我老觉得头皮发凉发麻,跟你弄那事也没了心劲。"

"我跟你相反,不枕着这家伙睡觉心里就不瓷实,也睡不着。"大锤收好枪,要下床。

"你上哪达去?现在风声很紧,警察局和保安大队的人都在抓你哩。"

"抓个球哩!我的㞗不是让他们割了挂在城门楼上了么。这回我要出一出章一德和严智仁这两个狗日的洋相。不然的话,老虎不吃人,他们还把我认病猫哩。"

秋月问:"你咋出他们的洋相?"

"我把城门楼上的人头弄下来,看他们还咋吹牛皮哩。"

"你别没事找事咧。你也不看看啥火候,他们是想着法给你找事哩。"

大锤骂道:"狗日的给我找事,看我咋收拾他们!"

秋月劝道:"他们两个一个是警察局局长一个是保安大队队长,有权有势又有枪,咱不和他们斗。咱好好过咱的日子。"

大锤愤愤地说:"我就不服狗日的他们。"

"你就忍忍吧。他们得势一时,不能得势一辈子。总有一天会遭到报应的。"

大锤把腰上的牛皮带紧了紧,插好了枪。秋月忙问:"你干啥去?"

“我回家看看。”

“你想她啦?”秋月噘起了小嘴。

“我想我妈。”

“你哄鬼哩。我不让你回,你把我的被窝还没暖热哩……”秋月扑过去,一双玉臂缠住了大锤的脖颈,一对丰乳直往大锤的脸上磨蹭。大锤最受用这一着,当下就酥了身子,笑骂了一句:“你这个熊婆娘就会缠人……”搂住秋月的小蛮腰,就滚倒在床上……

(九)

秋月不是渭北土著,老家在陕南汉中。她父亲李茂源是个生意人,早年来渭北经商,如今在县城开了个京货铺,生意很是红火。去年暮春,李茂源接到家书,说是二女儿秋月不幸丧夫。他生了四个儿女,两男两女,两个儿子和大女儿都在老家成家立业。秋月从小在他身边长大,及笄之年他本想在渭北给秋月找个婆家,可老伴坚决不同意。老伴说树高千丈,落叶归根,他们不能客死异乡,迟早要回陕南老家,不能把女儿孤零零地丢在渭北,说啥也要在陕南老家给女儿找婆家。后来他送秋月回到陕南她外婆家,在老家和一个张姓的小伙子定了亲。没料到秋月结婚不到半载丈夫病亡,真是令人心痛。他和老伴相商,决定接秋月来渭北,暂且离开那伤心之地,再做打算。

陕南与关中隔着一道秦岭,往返一千余里。尤其是秦岭之中常有歹人出没,极不太平。李茂源是个谨慎人,自思接女儿比去省城进货更为不易。货丢了也就是折点钱财而已,若是失了女儿可如何了得!加之老伴李刘氏思女心切,说啥也要回老家看看。他当机立断,出重金请威震三县的镖师彭大锤做保镖。

去时,李茂源雇了一辆轿车做妻子的脚力,他骑着马伴着轿车同行。大锤骑着一匹快马在前边开道,大锤的一个徒弟殿后。大锤自思出这趟镖不会有啥大麻烦的,因此没多带人。一行五人昼行夜宿,一路平安地到了汉中。

到了汉中却遇上了一个不大不小的麻烦。秋月丈夫的大哥见兄弟命丧黄泉,弟妹长得俊俏出众,便起了歹意,要纳秋月为妾。秋月不肯,他恼羞成怒,把秋月卖给了一个恶少。那恶少是个独眼,三十出头还没有娶上媳妇,花了三百大洋买下了秋月。他们到达秋月婆家之时,恰好那恶少带着一伙家人来娶亲。秋月哭号着,死活不愿嫁那独眼恶少。秋月丈夫的大哥和嫂子把秋月拖出了家门,交给了来娶亲的独眼恶少。秋月丈夫的大哥拿了大洋说:“人我是交你了,往后就没我的事了。”

独眼恶少抱着秋月就往轿车上塞。这时李茂源夫妇和大锤赶到了。

“秋月!”李茂源痛声叫道。

秋月闪目疾看,是父亲!她大呼:“爹,快来救我!”

李茂源扑过去抓住恶少的胳膊,怒喝道:“放开手!”

恶少一怔,看清是个老汉,恼怒道:“你是个弄啥的?滚开!”

李茂源说:“我是她爹,她是我女子!”

恶少又是一怔,拿眼睛看定秋月丈夫的兄嫂:“你们没说过我有丈人爸?”

秋月丈夫的大哥没料到李茂源此时会出现,他愣了一下,咬牙说:“别理识他,你赶紧把人拉走。”

恶少对李茂源说:“老汉你松手,这个媳妇我可是花了三百块大洋的。”

李茂源说：“我给你三百块大洋。”

恶少狞笑道：“咋，你还想跟我争媳妇？”

李茂源大怒：“放屁！她是我的女子！”

“你的女子？我可不敢认你这个丈人爸。滚开！别耽搁了我入洞房的时间！”

李茂源哪里肯走，只想着要救下女儿。恶少急了眼，一掌把他推倒在地。

“爹！”秋月哭喊着。

“秋月！”李茂源挣扎起身，又去阻拦恶少。

恶少没料到节外生枝，心里着急，举拳又朝李茂源打来，却被一只大手攥住了手腕。他转脸一看，是个魁梧英武的年轻汉子。他更加恼怒，想抽回掌劈了年轻汉子。可年轻汉子的大手如同老虎钳紧紧地钳着他的手腕，让他动弹不得。

“把人家的女子放了！”年轻汉子的声音不大，却透着一股恶狠狠的凶煞之气。

恶少挣脱不开身，极不情愿地放了秋月。秋月扑进了父亲的怀抱。年轻汉子这才松开了恶少。恶少眼看着煮熟的鸭子要飞了，急红了眼，大喊一声：“弟兄们，给我上！”

十几个壮汉挽衣袖捋胳膊地扑了上来。李茂源急叫道：“大锤，当心！”

大锤冷笑道：“我的锤头子（拳头）正痒着哩。”握拳迎了上去。大锤的徒弟砖头也急忙迎战。

那伙壮汉仗着人多势众，把大锤师徒二人团团围住，想来个群狼吃猛虎。大锤师徒毫无惧色，拳脚并用。拳脚到处，便听“哎哟”

之声。几个回合下来，地上躺倒了七八个，其余的吓得往后直躲。大锤一个箭步过去，一把抓住恶少的衣领，说道："我看你是不想要剩下的这只灯了！"一根手指梭镖似的要戳恶少的独眼。

那恶少原是个糠心萝卜——软人的害，恶人的菜，自知今日儿遇上了克星，双腿一软，跪倒在脚地，连连求饶："好汉爷饶我……"

"往后还敢不敢作恶？"

"我再不敢了……"

"那三百块大洋是咋回事？"

"他拿了我三百块大洋……"恶少指着秋月丈夫的大哥。

秋月丈夫大哥的身子缩成了一团，瑟瑟发抖。大锤走了过去，目光如炬瞪着他。他颤声求饶："好汉爷饶命！"

"钱呢？"大锤问。

秋月丈夫的大哥虽说爱钱，可也知道命比钱更值钱，急忙把到手的钱全交给了大锤。大锤把钱扔给了恶少，厉声训斥："往后若是让我听到你还再作恶，我就戳灭你剩下的灯！滚吧！"

恶少慌忙带着他的人滚了……

第二天，他们就驱车离开汉中返渭北。大锤和李茂源都暗暗捏着一把汗，他俩都担心那恶少会不会纠集一伙歹人来寻衅滋事。翻过秦岭，没遇到什么麻烦。他们这才松了一口气。

这日，看看天色将晚，一伙人便在山脚一家客店住下。明天渡过渭河就到了渭北地面。没曾料到当晚出了事，小河沟里翻了大船。

是夜，他们一伙占用了三间客房，秋月娘和秋月住一间，大锤和李茂源住一间，大锤的徒弟砖头和车把式住一间。前半夜大锤睡得很实在，交过子夜他灵醒过来。这是他多年养成的习惯。他深知干镖客这一行是提着脑袋换饭吃,因此行事十分谨慎。在他的经验里,前半夜不会出啥事,出事都在后半夜。特别是麻明那阵儿最爱出事。俗话说,麻明的瞌睡大姑娘的舌头,那是最香的东西。越香人越贪,贪了就起祸殃。这个非常浅显的道理却往往最容易被人忽视。

灵醒后,大锤就支棱起耳朵聆听外边的动静,窗外只有飒飒的风声。渐渐地困意又上来了,他合上了眼睛。连天赶路,实在是太困了。就在似睡非睡之时,外边一阵异样的响动,尽管很轻,还是把他惊动了。他翻身爬起,把耳朵贴在窗纸上,只听外边有人压低声音说话。一个是店主的,另一个声音很粗重,不知是什么人。

“四男两女,两个下人睡在外间,女眷睡在东屋,掌柜的和保镖睡在西屋。”这是店主的声音。

“货多么少?”粗重的声音。

“货不多,可有两个女人哩。那个老的不说,那个小的也就十八九岁,我还没见过那么漂亮的女人哩,简直就是仙女下了凡。”

“女人归我,货归你。咋样?”

“这个……”

“这个那个的啥哩!下回弄下女人归你。”

“你可要说话算数。”

“你放心,别不识抬举了。”粗重的声音不耐烦了,“他们有家伙么?”

“可能有吧。”

原来是家黑店,店主和土匪沆瀣一气,合伙打劫。大锤头皮一炸,情知不好,推了一把身边的李茂源,低声道:“有贼!快起来!”

李茂源忽地坐起身,惊问:“贼在哪达?”

“在院子!”大锤掣出枪来,已站在门边。

李茂源惊慌失措,慌忙中不知把啥东西撞落在地上,发出一声响。外边的贼人被惊动了,只听贼首一声喝喊:“弟兄们,动手!”

有人撞门,静夜中声响如雷。李茂源吓得浑身筛糠,不知所措。

门被撞开了,一个彪汉扑了进来。大锤闪身出来,抬腿就是一脚,只听那彪汉“哎哟!”痛叫一声,似一个大麻袋重重地砸在了院子里。院里一片惊呼。

大锤压低声音对躲在他身后的李茂源说:“李掌柜,别出屋,我保你性命无虞。”

李茂源已惊得出不了声来,只是鸡啄米似的连连点头。

忽然,传来一声疾呼:“他爹,快救秋月!”

是李茂源的老伴李刘氏在呼救。李茂源忽地直起了腰,往外要扑。大锤抓住他的后衣襟把他拽了回来,低吼道:“你不要命了!”

“秋月!”李茂源痛叫一声,泪流满面。

又是一声锐叫:“爹,救我呀……”

是秋月!

李茂源红了眼睛,大叫了一声:“秋月,爹来了!”挣脱了大锤的手,疯了似的扑出了屋。

这时枪响了,李茂源倒在了院子。院子里火把通明,李茂源的白绸衫子被鲜血浆了。李刘氏和秋月哭喊起来。

大锤独闯江湖多年,很清楚道上的规矩,土匪只谋财不害命。刚才那个彪汉闯进屋来,他没下狠手,只是踹了一脚,给对方点颜色瞧瞧,让对方知难而退。没想到这伙贼人吃错了药,不仅不退,反而动了枪打死了他的雇主。他顿时怒火攻心,热血直往头顶撞。

这时就听砖头在外间喊:“师傅,这伙土匪凶得很……”

又响起了一阵枪声,砖头的喊声消失了。显然,砖头和车把式惨遭毒手。

大锤双目喷出火来,咬牙切齿地骂道:“狗日的跟爷爷动枪,那就别怨我手黑!”顺手抓起床上的枕头,猛地掷到了院子。

一阵乱枪,枕头开了花。在此同时,大锤手中的枪也响了,有三个汉子躺倒在院子。他就地一滚,人已到了院中。贼人们被他如此了得的身手吓得往后直退。他目光一扫,借着火把的光亮瞧见秋月娘和秋月分别被两个壮汉掳着。他瞅准机会,身子猛地一旋,把一把短刀就近插进掳秋月娘的汉子的软肋。那汉子痛叫一声,倒在了地上。秋月娘也软在了脚地。他俯身想搀扶起秋月娘,秋月娘却猛推他一把,锐声道:“别管我,快去救秋月!”

大锤略一迟疑,就要往过冲。掳秋月的贼人看出他的厉害,疾声道:“别过来!过来我就宰了她!”一把刀就搁在了秋月的脖子上。

大锤怕伤了秋月,不敢贸然冲上前。那贼人狞笑着,掳着秋月往门口移步,企图显而易见。

“妈!”

“秋月!”

秋月和秋月娘都泣声锐叫。

“别吱哇!谁吱哇就杀了谁!”贼首在怒喝。

秋月和秋月娘不敢叫了,都怕贼人动怒杀了谁,只是流泪抽泣。眼看掳秋月的贼人就要到门口了。大锤额头沁出了冷汗,他急中生智,猛喊了一嗓子:“砖头快来呀!”

院中的人都是一惊,移动目光搜寻叫砖头的人。也就是这一愣神的工夫,大锤蹿到了掳秋月那贼人的身边,手中的短刀随即刺进贼人的后心。他没有使枪,怕误伤了秋月。

这时贼首醒过神来,红了眼,大吼道:"抓住他们,别让狗日的跑了!"率先往过就扑。

秋月娘拼出全身气力,猛地扑过来抱住了贼首的腿,大喊一声:"快跑!"

贼首没防备,绊倒在地。他十分恼怒,回手一枪,打死了秋月娘。可秋月娘还死死地抱着他的腿,等他拼力扳开秋月娘的双手爬起身时,大锤拽着秋月的胳膊早已跑出了门外。

这时正是黎明前的黑暗,黑暗之中似乎处处都埋伏着杀机。贼首已尝到了大锤的厉害,哪里还敢追击,仓皇收兵。

大锤拽着秋月的胳膊慌不择路,借着夜幕的掩护逃出村外。一口气跑出二里多地,秋月挣脱大锤的手,跌坐在地,拉风箱似的喘着气。

"咋了?"大锤也牛喘着。

"我……我……跑,跑不动了……"

"你不要命了?"

"要杀要剐随他们……我爹我妈都死了,我也不想活了……"秋月大放悲声。

大锤慌忙捂住她的嘴,斥责道:"悄着点!把土匪引过来咋办?你不想活我还想活哩。"

秋月只好忍住悲声。大锤细耳聆听,身后没有追杀声,便不再强迫秋月赶路。歇息片刻,大锤定下神来,抬眼看天,东方已露鱼肚白色。他暗自思忖,这地方不可久停。

“走吧。”大锤催促。

“我真格的走不动了……”秋月泣声说。

“这地方久停不得,挣扎着走吧。”

秋月挣扎起身,踉踉跄跄走了几步,又跌倒了。大锤见此情景,略一迟疑,搀扶起秋月往北而去。

(十)

太阳冒花时分,他俩来到渭河岸边。是时,恰逢桃花汛,平日风平浪静的河面浊浪滚滚,一个漩涡挨着一个漩涡,泛着泡沫,声吼如雷,令人望而生畏。秋月一下子瘫坐在岸边,望着滔滔洪流连泪都不会流了,只是痴痴发呆。大锤跺了一脚,骂了一声:“狗日的咋就涨水了!”引颈张望,想找条渡船。

正在大锤着急之时,从上游的芦苇丛中驶出一条小船来。大锤大喜过望,高声喊道:“船家,渡我们过河!”

小船倏忽到了近前。撑船的是个三十刚出头的汉子。虽说已是暮春季节,但清晨河滩的晨风还颇有寒意,可那汉子只穿着一条白粗布短裤。全身上下的肌肉在晨光中泛着古铜色,仿佛青铜铸就的。

“过河么?”

“过河去。”

“昨晚发了大水,不好过哩。”

“我给你双倍船钱。”

撑船汉子等的就是大锤这句话。他把船摆横,稳住,说道:“上船吧。”

大锤搀扶着秋月上了船。那汉子定睛看着秋月，咂舌道："啧啧，你媳妇长得真漂(漂亮)！"

大锤没瞅睬撑船汉子，安顿秋月坐好。撑船汉子用竹篙一点，船离开了岸。一个漩涡过来，船身猛地一晃。秋月惊叫一声，双手紧抓住船帮。大锤也打了个趔趄，急忙站稳脚跟。撑船汉子关照道："今日儿水势大，你们要当点心。"说着目光一个劲地往秋月身上瞟。

大锤乜了他一眼："好好撑你的船，眼睛别胡盯。"

撑船汉子收回目光，可嘴还是不肯歇着："你们是渭北人吧？渭北人都是旱鸭子，怕是从没见过这么大的水势吧？"

大锤不高兴地说："你这人咋这话多，当心翻了船！"

撑船汉子哈哈一笑："你们放心，不是我混江龙夸口，就是闭上眼睛撑，也翻不了船。"话虽这么说，却专心致志地撑起船来。

船很快到了河中央。漩涡更大了，水势更猛了。小船在浪峰波谷中颠簸，轻飘得如同一片树叶，随时都有被浪峰吞没的危险，吓得秋月紧紧抓着船帮，不时地发出惊叫。大锤的身子也不住地打晃，他竭力站稳脚跟，并关照秋月说："低下头，别看水。"

撑船汉子叉开双腿，手握竹篙稳稳地站在船头，得意地笑着，似乎浪头越大越猛他越高兴。他瞟了一眼大锤，说道："你站稳了，要过水流子了。"

所谓"水流子"是河的中流。中流水势更凶，浪大且猛，小船被一个恶浪抛上峰顶，随即又落入波谷，树叶般地打起旋来。吓得秋月连连惊叫。大锤的身子不住地打晃，有些站立不稳。撑船汉子呵呵一声冷笑，竹篙猛地一点，船身侧立起来，似乎要翻。大锤又打了个趔趄，刚想站稳身子，只见撑船汉子手中的竹篙猛地一扬，抽打在他的后背上。他措手不及，"哎哟！"叫了一声，落入河中，眨眼之间被浊浪吞没了……

秋月惊得眼睛和嘴巴张得老大,愕然地望着撑船汉子,一时竟然弄不清发生了什么事。撑船汉子哈哈大笑:“你别害怕,没你的事。”连连点了几竹篙。船过了中流,平稳起来。

船很快到了对岸。撑船汉子拴住缆绳,对秋月说:“下船吧。”

秋月没动窝,呆眼看着滚滚东逝水,神情木然。接二连三的突然变故把她吓傻了,她不会喊也不会哭了。

“咋的,还要我请你!”撑船汉子不耐烦了。

秋月还是没动窝。撑船汉子跃身一跳,上了船,目光刀子似的凶狠狠地直射秋月。秋月被他的目光刺活了过来,身子一颤,锐声叫道:“你别过来!”

撑船汉子狰狞地笑着,饿狼似的步步逼近秋月。

“你再过来,我就跳河了!”秋月站起身来,摆出跳河的架势。

撑船汉子一怔,随即哈哈笑道:“我是耍水的还怕你跳河。你跳呀,我正想跟你一搭洗洗澡哩。”

秋月傻了眼,站住脚不敢跳了。

“你吓唬谁哩。”撑船汉子上前一步,抓住秋月的胳膊,老鹰抓小鸡似的把她拎下了船。

下了船,撑船汉子没有松手,拽着秋月的胳膊拖着她直朝岸边一间茅屋走去。

茅屋是撑船汉子的住所,虽是陋舍,但睡觉的设备却也齐全。撑船汉子推开屋门,拎起秋月扔物什似的把她扔在了床上。他连屋门都没掩就脱了自个的短裤,赤条条地直朝床边逼来。秋月虽说已吓傻了,但她明白撑船汉子想要干啥,吓得直往床角缩,可墙缝她无法缩进去,就是她能缩进墙缝去,撑船汉子也能想法把她抠出来。

撑船汉子跃身上了床,床痛叫了一声。撑船汉子狞笑一声,两只大手朝秋月抓来。秋月不甘受辱,殊死抵抗,但羔羊怎敌饿狼。秋月一双小拳砸在撑船汉子的胸脯上却似擂响了一面战鼓,更加激发了撑船汉子的斗志。他一只手抓住秋月的一双手,另一只手去扒秋月的衣服。片刻工夫,秋月的衣服就被扒光了。她知道在劫难逃,闭上了眼睛,泪水流了一脸。

撑船汉子嘴角流出了涎水,狞笑着,刚想为所欲为。就在这时,身后啥东西猛地响了一下,他一惊,急回首,只见一个年轻汉子站在茅屋门口,浑身上下水淋淋的,似一只落汤鸡。

撑船汉子以为来者是找他渡河的,十分恼怒,呵斥道:“滚出去,今日儿不开船!”

年轻汉子抹了一把脸上的水珠,冷笑道:“狗日的把眼窝擦亮,看看我是谁!”

撑船汉子定睛细看,打了个哆嗦,赤裸的身子起了一层鸡皮疙瘩,讶然问道:“你是人还是鬼?”

“你看我是人还是鬼!”

“你,你没死?!”

“阎王爷不要我,龙王爷也不敢收我。哈哈哈……”年轻汉子大笑起来。

年轻汉子不是别人,正是大锤。大锤生在野滩镇长在野滩镇,从穿开裆裤起就在渭河里耍水,水上功夫并不弱于撑船汉子。他打第一眼看到撑船汉子就看出此人非良善之辈,上船后就一直提防着。但还是防不胜防,船过中流时一不留神就遭了撑船汉子的暗算。落水后他潜游了一程,随后上了岸。他寻思,撑船汉子掳走秋月一定不会走远,便沿河岸追踪寻迹。他先是看到了河边停泊的小船，随后又看到了茅屋。船上无人，他便直奔小屋而来。果然不出所料，撑船汉子把秋月掳到了茅屋，欲行不轨。

大锤敛了笑声，脸色陡然一变，恶狠狠地骂道："你狗日的也不称二两棉花纺一纺(访一访)，竟敢打劫你的爷爷！"

撑船汉子浑身的肌肉哆嗦了一下，忽地一猫腰从床下摸出一把利斧，就朝大锤劈来。秋月惊呼一声："当心！"

大锤是会家不忙，侧身避过，随即抓住撑船汉子的手腕猛地往外一拧。撑船汉子痛叫一声，斧头落入大锤手中。大锤用大拇指试了一下斧刃，冷笑道："家伙不错，残火着哩。"

撑船汉子瞠目结舌地望着大锤，脸上没了古铜色，变得灰青。

"你狗日的害了不少人吧？"

撑船汉子额头沁出了冷汗。

"你记住，明年的今日儿是你的周年！"

"好汉爷饶命！"

"这会儿叫爷迟了！"

"爷爷饶命，爷爷饶命……"撑船汉子连连求饶。

"饶了你，你还要害人！"大锤猛地扬起斧头，劈了下去。撑船汉子慌忙用胳膊阻挡。大锤用力真猛，劈下了他的手。撑船汉子痛叫一声，倒在地上。大锤一脚踏住他的胸脯，又一斧劈下去，撑船汉子的脑袋开了花，脑浆溅了他一脸。

大锤抹了抹脸，转过头来。秋月赤裸裸地缩在床角，浑身筛糠。他急忙转过脸去，说了声："把衣裳穿上吧。"出了茅屋。

秋月这时灵醒过来，慌忙穿上衣服，不敢多看脚地的死尸，匆匆出了茅屋。大锤背身站在茅屋门外，听到脚步声，转过身来，不禁又皱起了眉。秋月的衣裳被撑船汉子撕扯得破烂不堪，穿在身上衣不遮体,反而显得欲盖弥彰,更加惹人注目。

“你等着我。”大锤又进了茅屋。

秋月不明白大锤进茅屋去干啥,站在那里呆呆地等着。从昨晚到现在这个年轻汉子已经救了她两次性命,她尤是感激。现在若是离开这个年轻汉子,她真不知道该上哪里去?倘若再遇到了歹人怎么办?她想都不敢想这个问题。她只想着这个年轻汉子走到哪里,她就跟到哪里。

时辰不大,大锤出来了,换了一身干衣服,手里还拿着一套衣服。他把手中的衣服递给秋月:“把这个穿上吧。”

秋月低头往身上看,两只丰满白嫩的乳房白鸽子似的在衣衫破烂处探出头来。她羞红了脸,急忙接过衣服套在了身上。大锤打量了一下,笑道:“有点大,可浑全着哩,凑合着穿吧。”

秋月再次低头打量自己,衣服岂止大,褂子的下摆都长过她的膝盖,就是不穿裤子也没人看得出她是光屁股。显然,这身衣服是撑船汉子的。她苦涩地一笑,弯腰卷起拖在地上的裤筒。

大锤说:“走吧,这会儿也讲究不得了。”

秋月点点头。

两人相跟着往北走。走出二里来地,有个村子,大锤在村子雇了头毛驴,让秋月骑上。一路没再遇上啥麻烦。傍晚时分,他们进了渭北县城。

(十一)

回到茂源京货铺,大锤打发走赶毛驴的老汉。秋月从小在这里长大,对这里一切都很熟悉。此刻,她抬头看着“茂源京货铺”的牌匾，恍如隔世，不觉泪如雨下。这时京货铺的大伙计来祥笑脸迎了出来："二小姐来啦！"见秋月满面泪水，心中疑惑，眼睛就往后看，问道："彭镖师，我们掌柜的呢？"

"来祥叔！……"秋月叫了一声，哽咽得说不下去。

大锤说："你们掌柜的事明日儿我给你细说，你去给我们弄些饭菜来。"

来祥急忙去拾掇饭菜。大锤低声对秋月说："甭哭，这会儿不是哭的时候。"

秋月抹去泪水。他们来到铺子后边李茂源夫妇的住处。刚歇下身子，来祥送来了饭菜，侍立一旁。大锤说："你去歇着吧，有事我会叫你的。"

来祥是个乖觉人，看出秋月的心情很不好，不再多言，退了出去。

遭到意外的劫难，一天几乎啥都没吃，大锤早就饿了。他端起碗狼吞虎咽地吃了起来。眨眼工夫，半碗饭就进了肚子。抬起头他见秋月未动筷子，便说："吃吧，饭又没招惹你。"

秋月拿起筷子，胡乱吃了几口就放下了碗。尽管肚子很饿，可她没有一点胃口。她呆呆地坐在床前，好半天，环目四顾，卧柜上方挂着父母的合影，冲着她微笑。

"咋不吃了？"大锤说。

秋月忽然大放悲声。大锤吓了一跳，忙问："你咋了？"

"爹呀！妈呀！你们让我可咋活呀……"秋月对着父母的遗像边哭边数落。

大锤抬眼看着李茂源夫妇的遗像，心重重地一沉，只觉得鼻子直发酸。没了爹妈，秋月往后的日子可咋过哩？他也没了食欲，放下了碗，替秋月担忧起来。他是个镖客，干的是拿人钱财替人消灾的行当。李茂源这次出重金雇他保镖，为的是全家安全，可这一趟他却小沟里翻了大船，让主人夫妇丢了性命。镖局有个不成文的行规，舍命不舍镖，丢了镖，就是拆房卖老婆也要还镖。打进了渭北县城，他就在肚里盘算该怎样还镖？他这次给李家保镖，保的是人命，而不是财物。如果是财物，那倒好说，丢失多少赔多少。现在丢的是人命，而且丢的是李掌柜夫妇两条人命。两条人命值多少钱？那是天价呀！

大锤自忖这回彻底砸了锅。看着秋月痛哭流涕，他心里更加感到愧疚不安，不住地干搓手。他也想到，李掌柜夫妇都不在了，当初他们订的君子协定也没有人知道了，秋月一个柔弱女子根本就不知道镖局的行规，不会要他还镖的。可他彭大锤是一个顶天立地的男子汉，怎能不讲信誉欺负一个柔弱女子呢。想到这里，他把身上的银洋全都掏出来放在了桌上。

秋月止住悲声，讶然道："你这是干啥？"

大锤愧疚地说："你爹出重金雇我保镖，我却失了手，让他和你娘丢了性命。我对不住你爹你娘，对不住你，也没脸拿这些钱。"顿了一下，又说，"失了镖，我还镖。"

"还镖？"秋月没听明白。

大锤解释说："就是赔你爹你娘的命。"

秋月一怔，说："你赔得起吗？"

大锤不敢看秋月泪水盈盈的眼睛，垂下头，半晌，说："你开个价，我现在赔不起，这辈子慢慢赔你。"

秋月又哭了起来，哭得大锤心里猫抓似的难受。他说话都不利索了："你，你别，别这么哭。你要多少钱我都给。"

秋月的哭声更大了。大锤不敢再说啥了,他站也不是坐也不是,急得额头鼻尖直冒汗。

不知过了多久,秋月才止住了悲声。大锤讷讷地说:“你歇着吧,我走咧。”抽身要走。

秋月慌忙一把拉住他:“你走哪达去?”

“我回镖局歇息去。”

“你不能走。”

“太晚了,我也困了。我明儿再来,咱俩再说还镖的事。”

“不,你就睡在这达。”

“这咋行。我得走。”

“你走了土匪来了咋办?”

“这是县城,不会有事的。”

“我爹给我说过,县城也有土匪。我害怕……”秋月哭了起来。

大锤心软了,他能理解,秋月刚经历了一场生死劫,还在噩梦中,能不恐惧么?半晌,他说:“你别哭了,我不走咧。”

秋月这才不哭了。为睡在哪里俩人又争执起来。大锤要睡到外边的明间去,秋月说她害怕,一定要大锤睡在她的屋里。大锤涨红了脸,挠着头说:“这咋行哩。”

秋月说:“我睡床,你睡脚地。”说着打开衣柜,取出崭新的被褥铺在了脚地。

大锤不好再与她争执,便睡在了脚地。秋月上了床,吹熄了灯。大锤闭住眼睛,竭力想入睡。尽管他又困又乏,可怎么也无法入睡。睡不着就胡思乱想。他想想点能让人入睡的事,可一想就想到床上的女人。他在想,床上的女人睡着了么?他翻了一下身,故意弄出一点响动。床上没有什么动静,只有轻微的鼾声,女人似乎睡着了。他又想,她怎么就睡着了?难道就不怕他对她图谋不轨么?他思维的奔马腾飞起来,他想到了女人的肉体,女人的裸体他在茅屋里已经目睹了,果然是个尤物,秀色可餐,世间少有。他感到了口渴,又感到了饥饿。他默咽了一口垂涎,想干点啥事解解饥渴。他忽然又想到了李茂源夫妇,觉得愧对他们。理智的潮水涌了上来淹没了心头的原始骚动。他不能乘人之危,为所欲为。他的心潮渐渐平静下来,困意上来了,迷糊了过去……

不知过了多久,秋月突然从床上滚了下来,惊恐得直往大锤被窝钻。大锤猛地惊醒,讶然问道:“咋了?”

“窗外好像有人……”秋月钻进大锤的怀里。

大锤支棱着耳朵仔细聆听,窗外是飒飒的晚风声,没有半点异样的动静。

“别害怕,是风声。”

“我怕……”秋月紧紧地抱住大锤。

大锤感觉到她一丝线未挂,浑身上下火炭似的发烫。他明白了过来,心头忽地蹿起一股烈火,嘴里却说:“你别这样,我家里有媳妇哩。”

秋月一怔,胳膊松了一下,少顷,又抱紧了。大锤有媳妇她应该想到。她因丧夫才来渭北的,不幸路途中多次遭匪劫,父母双双丧命,幸亏大锤救了她。现在独在异乡,而且孤身一人,她必须找个可依靠的男人。她虽是个年轻女子,却很有主见。在渭河边茅屋得救之时,她就在心中打定主意要跟定大锤,大锤走到哪里就跟到哪里,做牛做马她都心甘情愿。她的这个想法不仅仅是知恩图报,而且她看出大锤是个真正的汉子,跟了他不会有错的。她真怕大锤离她而去,便使出女人特有的手段要留住他。

“我家里有媳妇哩。”大锤又喃喃说了一句。

“我给你做二房。”

“我穷哩。”

“我不嫌。”

“我是镖客，把脑袋拴在裤带上讨饭吃哩。”

“我喜欢。”

“你说的都是真心话？”

“我说的都是真心话。”秋月的一双手在大锤身上游走，那双手似乎带着火，所到之处都被点燃了。

“那，那我就那个啥了……”大锤只觉得嗓子眼发干，心里有了极度干渴的感觉，渴望得到甘泉的滋润。

“谁不让你那个啥了……”秋月的手停在了大锤宽厚的胸膛上，轻轻地抚摸着，随后又把那张俊俏的脸贴了上去。她听见大锤的心脏擂鼓似的跳动着。烈火在大锤周身燃烧起来，再不跃进水中他就会被烧毁。他一个鲤鱼翻身，把秋月裹在了身子下……

云雨过后，秋月偎在大锤怀中呢喃地说：“你别以为我是个水性杨花的女人，父母刚刚惨死就跟你这样。我现在无依无靠，是想找个可以托付终身的男人……”言未尽，泪如雨下。

大锤也只觉得鼻子发酸，替怀中的女人拭去泪水：“我明白你的心思。你放宽心，往后就是天塌下来有我给你顶着！”

“我的好人……”秋月紧紧地搂住了大锤的脖子……

第二天，大锤唤来大伙计来祥，把李茂源夫妇遇害的事给他说了，临了嘱咐道：“往后铺面上的事你就经管着，凡事都要告知二小姐，账目每月都要让二小姐过目。”

来祥已知大锤昨夜与二小姐同室而眠，他是个绝顶聪明的人，看出了玄机,冲秋月鞠了一躬,说道:“老掌柜对我不薄,我一定尽力经管好铺子。”转身又对大锤鞠了一躬,“彭镖师,往后还请你多多关照。”

大锤笑道:“这事还用你说么。往后铺面上的事你来管,外边的事我来管。咱要让茂源京货铺越来越红火。”

此后,大锤一有闲暇就来京货铺。到后来,他吃住都在秋月那里,虽没和秋月举办过婚礼,却如同夫妻一般。知情人都清楚,茂源京货铺迟早要换掌柜的。现在的女掌柜也不怎么管事,大主意都靠大锤来拿。还有人打趣说,大锤把自个给秋月还了镖。

第五章

（十二）

大锤决定回一趟家。他打定主意的事任谁也拦不住。他本想带上秋月一块儿回野滩镇，思之再三，还是一个人上了路。

野滩镇娶三妻四妾的不少，几乎都是大户人家的老掌柜和少掌柜。大锤在外头另娶一房不但辱没不了祖宗，反而能给老彭家增光添彩。可娶二房说啥也应该得到老娘的许可，至少也得让老娘认可吧。以前他也曾好多次想带秋月回家见见老娘，让老娘认可这个既定事实的儿媳妇，可跟老娘一说这事，老娘就拉下了脸说：“我只认麦草是我的儿媳妇，你就是把天上的仙女引回来我也不认。”

后来，大锤还是把秋月带回了野滩镇跟娘见了一面。秋月只有进了彭家的门才能算是彭家的媳妇，不然的话，只能算是他彭大锤的野女人。他觉得不让秋月进家门对秋月太不公平了。那次他带秋月回来，娘一整天都拉着脸，秋月一连叫了几声“娘”，娘都没吭声。秋月出了娘的窑，娘教训他说：“谁让你把小妖精带回来的！你是成心要把我往死气哩！”

秋月那天回野滩镇穿的是红绸碎花旗袍,纽扣盘成蝴蝶形,跃跃欲飞,十分地艳丽惹眼。这件旗袍是她为回野滩镇特意做的,红绸碎花面料,金丝线镶边,在阳光的照耀下闪闪发光,令人目眩。旗袍把她那窈窕的身子裹得紧绷绷的,该凸的地方凸得更高,该收的地方收得恰到好处;乌黑的发髻上插着银簪,桂花油的清香从她的身上散发出来,飘满一街。她一下轿车就勾来了野滩镇一街两行的目光。野滩镇的人虽说经见过大世面的人不少,但在家门口看到这么漂亮水色,这样衣着打扮的女人还是稀罕,都用放肆的目光往秋月身上看。众人的目光就是最好的镜子,秋月很是得意,走得娉娉婷婷,如风摆杨柳。虽然没人和她打招呼,可她还是冲着大伙微笑着。众人的目光更直了,有两个光棍汉嘴角竟流出了哈喇子。

秋月忘了大锤娘是瞎子,想把自己打扮得漂亮点讨大锤娘的欢心。幸亏大锤娘看不见,若是看得见别说不理她,也许会不留情面地当时就把她赶出家门。在大锤娘看来,只有窑子里的女人才穿这种衣裳。

"娘!……"大锤为秋月感到委屈,可又不知说啥才好。

大锤娘又教训儿子:"你要娶小,我也拦不住你,可咋的也要挑个能过日子的。老辈人说得好,丑妻近地家中宝。你听听她那声气,就是个小妖精!再闻闻她身上的味,香气把人能喷倒。哪像庄户人家的媳妇?麦草也辱没不了你,她可是咱彭家实实在在的好媳妇!"

大锤替秋月分辩:"娘,秋月也是个苦命人……"

"我不听!你若还认我是你娘的话,往后别再把小妖精引回来,也别跟我再提起她。"

大锤不敢再说啥了。他待娘至孝,不愿也不想让娘不高兴,此后在娘面前从不提秋月。

秋月拦不住大锤,心中虽有几分不快,但还是准备了一份厚礼让大锤带回家。她知道大锤是个孝子,因此给大锤娘买了许多可口的食品。尽管大锤娘对她这个媳妇并不认可,可她还是尽力地做到尽善尽美。她是个聪慧的女人,明白爱一个男人就要爱这个男人所爱的一切。

说来真是碰巧,大锤回到野滩镇见到的第一个人是拴柱。是时,拴柱掮着锄头刚出村口,迎面走来一个人酷似大锤。他十分惊讶,世上竟然有人长得和大锤一模一样。他瓷着眼一个劲地看。那人走到近前,笑着跟他打招呼:"拴柱,下地去呀。"

拴柱没吭声,心中十分疑惑。

"你尽看我干啥,不认得了?"

"你是大锤?"

"我不是大锤是谁?"

"你没死?"

大锤明白了,自己的"死讯"已经传到了野滩镇。他笑着说:"我没死。"掏出一根香烟给拴柱。

拴柱没接烟,把大锤仔细看了半天,摸了摸大锤的手,是热的。他听老人们说过,鬼怪的手是冰凉的。他抬头又看了看天,太阳高高地悬在头顶,鬼怪返阳的时间在夜晚。他扔了锄,转身往回跑,边跑边喊:"大锤没死!大锤回来了!"

大锤笑骂了一句:"这家伙是疯了。"

大锤进了家门,娘和麦草已得到了拴柱的报信,迎了出来。

"娘!"大锤叫了一声,快步上前搀扶住母亲。

大锤娘问儿子:“你上哪达去了?”

“我去了一趟云南。”

“才回来?”

“回来几天了。”

“那咋才回家来? 你……”大锤娘想到儿子在县城还有个女人,肯定是那个女人拴住了儿子,本想数落儿子几句,可觉着媳妇麦草在当面,就把到嘴边的话咽了回去。

“县城有点事没办完。”大锤说。

“你知道么,家里都塌了天。”

麦草这时插言说:“你老不回家,镇上的人都传言说你的头让官府砍了,挂在了城门楼上,把娘和我都要吓死了。”话语中带着埋怨,她知道大锤爱城里那个女人,不稀罕她,心里一直憋着委屈和怨恨。

大锤愤声说:“狗日的咒我死哩。”

大锤娘说:“常言说得好,一咒十年旺,神鬼不敢撞。没事了,没事了。”

一家三口说着话进了屋。大锤看见明间的桌子上摆设着他的灵牌,笑道:“你们弄得跟真的一样。”

麦草急忙撕了灵牌,用火烧了。大锤娘说:“拴柱说他亲眼看见了你的头挂在了城门楼上,还有官府贴的布告。他是个实诚人,说的话谁能不信。你五爸帮着料理家里的一摊子事,你麦囤哥带着一伙人拉回来了尸首,可没有头。他们又去要头,谁知挂在城门楼上的头让人偷走了。”

“把那尸首哩?”大锤问。

“埋了。”

麦草插了一句:“装了娘的寿材。”

大锤说:“让那狗日的享了福。”

大锤娘说:“那人死得不浑全,也怪可怜的,装就装了吧,咱就当行善哩。”少顷又问儿子,“那个无头尸首是谁?”

“不知道。”

大锤娘叹息道:“唉,不知是谁又做了官府的冤死鬼。”

这时左邻右舍和彭门的族人闻讯都来了,为首的是彭五老汉。大锤急忙把大伙迎进屋里,拿出香烟给大伙散,麦草则忙活着倒茶水。

彭五老汉边吸着大锤敬的香烟边笑着说:“大锤,这回你把你娘和麦草吓得可不轻。我记得前些年说你阵亡了,把你娘的眼睛哭瞎了。这回咋又弄出这样的事来。官府那伙人是不是让皇粮撑混球子了。”

“大锤,哥给你瞎忙乎了一阵,把哥的一双鞋底都跑烂了。”麦囤跟大锤开着玩笑,“官府那伙人硬是让你上阎王爷那儿逛了一趟。你见到了阎王爷没有?”

大锤笑道:“见到了。”

“长得啥相?”

“长得跟咱五爸一样,慈眉善目的。他见了我说:‘大锤,你跑来弄啥?’我说我不想来,是官府的人硬让我来的。他说:‘官府那伙人是伙儿昏官,胡球弄哩。你还有八十年阳寿哩,赶紧回去,赶紧回去。’我就回来咧。”大锤说着哈哈大笑起来。

屋里的人都笑了。笑声驱散了屋里多日悲凉沉闷的空气。

大锤娘对儿子说:“这回多亏了你五爸、你麦囤哥和大家伙。大家伙可帮了咱的大忙。”

彭五老汉笑道："老嫂子，你快甭这么说咧，我们大伙这回是瞎帮忙哩，埋了个无头野鬼，还让你搭上了一副寿材。"

大伙儿说一阵，笑一阵，随后纷纷告辞。

众人走后，大锤娘说："不管咋说，这回大伙帮了咱的忙，咱得谢承谢承大伙。你在外头弄事是人面前的人，不要让人说你薄情寡义，不近人情。"

"娘，你说咋谢承大伙？"大锤问。

"办几桌酒席，请请大伙。"

"这个容易得很，我明日儿就办。"

（十三）

第二天大锤正想出门去采买东西，一个中年汉子匆匆走进了家门。

"请问你是彭大锤彭镖师么？"

大锤疑惑地看着来人，点头道："我是彭大锤。你是谁？"

来人道："我是周豁子周爷手下的人。我们周爷有书信送交彭爷。"说着掏出一封书信。

大锤接过书信，拆开一看。原来前日埋葬的无头尸首是周豁子手下一个头目的尸首，周豁子想把尸首搬回去。

来人道："我们周爷说彭爷为人仗义豪爽慷慨，一定会给这个面子的。"说着掏出一封银洋，"这是一百块大洋，请彭爷笑纳。"

大锤伸手挡住："无功不受禄，这钱我不能收。"

"这……"来人神情尴尬起来。

大锤问道："死者已经入土为安，为啥要搬移？"

来人说:“死者是终南人,也是我们周爷生死之交的弟兄。你也知道,拉杆子是把头拴在裤带上讨生活,说不定哪天就闹丢了。他生前曾有遗言,死后要安葬在故土。我们周爷最讲义气,想了结了这位兄弟的遗愿。我们周爷与彭爷曾有一面之交,深知彭爷不仅是忠勇之人,也是义气之士,因此修书一封,请彭爷赏我们周爷一个脸面。”

大锤自思,那无头尸首埋在彭家坟茔地不仅是孤魂野鬼,而且好说不好听,不如给周豁子一个面子,让他们搬走好了,遂笑道:“你们不嫌麻烦就搬走吧。”

来人大喜过望,急忙拱手相谢:“多谢彭爷!”随即又犯难说,“不知那尸首安葬在何处?”

大锤便唤来二锤,让二锤带上来人去坟地搬尸。来人千恩万谢,又送上那一百块大洋。大锤拒不接收:“那位兄弟死得可怜,他家里有父母妻子吧,你把这些钱给他家里人吧。”

来人感叹道:“江湖上都说彭爷是条好汉,今日儿一见,果然名不虚传。”

大锤笑道:“别这么夸我,也许你们周爷还有骂我之时哩。”

“岂敢,岂敢。”来人拱手相别。

当天中午,大锤办了几桌丰盛的酒席,不仅把该请的人都请来了,还把白门窑所有的住户都请了来。那场面远比他和麦草圆房那天还排场。彭家小院一派喜气洋洋的景象,大锤挨着桌敬酒,欢声笑语把笼罩了多日的阴云一扫而光。

酒刚过三巡,一队警察突然闯了进来。正在吃酒席的人都大吃一惊,停住了手中的筷子和酒杯,呆眼看着大锤。谁都明白,又要出事了。

大锤放下手中的酒瓶，铁青着脸走了过去。那边带队的官儿是章一德。

章一德皮笑肉不笑地说："这么多的人，真热闹呀。看来我来的不是时候。"

大锤冷冷地问道："章局长有何贵干？"他对章一德一直怀恨在心，因此，对章没有好脸色。

章一德和大锤交过一次手，完全看得出大锤已不是昔日的愣头儿青了，已长成一条胸有城府的汉子，且身怀绝技，出手不凡，不是等闲之辈。后来大锤开了镖局，越发证明了他的看法。那年错抓了大锤，大锤一定对他怀恨在心。因此，他一直提防着大锤，怕大锤对他下手。再后他又一想，自己现在是警察局局长，手下也有百十号人，七八十条枪；他大锤再厉害也是个草民，怕他个球！这么一想，他提着的心又放下了。

此后，渭北地面出了几宗命案，有传言说是大锤干的，章一德也想往大锤身上栽，趁机除了大锤，可大锤来无影去无踪，他几次带人去抓都扑了空。前些日子，王县长被人刺杀了，县城人心惶惶，不到天黑店铺就关了门，一里多长的大街竟然看不到人影。章一德也吓得直起鸡皮疙瘩，可他是警察局局长，这么大的案子不能不查。他壮起胆子带着警丁四处搜捕大锤，因为上上下下的人都认为刺客是大锤，他也是这么认为的。搜查了好几天，连大锤的影子都没找见。省府方面得到了报告，严令限期破案。副县长牛泰来是个老朽，吓得整天躲在保安大队部不敢出门。他便和严智仁商议，玩了一个李代桃僵的把戏，想蒙混过去。万万没料到新任县长司马亮上任的第二天，那挂在城门楼上的脑袋不翼而飞了。这下纸里包不住火了，司马亮大怒，严令他们限期破案。可这案子不是说破就能破了，他一筹莫展，熬煎得脑袋又疼又胀。今日儿清晨，他接到暗探的密报，彭大锤昨日儿回到了野滩镇。他大喜过望，亲自带着人马风风火火地赶到野滩镇。

章一德嘿嘿笑道："无事不登三宝殿。寻你就是有事嘛。"

"啥事？"

章一德扫了一眼满院的人，说道："这里不是说话的地方，请你跟我去警察局走一趟。"

"我要没空呢？"大锤冷笑着。

章一德眼珠子转了转，干笑两声："大锤，别这么说话，还是跟我去一趟吧。"

"你看我不正忙着嘛。"

这时彭五老汉走过来，掏出香烟抽出一支，刚要递给章一德，被大锤拦住了："五爸，这烟我是敬乡亲们和亲朋好友的，不是敬鬼神的。"

章一德脸上顿时不是颜色了，冷笑道："大锤，我知道你放屁咬牙，是个厉害的角色。可我也告诉你，我章某人也不是专吃豆腐的，牙痒了也想啃啃骨头。"

大锤也冷笑道："我倒想试试你的牙口有多硬。"

章一德挥了一下手，几个警丁端着枪就冲了上来，黑洞洞的枪口对住了大锤的胸口。院中顿时大哗，有人吓得惊叫起来。大锤脸上却毫无惧色，扯开衫子，把胸脯拍得啪啪作响："朝这打！开枪呀！"说着，朝前跨上一步。警丁们倒被他凛凛的气势镇住了，禁不住后退了一步。

章一德恼羞成怒，大声喝令："不许后退！子弹上膛！"

警丁们把子弹推上了膛。

大锤连声冷笑:“姓章的,我彭大锤是吃饭长大的,不是吓大的。”

章一德也冷笑一声:“彭大锤,你以为我是吓唬你哩?那我就给你来点真格的让你瞧瞧!”一把掣出腰间的盒子枪,吼道,“把他绑了!”

有两个警丁扑了过来,一左一右夹击大锤。只见大锤身子一矮,随即全身一旋,一个扫堂腿过去,两个警丁便摔出一丈开外。

章一德脸色变得灰青,又吼叫一声:“给我上!”

又有几个警丁扑了上来。大锤拳脚并用,几个回合下来,警丁们都躺倒在地,呻吟不绝,爬不起身来。大锤拍了拍手,冷笑道:“章局长,你把兵没带好哇。”

章一德的脸变成了猪肝色,歇斯底里地喊了一嗓子:“开进来!”

一队警察冲了进来,足足有二十几个,人人都是荷枪实弹。

大锤咬牙道:“姓章的,你还真行哩。”

章一德冷笑道:“我知道你彭大锤是只老虎,可我章某人手中要没有金刚钻,也不敢揽这瓷器活。现在有两条路你来选择,一条是你跟我去警察局,另一条是咱们在这达血战一场。话给你再说明白些,子弹没长眼,伤着谁就是谁了。”说着,他眼里的凶光狠狠地扫着院子的人群,那目光分明在说,如果打起来这里的人谁也别想活着走出院子。

院里顿时一阵慌乱,有人惊叫起来,有人想离开这是非之地。章一德挥着枪大喝一声:“谁也不许走!”

想离开的人不得不站住脚,惊恐得不知所措。

大锤看了一眼众乡邻,迟疑片刻,对章一德说道:“你比我狠,我跟你走。”随即又补一句,“不许你碰其他人。”

章一德狞笑着说:“你放心,其他人一根汗毛也少不了。走吧。”

大锤撩开腿就走。

“大锤!”大锤娘叫了一声,趺趺撞撞地摸了过来。

“娘!”大锤急转身,搀扶住母亲。

“他们抓你是为啥?”

大锤安慰母亲:“他们不是抓我,是要我去警察局问个话。”

“问啥话?”

“是生意上的事吧。”

“娘等着你回来。”

“娘,你放心,我会回来的。”大锤转脸对站在一旁的媳妇麦草说:“照看好咱娘。”

麦草含泪点头:“你早点回来……”

大锤点了一下头,冲院里的乡邻拱手道:“对不起老少爷们了,今日儿不能陪着大伙喝酒了,改日一定补上。”转身出了院门。

(十四)

司马亮得到禀报,警察局抓到了刺杀王县长的凶犯彭大锤。他有点不相信,亲自给章一德打电话。得到确切的回答,他大喜过望,也动了好奇之心,决定亲自审讯凶犯,看看彭大锤到底是长了三头还是六臂。

司马亮在县府设了公堂,唤来章一德和严智仁给他助威。大锤被带到公堂。他抬眼看,只见一张公案长桌后边坐着三个人,中间的一位三十出头年纪，穿一身蓝色中山装，面白无须，相貌堂堂，二目有神，挂着一脸的冰霜。另外两位都是他熟知的人，左边的是保安大队队长严智仁，他曾在保安大队当过小队长，那时严智仁是他所在小队的中队长，是他的顶头上司。右边坐的是警察局局长章一德。两边站着两排拿枪的兵卒，一排是团丁，一排是警丁。整个大堂虽说人数不少，却静悄悄的没一点声响，那沉默的气氛隐着一股腾腾杀气，令人毛骨悚然，不寒而栗。

司马亮摆出这样一个阵势是想给大锤一个下马威。他端坐在桌后，一双灼亮的眼睛仔细地打量着大锤。大锤抱着双肘，叉开双腿稳稳地站在大堂之中。他高挑的个头，宽肩细腰，红脸浓眉，左眉梢有一道一寸多长的疤，那道疤不但没有使他破相，反而给他增添了几分的剽悍和英武。两眼炯炯有神，他扫了一下左右，最后把目光投了过来，脸上不但毫无怯色，而且挂着几丝轻蔑的冷笑。司马亮阅人无数，见大锤如此年轻剽悍，且镇定自若，心中暗暗称奇。

沉默片刻，司马亮开口问道："你叫啥名？"

"彭大锤。"

"家住哪里？"

"野滩镇。"

"职业？"

"我在县城开了个镖局。"

"如此说来你是个镖客？"

"请我保镖的都叫我'彭镖师'。"

"你的意思是让我也叫你'彭镖师'。"

"你不是请我来保镖的，就叫我名字行了。"

"彭大锤，咱们县出了桩命案，你知道么？"

“我听说王县长让人杀了。你说的是这件事么?”

司马亮点了一下头:“你知道凶手是谁么?”

“不知道。凶手杀了人不会告知我的。”

“依你看凶手会是谁呢?”

“我不知道。这不关我的事,我不能胡乱猜测。再者,没人请我去追查凶手,我也没必要管那个闲事。”

沉默。司马亮一双犀利的目光直盯着大锤,似乎要穿透他的五脏六腑。忽然,司马亮冷不丁地说:“彭大锤,有人说你是凶手!”

大锤迎着他的目光,不畏不惧地说:“常言说得好,抓贼要有赃,说我是凶手,拿出证据来。拿出来证据,我甘愿服罪。”

司马亮一怔。他已看出大锤虽然年纪轻轻,却是染坊门前的锤布石——见过大棒槌,心里便有点后悔来审这个案子。

这时就听章一德猛一拍桌子:“彭大锤,你别强词夺理! 王县长身边有两个保镖,都被杀了,渭北县除了你还有谁能干出这等事来!”

大锤冷笑道:“依你这么说,我看是你章局长干的,你手里不是有枪么?”

章一德狞笑道:“王县长是让人用刀杀死的,你不就是个耍刀的么?”

大锤又是冷冷一笑:“依你这么说,东街的马二,西街的杨三胡子,南街的狗娃,北街的大狼都是杀人犯了。你咋不把他们都抓来?”

东街的马二和西街的杨三胡子是劁猪的,南街的狗娃和北街的大狼是屠夫。这四个人玩刀子在野滩镇也是有名气的。章一德一怔,气急败坏地说:“一派胡言!”

这时严智仁站起身来，嘿嘿一笑："大锤，几年不来往，你嘴皮子比过去利索多了。"

大锤瞥了他一眼，神情不卑不亢。对严智仁这个人大锤十分了解。严智仁跟他的身世差不多，少年丧父，是母亲把他抓养成人。因家境贫寒，他母亲给一个姓阮的财东当了女佣。他母亲颇有几分姿色，阮财东便以金钱做诱饵以求满足肉欲。人穷志短，他的母亲为金钱献出了肉体。纸里包不住火，母亲和阮财东的奸情被他发现了，这时他已经当了保安大队的团丁。对这事怀恨在心，藏而不露，伺机要杀掉阮财东为父报仇。时隔不久，阮财东突然失踪了，阮家人后来在村外的一个枯井里找到了阮财东的尸体。尸体被杀猪刀戳成了筛子眼，而且生殖器也被割掉了。村里明眼人都知道凶手是谁，可都装聋作哑。因为谁都知道当团丁的严智仁是个凶神。最终他母亲忍不住了，骂他是个白眼狼，做事太绝。他还了母亲一句："你还有脸骂我？我都跟着你丢脸哩。"他母亲含羞带愤，当天晚上自缢身亡。这事一出，村里一片哗然，有人说严智仁是条汉子；有人说严智仁做事太凶残，当娘的纵然有一千个一万个不对，可她生养了你。打那以后严智仁得了个"三阎王"的绰号（严智仁行三）。

由于对严智仁太了解，大锤打心眼里瞧不起他。后来大锤"阵亡"了，不再在严智仁手下当差了。再后来，大锤回到渭北开起了镖局，严智仁也当上了保安大队队长，两人似乎成了冤家对手，平日里很少见面，即使碰面，彼此都不打招呼，好像陌路人。此时，严智仁坐在审讯桌前，大锤成了阶下囚，可大锤并不尿他，神情很是不屑，这让严智仁顿生怒火。

大锤冷笑道："比不上你严大队长的嘴皮子。"

严智仁恼怒道:“你刚才说的话是诽谤诬陷政府官员,就该打撇耳子(耳光)!”

大锤毫无惧色:“严大队长先别发火,我把话还没说完呢。王县长也可能是你打死的,王县长为你嫖娼的事骂过你,县城的人都知道这事。你对王县长怀恨在心,打他的黑枪也在情理之中。”

两年前的一个冬夜,一股土匪进了县城打劫,王县长接到报警,打电话给保安大队,却找不着严智仁的人影。土匪打完劫跑了,王县长才在一家妓院找到了严智仁,此时已日上三竿。严智仁从屋里出来,一边扣衣服一边满不在乎地问找他有啥事。王县长气青了脸,一指他的衣服,半晌说了一句话:“成何体统!”他低头一看,原来穿错了妓女的红绸衫子。那天一贯以好脾气著称的王县长大发雷霆,把严智仁臭骂了一顿。这件事传得沸沸扬扬,满城的人都知晓。

“你,你……”严智仁气青了脸,语不成句。

大锤又说:“我这么说你俩,你俩也觉得冤吧。可你们凭啥说我是凶手?你们是政府的官员,更不该无凭无据地去冤枉人。你们调查过吗?这段时间我根本就没在渭北。”

司马亮问:“你在哪里?”

“我去云南了。”

“干啥去了?”

“我给宝和堂的唐掌柜去押货,你们传来唐掌柜一问不就明白了。”

司马亮这时心里完全明白了,大锤不是刺杀王县长的凶手。他在肚里直骂章一德混蛋,连这点眼光都没有,真不知他这个警察局局长是怎么当的。

大锤见堂上的三位官员都无话可说，嘴角挂上了冷笑："我倒想问问章局长凭啥抓我哩？"

章一德见司马亮正瞪眼看他，显然是在责备他。他心里一颤，色厉内荏地对大锤说："谁抓你了？我是让你来问话的。"他在给自己找台阶下。

大锤一指两旁持枪而立的警丁和团丁，质问道："你们这是问话么？分明是设的公堂审讯我。欺负我是平民百姓，不懂国家法律。"

章一德面红耳赤，一时语塞。

司马亮摆摆手，两旁的团丁和警丁都退了出去。司马亮缓和一下口气说："王县长被人刺杀，这是大案要案。我们传你来问话，是为了进一步了解情况。你说清楚了也就没事了嘛。"

大锤看了一眼司马亮："你这么说还算是人话。"

严智仁瞪起眼珠子刚要发火，被司马亮用目光制止住了。司马亮自知理亏，皱了一下眉，说："彭大锤，你可以回家了。"

大锤听说渭北新来了县长，也已猜出司马亮就是新上任的县长，不然的话，渭北的保安大队队长和警察局局长怎么会坐在他的两边呢。大锤还是故意问道："你说的话管用么？"

"管用。"

"那我就走咧。"大锤走了两步又回过头来，"章局长要再来抓我咋办？"

"不会的。"

大锤固执地问："万一要来抓哩？"

"你只要遵纪守法，谁也不会抓你的。"

"啥叫遵纪守法？"

“……”司马亮不知怎么回答才好,大锤开始让他感到头痛了。

“那我就真个走咧。”大锤又说了一句,脸上带着嘲弄的表情。

“走吧走吧。”司马亮轰苍蝇似的摆着手。他明显地感觉到大锤这会儿是在要弄他,心中十分恼火。

大锤刚走,严智仁就埋怨司马亮:“司马县长,你咋能把他放了?”

司马亮讶然地看着严智仁:“你难道看不出来,这个彭大锤根本就不是凶犯。”

严智仁说:“我又不是三岁娃娃。我早就知道他不是凶犯。我和章局长仔细查问过,这段时间他是去了云南。”

司马亮更为惊讶:“那你们咋还抓他?”

“他是出了名的刀客,不抓他抓谁去?”严智仁顿足道,“好我的县长大人哩,你是初来乍到,不了解情况。刚才你也看到了,这狗日的狂得很,根本就不是个善主,不把他灭了咱就不得安宁。”

“把他灭了?”司马亮有点不明白。

“就是把他狗日的毙了杀了砍了。”

“凭啥毙他杀他砍他?”司马亮觉得严智仁越说越离谱了,皱起了眉头。

严智仁咬牙切齿地说:“就凭他是个刀客!”

“这不是草菅人命么?”

“啥叫草菅人命?这两年县里发生了几宗命案,十有八九都是他干的。咱杀了他一是为民除害,二是对上峰也有个交代。”

司马亮摆手道:“命案再多,咱们也没有拿住他杀人的证据。他要像今日儿一样跟咱大吵大闹起来咋收场?”

严智仁冷笑道:“司马县长,你是聪明一世,糊涂一时。咱跟他费那么多唾沫干啥？就认定他是刺杀王县长的凶犯，毙了他狗日的，让他跟阎王爷吵去闹去。”

司马亮语塞了。他转脸看章一德。章一德脸上也有不满之色，言道：“司马县长，你也太心慈手软了。咱跟一个疑犯讲啥道理法律。再说了，你那么轻描淡写地问问，他就能承认他杀人了？对那号人就得动大刑！”

司马亮愕然了。很显然，严、章二人早就商量过要把罪定在彭大锤的头上。好半晌，他讷讷地说：“依你们这么说，不该放走彭大锤？”

严智仁愤声说：“不该放走那狗日的！”

章一德说：“放虎容易缚虎难呵。”

司马亮捏着下巴不吭声了。严智仁憋不住说：“我带人把他狗日的抓回来！”说着拔腿要走。

“严大队长！”司马亮拦住了他，“算了吧，我已经开了口，总不能自个打自个的嘴巴吧。”

严智仁泄了气，一屁股坐在了椅子上。章一德也冷着脸大口抽烟。司马亮看出他二人对他有气，自忖渭北的治安还要依靠他俩，不可把关系弄僵。他强笑着脸说：“二位别生气，今日儿的事已经这样了，权当给我一个脸面。”

严、章二人见司马亮这样说，也不好再说啥了。

第六章

（十五）

司马亮在三边县跌跤的真正原因是栽在了“财”上。这件事一想起来他就头痛，因此对谁都不愿提及。

当初他去三边县赴任时，一位同事跟他打趣，说他相貌堂堂，一表人才，年轻有为，此去官运亨通，前途无量。如果要跌跤，那一定是跌在女人身上，可没料到他却栽在了财上。

他在查办民政局局长的贪污受贿案之时，同时也审理了一桩命案。那桩命案是他的前任办的，已经结案一年多了，可苦主不服判决，一直四处奔走喊冤叫屈。他上任不久，苦主就找上门来喊冤。苦主是个六十出头的老汉，四十岁才讨上了老婆，生了个女儿起名香翠。香翠长到十八岁，出脱得如同一朵鲜花。因家里穷，而且父母年事已高，为谋生计，香翠经人介绍去给县城一家珠宝店的郑掌柜做丫鬟。那郑掌柜虽已年过六旬，却花心不死，老婆娶了三房还吃着碗里的惦着锅里的，觊觎香翠的美色。

一夜，郑掌柜偷偷溜进了香翠的住屋，虽然得逞了，可香翠把他全身上下抓了个稀巴烂。他恼羞成怒，竟然下黑手掐死了香翠，把尸首扔进了后院的井里。香翠的父母见女儿久不归家，坐卧不宁，便去郑家看望女儿。郑家的管家告诉二位老人，香翠一月前就回家了，至今未归，他还想去问问到底是咋回事呢。香翠的父母大惊失色，说女儿并未回家，女儿到底去了哪儿？郑家的管家说他就不知道了，反正香翠现在不在郑家。香翠的父母着了急，忙上亲朋好友家去找，哪里有女儿的影子！二位老人更慌了，四下里找寻女儿，逢人就问，遇村就寻，其情其景令人堪怜。

后来，一位知情人见两位老人冰天雪地里四处寻找，头发白似羊毛，棉袄破烂不堪难以抵御风寒，实在可怜，便把实情偷偷告诉了他们。两位老人听闻，悲痛欲绝，找到郑家讨要女儿，却被郑家家人赶了出来。两位老人无奈，又去告官。此事在小小的三边县县城闹得满城风雨。官府便派人去办理此案。郑掌柜见隐瞒不住，就编出一个故事来：香翠贪财眼热，去偷郑家三姨太的珠宝首饰，被当场抓住了，她觉得没脸再见人，跳井寻了短见。香翠的父母大喊冤枉，说自己家里虽一贫如洗，但女儿本本分分，忠厚老实，绝不会贪财去偷东家的东西，其中必有蹊跷，要求官府把女儿的尸体打捞上来，仔细勘察，再做定夺。

再后，香翠的尸体被打捞了上来。虽然已经两个多月了，但时值冬季，天气寒冷，加之是个枯井，香翠的尸体并无多大的变化。香翠的尸体赤裸裸的，一丝线未挂，头发蓬乱，脸色乌青，脖子上有明显的掐印，且乳房上有很深的牙印。在场的明眼人都能看得出香翠是怎么死的。两位老人一见女儿的尸体，当场就昏死过去。

没想到的是案子判下来却出人意料，郑掌柜无罪，有罪的是香翠，罪名是偷窃。因人已死亡，就不追究其罪了。又判：罪犯家中贫寒，生前给郑家当丫鬟，因此着令郑家拿棺材一副，以葬其身。

此判决一出，全城哗然，愤然之声四起。香翠的父母更是大喊冤枉，不服判决。可一介草民，怎能斗过恶绅和贪官！一年多时间过去了，香翠的父母还在四处喊冤叫屈，贫困之状，形同乞丐。但无人理睬两位可怜的老人，因为郑家在县里、专署都有靠山，且上上下下都使了贿赂之钱。谁还肯出头为两个山野草民申冤?

香翠的父母为女儿申冤之心不死，听说三边县来了新县长，又找上门去为女儿鸣冤叫屈。

司马亮看了香翠父母递交的诉状，心中已明白了七八分。这日午后，他换了一身便装去一家茶馆喝茶。他以喝茶为名，实想了解一下情况。这家茶馆地处闹市，生意很是红火，茶客中三教九流的人都有。他拣了一个背僻的地方落了座，要了一壶龙井一碟瓜子，一边嗑瓜子一边品茗。邻桌坐着五六个茶客，正在议论香翠的案子，他便侧耳聆听。茶客们所说的和香翠父母的诉状上说的基本相似。只听一个茶客说:“这个香翠比窦娥还冤。”

另一个茶客说:“难道就没有一个说理的地方?”

一个年长的茶客感叹道:“上哪儿去说理?俗话说，人强屁是理，人弱理是屁。香翠的父母弱得不能再弱了，谁肯为他们申冤?”

又一个茶客说:“听说来了个新县长，不知他肯不肯为民做主了了这个冤案。”

年长的茶客说:“天下乌鸦一般黑，我看指靠不住。”说着连连摇头。

听到这儿，司马亮黑了脸，肚里有火却不好发作。他拂袖而去，在心里打定主意要了了这个冤案。他当即就让同永顺迅速查清此案。时隔两天，同永顺就查清了此案。果不出所料，这是个大冤案。是时，他查办的民政局局长贪污受贿一案已陷入了“沼泽地”,搞得他心里很窝火。他心想惩治一下恶绅比查办一个贪官可能要容易得多,便想拿这个恶绅小试牛刀,一来还香翠一个清白,二来让上峰及三边县的官吏和老百姓对他刮目相看。他转眼又一想,自己先不直接去办理此案,让该办的部门去查办,也好了解一下其他方方面面的情况,将来也好有回旋余地。于是,他召集来有关方面的官吏,明确地告诉他们,这个案子肯定是个冤案,他已痛下决心查清此案。为民申冤,并且再三强调此案在三边县影响很大,而且拖得时间太久,必须尽快彻底了断。

第二天,他刚刚起床,同永顺匆匆走了进来,递给他一张帖子。他接过帖子,随口问道:“谁给的?”

同永顺说:“在门口捡的。”

他拆开帖子,拿出一张纸来,上边写着一行醒目的字:三千大洋,请不要再过问此案。他勃然大怒,骂道:“他妈的,胆子也太大了!”

同永顺问:“姑爷,咋了?”他比司马亮还要年长几岁,可他是下人。他原本是司马亮岳丈家的护院,跟随司马亮之后却一直按照以前的称呼叫司马亮“姑爷”。

司马亮第一次看到同永顺时就很有好感。他笑问道:“你是哪里人?”

同永顺回答:“韩城人。”

“姓啥?”

“姓同。”

司马亮大喜过望:“那咱们还是同宗哩。”

同永顺却惑然地看着司马亮,不明白司马亮为何出此言。他姓同,怎么能跟司马亮同宗呢?

司马亮笑道:“天下的同姓冯姓和司马姓都是一个先祖。”

同永顺还是不解地看着司马亮。司马亮给他讲了一段古经。

汉武帝时,北方匈奴入侵中原,汉将李陵奉命去御敌,不慎兵败被围,无奈降了匈奴。汉武帝闻讯大怒,要杀李陵全家。史官司马迁替李陵求情,说李陵降敌是出于无奈,不是本意,请求赦免李陵家人。没想到触怒了汉武帝,汉武帝荒唐凶残地给司马迁施了宫刑,并祸殃九族。司马家族为了免遭杀戮,逃在一个偏远的地方隐藏起来。他们还是怕暴露目标,把族人分为两支,并玩了一个拆字游戏,把“司马”拆开,一支人姓同,一支人姓冯。同者,司字加一竖也;冯者,马字加两点也。先人们不仅用这么有趣的文字游戏逃避了官府的追杀,而且提醒自己都是司马的后人。因此司马亮说他和同永顺同宗。

听了司马亮的古经,同永顺笑道:“原来我们五百年前是一家。”

司马亮笑道:“现在我们仍是一家人。论年龄,我应该叫你大哥。”

同永顺急忙说:“不不,我还是应该叫你姑爷。”

司马亮见他如此这般模样,也不勉强,任他去叫“姑爷”,却对他另眼相看,以“老同”相称。相处时间久了,司马亮看出他是个血性汉子,忠心事主,不仅对他赏识有加,而且对他十分信任,不把他当下人看,凡事从不瞒他,甚至跟他相商。

司马亮把帖子扔给同永顺:“你看看吧。真是岂有此理!”

同永顺看了帖子,说道:“姑爷,这帖子肯定是郑家送来的。他们这么快就得知了消息,县府中的官吏肯定有人给他通风报信了。”

“三千大洋就想贿赂我司马某人，休想！”

当天上午，司马亮又把有关方面的官吏唤来，督催迅疾办案，并警告：办案不力者撤职查办！

翌日清晨，同永顺又在门口捡到一张帖子，交给主人。司马亮拆开一看，只有四个字：五千大洋。

司马亮更为恼火愤怒，当即召唤有关官吏，限令五日之内必须了结此案。

没想到次日清晨同永顺又在门口捡到一张帖子，仍是四个大字：一万大洋。

司马亮呆呆地看着帖子，半天不语。同永顺站在他身边，也看清了帖子上的字，问道：“姑爷，咋办？”

司马亮反问道：“你说该咋办？”

同永顺的父亲是个武师，他自幼跟随父亲走南闯北的卖艺，阅历不浅，可谓打小卖蒸馍，啥事都经过。他略一思忖，言道：“依我之见，这案子本来就不是你办的，你就不必去管这出力不讨好的事，把自个不疼的手硬往磨扇下塞。还有，你被民政局局长的案子缠得头痛，何必又为这事引火烧身呢？郑家的根基很深，专署省上都有能说上话的人，如果再查下去对你的前程很不利。再说这钱也出到头了……”他说到这里打住了话，一双眼睛看着主人。

司马亮沉吟片刻，长叹一声：“唉，你说得也在理。办这案真是出力不讨好，人家也出得不少了。钱过了万，已能通神。此案不办也罢。”少顷，又喃喃地说，“不是吾不为也，是力不能也。”连连摇头，一脸沮丧之色。

此后，司马亮不再过问此案。三天后他果然得到了一万大洋的贿款。他心中暗暗窃喜。自思，免却了麻烦又得了钱，一个萝卜两头都切了,真是天大的好事。他万万没有料到,贿银好收,却吃进肚里难消化。

时隔不久,专署派专员来三边县办案。专员与司马亮是同窗,交情不错,私下告知他,有人把他告下了,说他草菅人命有受贿行为。他此次来三边县是专为调查此事来的。当时把司马亮惊出了一身冷汗,忙问是谁人所为。同窗问他是否得罪了一个姓郑的乡绅,他点头说是。同窗便对他说了内幕,他惊呆了,做梦都没料到是姓郑的下的绊子。他原以为那事做得十分机密,哪里会想到告他状的人正是那行贿的郑掌柜。郑掌柜的一个亲戚在专署做监察局局长,管的就是政府官员行贿受贿之事。郑掌柜折了一万大洋,咽不下这口气,就去专署找那个当监察局局长的亲戚,说是只要能扳倒司马亮,那一万大洋就当给监察局局长进了贡。是时,三边县民政局局长贪污受贿的案子已牵连到监察局局长,他正发愁揪不住司马亮的小辫,当即大喜过望,合谋要扳倒司马亮。不几天,专署就派专员来三边县调查此事。所幸的是专员是司马亮的同窗。

司马亮抹了一把额头的冷汗,急忙向同窗要主意。同窗思忖半晌,说道:“事已至此,最好的办法是主动退回贿款,我也好在上峰面前给你美言。”

司马亮也想不出其他更好的办法,就按同窗出的主意去办,如数退回贿款,并送了同窗一份厚礼。同窗坚决不要。他急道:“东西不是送你的,是让你打点各方面的关系,替我美言几句。”

同窗见他如此这般说,就收下了礼物。

这位同窗还真的帮了他的大忙,回到专署,四处活动,上下打点,疏通了各方面渠道,替他美言说好话,把那件事大事化小,小事化了了。

司马亮松了一口气，可心情却更加沉重，他在心底里懊悔，埋怨自己聪明一世，糊涂一时，以至弄巧成拙，偷鸡不成，反倒蚀了一把米。他在三边县身败名裂了。三边县的人都说他想立牌坊，又想当婊子。他觉得在三边县再也没法待下去了，便回到省城，多方找人活动，花了不少钱财，好不容易才办成了调动。

离开省城时，司马亮那位同窗来为他送行，他说啥也要请同窗一顿酒，以表谢意。两人来到酒馆，跑堂送上菜单，他请同窗点菜，同窗问跑堂，都有什么特色菜。跑堂答道："我们店最拿手的菜是带把肘子。"

同窗笑道："这可是秦馔中的名菜，今日儿这个菜一定要吃。"再后又随便点了几个。

不大的工夫，带把肘子上来了，同窗夹了一筷子送进嘴里品尝，赞不绝口："味道不错！味道不错！司马，你尝尝。"

司马亮吃了一口，果然肘肉酥烂、皮爽不腻、味道鲜美。他也赞道："做得地道，做得地道。"

同窗喝了一口酒，说道："这带把肘子说起来还有段故事哩。"

"啥故事？"

"相传明朝弘治年间，同州有个厨师叫李玉山，技艺高超，烧得一手好菜，为人正直，不畏权贵。当时的同州知府是个贪官，李玉山很瞧不起他。同州知府五十寿辰时，慕名请李玉山为他操办并主厨寿宴，李玉山推辞不去。时隔不久，陕西巡抚郑时到同州视察，知府为了讨好上司，又请李玉山主厨招待上司。李玉山本想回绝，他的一位朋友劝他不要拒绝，并给他出了一个主意。他听后大喜，就应邀去了府衙主厨。在那次宴席上他就做了这道拿手大菜，菜上席后，巡抚用筷子一夹，上面连皮带肉，下衬大小骨头，香气扑鼻,尝了一口,味美爽口,便问菜名。知府也不知菜名,急传厨师来见。李玉山来到桌前,所答非所问:‘大人有所不知,我们知府老爷不但喜欢吃肉,而且连骨头也喜欢吃。因此,在下做了这道菜。’巡抚本是清官,闻言先是一怔,随即明白他是话中有话,不待知府呵斥,赏银十两命退。第二天,巡抚乔装私访,查明知府劣迹,申奏朝廷,为地方除了一害,临行前,郑时召见李玉山,再次问其菜名。李玉山略一思忖,答道:‘带把肘子。’从此以后,此菜世代相传,成为陕西独具特色的地方风味名馔。”

此时司马亮已完全明白为什么同窗要点“带把肘子”这道菜,面带愧色,言道:“三边县之事,都是小弟一时糊涂。”

同窗道:“贪欲乃是人的劣性,此性不除难成大器。”

司马亮连连点头,又诚恳请教:“小弟此去渭北,学兄何以教我?”

同窗笑道:“论才能你在我之上,何以言‘教’?”

“学兄谬奖了。此次小弟在三边县不慎失足,若不是学兄鼎力相助,可就惨了。”

同窗见他如此诚恳,严肃了脸面,言道:“司马,金钱乃身外之物,生不带来死不带去。前车可鉴,不可重蹈覆辙。你是个能成大器的人,此去渭北一定要好自为之。”

“学兄金玉良言,小弟一定铭记在心。”

同窗举起酒杯:“司马,我祝你此去渭北,一帆风顺!”

“多谢学兄!”司马亮也高举酒杯。

两只酒杯响亮地碰在一起,他们一饮而尽。

来到渭北,司马亮因有前车之鉴,说话办事处处小心谨慎,唯恐再栽跟头。让他始料不及的是,他刚到渭北就遇到了前任被杀的命案。此案不破让他如何在渭北立足？这些日子他食不甘味，夜不成眠，人也瘦了许多。昨天章一德抓到了凶犯彭大锤，他大喜过望，一时心血来潮要亲自审讯凶犯。一审讯他就明白抓错了人，凶犯根本就不是彭大锤，而是另有其人。他当堂放走了彭大锤，让严、章二人夹枪带棒地数落了一通。仔细想来，严、章二人的话也不无道理，彭大锤是个镖客，说白了就是刀客，不是良善之辈。抓了，关了，就是杀了毙了也错不到哪里去。现在回想起来，自己放走了彭大锤真有点草率。可已经放了，难道再让人抓回来？不行，出尔反尔的事不能干！如果朝令夕改，自己的威严何在？然而，真凶究竟是谁呢？该从什么地方着手破获此案？他初到渭北，人地生疏，真是老虎吃天没法下爪。

（十六）

吃罢晚饭，司马亮伴着孤灯读《资治通鉴》。来到渭北他本想把妻子接来，可又考虑到立足未稳，加之渭北治安混乱，便打消了这个念头。没有妻子相陪，他就以书本为伴，消除孤独和寂寞。

《资治通鉴》他已经读过好几遍了。每读一遍他都有新的收获，受益匪浅。可此刻他心中觉得十分瞀乱，书中的字句装不进脑子去。就在这时，同永顺进来禀报："姑爷，牛县长来了。"

他一怔，牛泰来这个时候来干啥？他刚放下手中的书，牛泰来就走了进来，冲他拱手道："司马县长，打扰了。"

他急忙起身让座，又唤同永顺送上烟茶。

牛泰来呷了一口茶，歉意道："本不想来打扰司马县长，可明日儿老朽要回原籍，特来辞行。"

牛泰来自觉年事已高，向专署和省府都写了告老还乡的辞呈。前些日子专署的批文下来了，准许牛泰来退休。司马亮这些天心绪不宁，把这事都忘了。

“急啥，忙完了这一堆子事我要给你开个欢送会。”司马亮诚心诚意地说。他忽然感到有些对不起牛泰来。尽管牛泰来老朽迂腐，软弱无能，但究竟有一把年纪了，应该尊重。

牛泰来摆手道：“不用了不用了。县长看啥书哩？”

“《资治通鉴》。”

牛泰来笑道：“是你老祖宗的书呀，那是本济国济民的好书哩。”

司马亮感慨地说：“老祖宗有经天纬地之才，可叹我连他书中所论之事的皮毛都做不到。惭愧呵！”

牛泰来道：“县长过谦了。你年轻有为，来日方长，仕途一定畅通无阻。”

“唉！”司马亮叹息一声，“还说啥仕途畅通无阻，我这回是要栽倒在渭北了。”

牛泰来讶然道：“县长何出此言？”

司马亮道：“王县长被人刺杀，此案迟迟不能破获，让我如何在渭北立足。再者，渭北的治安情况远比我预料的要糟糕得多，如此下去，何以了得？我如今是一筹莫展啊。”

牛泰来低头啜茶，半天不吭声。司马亮也端起茶杯呷了一口茶。忽然，他发现牛泰来在窥视他，眼里闪出一种亮光。他猛地意识到，牛泰来此时来并不完全是为了辞行。他放下茶杯，站起身亲自端来热水瓶，给牛泰来茶杯续水。牛泰来一怔，急忙说：“我自己来，我自己来。”

司马亮笑道:“您是前辈,又是客人,我理应奉茶。”

牛泰来欠身说:“县长太客气了。”

“是前辈太客气了。”司马亮又敬上香烟,划着火柴为牛泰来点着,“您在渭北任职多少年了?”

“三十余年了。”

“您桑梓在哪里?”

“西秦北乡。”

“我老家在西秦大王镇,咱俩是乡党哩。”

牛泰来含笑点点头。其实,他早已了解到司马亮的一些情况。只是司马亮为了那件案子,整天和严、章二人在一起,并不知道牛泰来的祖籍也在西秦。

“前辈,您在渭北三十余年,一定对渭北的各方面情况十分了解。”

“不敢说十分了解,只是知道一些。”

“渭北当务之急是啥?”

牛泰来微笑道:“你上任之初就问过这话,渭北当务之急是治安问题。”

“该从何处着手呢?”

牛泰来摇摇头,又去低头啜茶。司马亮再三恳问:“前辈老马识途,胸中一定有良策,还请教我。”

牛泰来见司马亮真心诚意地请教,放下茶杯,问道:“你认为主政的后盾是什么?”

司马亮略一思忖,答道:“从现如今的局势来看,应该是军队吧。”

“你说得很对。主政者必须握住兵权,或者说可以调动指挥辖

区内的军队。”

“辖区内的军队?”司马亮疑惑地看着牛泰来,“咱们渭北没有军队,只有保安大队。”

“保安大队也是军队呀。你现在指挥调动得了保安大队?”牛泰来也看着他。

司马亮摇摇头。他等着牛泰来下面的话,牛泰来却又低头去喝茶。他见牛泰来杯中茶水已尽,重沏了一杯茶,双手奉上。牛泰来接过茶杯,呷了一口,又问:“你以为军队靠什么过日子?”

司马亮道:“不会是靠打仗吧?”

“打仗是军队要干的事。”

“那么就是靠粮饷过日子了。”

“粮饷又凭什么做保证?”

司马亮不加思索地回答:“上边供给或者是地方筹集。”

“不错。保安大队虽说是军队,但只是地方武装,上边拨发的粮饷微乎其微。保安大队的绝大部分供给全凭县里的财政税务来维持,因此引发出许多矛盾来。”

话说到这里,司马亮心里清楚明白起来。他究竟干了两年多县长,知道一些其中的渠渠道道。少顷,他问道:“咱们渭北的税收情况如何?”

“不好,税收来源主要靠野滩镇。”

“就是渭河南岸的野滩镇?”

牛泰来点头道:“野滩镇是咱渭北的一块大肥肉,就连终南的土匪都瞅着它,随时都想扑上去咬上一口。”

司马亮这时理出头绪来:“依前辈之言,要治理好渭北必须一手抓兵权,一手抓钱财。”

牛泰来拈须笑道:“县长果然悟性超人。”

司马亮思忖半晌,又向牛泰来求教:“如何才能一手抓住兵权一手抓住钱财呢? 还请前辈教我。”

牛泰来手拈胡须,声音低沉地说:“如何去做,我也不得而知。”

司马亮再三求教。牛泰来慢慢站起身来,推心置腹地说:“我乃老朽之人,根本就谈不上有什么文韬武略。刚才的一番见解,是我在官场混迹多年的所得,也谈不上是什么高见。凡有识之士都能看得出。我早已看出司马县长非等闲之辈,因此辞职之际才以鄙见相陈。至于如何去做,我真的不得而知。”

“前辈太谦虚了。”

“不不,如果我真有良策,也不至如此落魄。”

司马亮道:“我初到渭北,人地生疏,一切都难以入手。请前辈留下助我一臂之力。”

牛泰来摇头道:“常言道,不在其位,难谋其政。我已辞职退休,没有再留下的道理。”

司马亮喟然长叹:“我识前辈太晚。”

牛泰来大为感动:“在别人眼里我牛某人不过是个老朽。今晚夕有司马县长这一句话,也算有了知我之人。”说着话拿过桌上的《资治通鉴》,随手翻开一页,只见用红笔勾画出一段话来:才德全尽谓之圣人,才德兼亡谓之愚人,德胜才谓之君子,才胜德谓之小人。凡取人之术,苟不得圣人、君子而与之,与其得小人,不若得愚人。他感叹道:“切肤之言啊。”

司马亮又请教道:“渭北还有何人可用?”

牛泰来道:“用人之术,你的老祖宗已说得十分精辟,可做起来难啊。常言说得好,珠宝好识,肉蛋难认。谁是圣人? 谁是愚人?

谁是君子？谁是小人？不是一朝一夕就能识得的。性格外露者，倒也好识。城府深、藏而不露者，也许你永远也识不得他。”

司马亮点头称是。

牛泰来继续说道：“如今是乱世，乱世之中尚文不如尚武。”说着吟出几句诗来，“竹帛烟消帝业虚，关河空锁祖龙居。坑灰未冷山东乱，刘项原来不读书。”

司马亮道：“前辈吟的可是唐代诗人章碣的七绝《焚书坑》？”

“正是，县长可真是博学。”

司马亮感叹道：“正如前辈所说，时逢乱世，读的书再多又有何用，不如去学舞刀弄枪来得实在。”

俩人都苦笑起来。

少顷，牛泰来说：“县长正值英年，来日方长，不可放弃读书。依我愚见，不论何时何地，读书总是有用的。再者，乱世只是暂时，天下太平了，读书人就有了用武之地。”

“何时天下才能得太平？”

两人又感叹了一回。

稍后，牛泰来起身告辞。司马亮移步相送。到了书房门口，牛泰来回过身来：“司马县长，在渭北主政，慎防严、章二人。此二人手中有兵权握着枪把子，且桀骜不驯，不可不防。”

司马亮点点头。

牛泰来又告诫道：“为政者手腕要铁要硬，万万不可手软。我这辈子就是吃了这个亏。”说着连连摇头。

司马亮忽然想起了一件大事，急忙问：“前辈，王县长之死到底是何人所为？”

“我原以为是彭大锤所为，现在把彭大锤作案的嫌疑排除了，那就只能在手中有枪的人中查寻了。”

“会不会是土匪干的?”

“土匪是想杀王县长,可没有那个能力。”

“那会是谁呢?”

牛泰来摇头。少顷,司马亮又问:“前辈与王县长共事几年?”

“四年。”

“他为人处世如何?”

“这话还真不好说,王县长看上去脾气随和,为人处世甚是得体,可实际上城府很深,藏而不露。”牛泰来说着从衣袋掏出一件物品给司马亮,“王县长遇刺的那天早晨,我有急事去找他,他在地上躺着,血把衣衫浆了,可还有一口气。我把他抱起大声呼唤。他睁开眼睛,指了一下书桌底层的抽屉,就咽气了。我知道抽屉里肯定有啥东西,拉开抽屉却是空的。后来我发现那个抽屉是个双层,打开上面的底,这个宝物在里边藏着。”

司马亮看着宝物:“刺客是冲着它来的?”

牛泰来点点头:“这宝物我此前曾看到过。”

司马亮把目光又投向牛泰来:“前辈在什么地方看到过?”

“在兴盛钱庄,它是兴盛钱庄的镇店之宝。后来钱庄被土匪曹老二打劫了,钱庄的刘掌柜一家被杀,这宝物也不知去向。不知咋的落在了王县长手里。”

“会不会是钱庄刘掌柜把此物送给了王县长?”

“不会的。刘掌柜那人我知底,讲究得很,他送啥也不会把镇店之宝送人。”

“曹老二把它抢去也不可能送给王县长吧?”

“司马县长是个明白人,也许能从这宝物上找出点蛛丝马迹来。”牛泰来说罢拱手告辞。

司马亮要送送他，他执意不肯。司马亮见夜已深，便唤来同永顺送他回去。

牛泰来走后，司马亮在灯光下仔细看那宝物。宝物是个怪兽，独角、龙头、马身、麟脚，形似狮子，在灯光的映照下泛着古铜色，但却不像青铜打造的。他心中疑惑，掂了掂，沉甸甸的。他仔细再看，心中着实吃了一惊，原来怪兽是金子铸就。他再三观看怪兽，怪兽有嘴无屁眼，便认出怪兽是何物。

怪兽名叫貔貅，又名天禄。它是古代神话中的一种凶猛的独角瑞兽，龙头、马身、麟脚，形似狮子，毛色灰白，会飞，凶猛威武。貔貅貌似金蟾，披鳞甲形如麒麟，取众兽之优。传说黄帝打败蚩尤，貔貅立功受封神将。后因貔貅触犯天条，玉皇大帝罚它只以四方之财为食，吞万物而不泻，贬入人间。貔貅有嘴无屁股，具有辟邪挡煞，降魔驱鬼的威力，还能镇宅兴族，招财进宝。在佛教中，貔貅是地藏菩萨的坐骑。貔貅不但肚子是个聚财囊，同时也催官运。司马亮已了解到他的前任为官还是清廉的，不可能有此物。难道真如牛泰来所说，这个纯金貔貅是个贿物？兴盛钱庄的掌柜不会把镇店之宝拱手送人，后来钱庄遭土匪抢劫，此物去向不明。可此物怎么落在了王县长手里？

司马亮久久地凝望着金貔貅，陷入了深思。同永顺进了书房，他都没有发觉。

“这是个啥东西？”同永顺看着金貔貅，忍不住发问。

司马亮醒过神来，说：“这叫貔貅。”

“貔貅？模样挺凶的，看着也怪吓人的。”

司马亮说：“它可是个瑞兽，能招财进宝，驱邪镇宅催官运。”

"这么说它是个宝贝。"同永顺说着拿起了貔貅,"这么沉!"

"它是个金的。"

同永顺仔细一看,果然是金的,惊道:"这得值多少钱?"

司马亮道:"恐怕不会低于两万大洋吧。"

同永顺感叹道:"王县长可真有钱呵。"

司马亮道:"我估计这东西不是王县长的,很可能是件贿物。"

"你是说有人拿这东西向王县长行贿?"

司马亮点头。

同永顺忽然想起司马亮在三边县收受一万大洋的事,司马亮在那件事上栽了个大跟头,险些丢了乌纱帽。他觉得那件事是他怂恿司马亮干的,一直怀着深深的内疚。吃一堑长一智。他浑身一激灵,提醒道:"姑爷,这件事你可不能掉以轻心。"

司马亮早已想到了自己所犯的错误,难道他的前任也犯了他所犯过的错误?看来爱财贪财是人的共性。他的前任也许是让这个金貔貅毁了性命。如此说来,还是不贪财的好。

同永顺又道:"送这东西的人出手可真够大方的。"

司马亮道:"送东西的人不傻,他想从王县长那里得到比金貔貅更值钱的东西。"

同永顺看了他一眼,欲言又止。司马亮看出他有话想说,便催促他说:"有啥话就说,不必吞吞吐吐。"

同永顺道:"刚才我把牛县长送到家,他对我说,王县长就是被人杀害在这个书房,他的两个保镖死在门外。三个人都是被利刃所伤。他再三叮咛我,要我多加小心,保护你的安全。"

司马亮环视了一下书房,感叹道:"牛县长是个好人哩,可惜我识他太晚。不然的话,我会想法让他留任的,现在是晚了啊。"

同永顺思忖一下，道："姑爷，你是不是换个书房？"

司马亮道："为啥要换？你是说这个书房不吉利？"

"我是怕万一……"同永顺把下面的话没说出口。

"万一也被人打了黑枪。"司马亮把同永顺没说出口的话说了出来，随即笑道，"我不忌讳这个。再说有你这个保镖，我啥也不怕。"

得到如此信任，同永顺越发感到肩上的担子沉重，再三道："还是换个地方吧。"

司马亮摇头道："不能换。我是一县之主，不能给人一个疑神疑鬼的胆小怕死的印象。"

同永顺不能再说啥了。司马亮在他肩膀上拍了一下，说了句很粗俗的话："我就不信谁能把咱俩的球都咬了。"说罢，大笑。

同永顺也笑了起来。

（十七）

正在司马亮一筹莫展之际，野滩镇镇长苏万山差人送来急信，黑熊沟的周豁子围攻野滩镇，匪势十分强大，野滩镇危在旦夕。送信的汉子全身上下湿淋淋的，不知是汗水溻透了衣服，还是河水浸透了衣服。他气喘如牛，告急说，苏镇长正率领全镇人抵抗土匪，如果救兵去迟了，野滩镇就完蛋了。

野滩镇虽在渭河南岸，但隶属北岸的渭北县管辖。周豁子盘踞的黑熊沟在终南深山，隶属终南县。终南的杆子围打渭北的镇子，真有点蝗虫吃过界了。终南县对此可以视而不见，渭北县可不能不管呵。

司马亮闻讯大惊,急忙召唤严智仁和章一德商议对策。严、章二人对出兵解围之事态度都很暧昧。司马亮急道:"咱们渭北可不能再出事了呀。"

严智仁抽了一口烟,慢腾腾地说:"野滩镇是个土匪窝,周豁子打野滩镇是狗咬狗哩,咱管球他哩。"

身为保安大队队长竟然说出这样的话来。司马亮先是一怔,随即恼怒了。但他想到了牛泰来的话,严智仁手握兵权,且桀骜不驯,在这种时候自己再恼火也不能得罪他。他强压心头的恼火,说道:"严大队长何出此言?"

严智仁清了一下嗓子,说:"司马县长,你不太了解情况。野滩镇虽归咱渭北县管辖,但地处渭河南岸,咱们鞭长莫及呀。"

司马亮道:"野滩镇再远也是咱渭北的地盘,终南县可以坐视不救,咱不能不管。再者,咱们身为政府的官员,不能眼看着土匪胡作非为,祸害百姓。另外,野滩镇是咱渭北的税收重镇,可不能落在土匪手中。"

严智仁笑道:"土匪围打野滩镇是为了抢点钱财,不是想占住做窝巢。就像渭河发大水,涨上几天就落了。咱们不用发兵,土匪也就撤了。你不必这么着急上火的。"

司马亮沉下脸说:"严大队长此言差矣。野滩镇被土匪围攻,他们差人前来求救,盼救兵如大旱之时盼甘霖,我们岂能坐视不救。"

严智仁道:"周豁子有几百号人,匪势强悍,咱们就是去了也解不了野滩镇之围。"

司马亮再也压不住火了:"严大队长,我召唤你和章局长来,不是商议出不出兵,而是商议如何出兵解野滩镇之围。"

严智仁不高兴地说："那你就下命令，我无话可说。"

司马亮转过目光看章一德。章一德在默默抽烟，面无表情。

"章局长，你以为如何？"司马亮问。

章一德答道："司马县长说得极是，土匪围打野滩镇，我们不能坐视不救。我服从司马县长的命令。"

严智仁见章一德拍司马亮的马屁，面露愠色。司马亮站起身来，嘴角挂上一丝冷笑："既然二位都这么说，我就恭敬不如从命了。"

严智仁冷冷地说："我是磨道的驴，听你的吆喝。"

司马亮没理睬他的嘲讽，严肃着脸说："土匪来势强大凶猛，我们不能轻视。保安大队留一个小队守防县城，其余的全部出动，由严大队长亲自带队。警察局只留一个班值班，其余人马全部上战场。"

严、章二人站起身看着司马亮。章一德问道："什么时候出发？"

司马亮命令道："刻不容缓，马上出发！"

严智仁憋不住问了一句："我和章局长都去上火线，县长大人你干啥哩？"

司马亮朗声道："我和严大队长一道打先锋！"

第七章

（十八）

渭河西来，在这里似乎漫不经心地往北拐了一下，便把一大片滩涂让给了南岸。芒种一过，渭河流域就进入了汛期，上游的洪水挟裹着泥沙滚滚而下，这里地势平坦，泥沙就沉淀堆积，这片滩涂越来越大，最终和南边的土地连成了一片，但当地人还是称这块土地为野河滩。

这片滩涂生长着各种水草，每到夏秋之季，葳蕤的水草长得一人多高，密不透风。许许多多的鸟把这里当作家园，每到清晨和黄昏，不计其数的各种叫不上名的鸟儿在空中盘旋飞翔，黑压压的一片遮住了天，清脆的叫声隔几里地都听得清清楚楚。走兽也在这里安了家，野兔、獾和水獭不必去说，狐狸和狼也成群结队地在草丛中出没。就连终南山深处的金钱豹和老虎也来这里觅食。当然，这都是很早以前的事了。

谁也记不清，不知哪一年哪一月来了一对年轻夫妇，男人剽悍英武，女人聪慧漂亮。他们在野河滩上落了脚，割下水草晒干搭起草棚，掏鸟蛋，打野兔，采集野谷子谋生，过起了安乐祥和的日子。

再后又有三三两两的逃难者也在这里落了脚。草棚一个挨着一个，连成了一片。草棚的前后左右的水草被割掉了，裸露出的沃土被开垦出来，种上了庄稼。荒芜多年的野河滩有了人的欢声笑语。

过了一年多，野河滩上的庄稼又要成熟收获了。突然来了一队官兵，说是搜寻捉拿一个逃犯。野河滩的十几个男主人都默然地看着官兵，手中都紧攥着正在干活的农具家什。为首的官兵头目拿出一卷纸，打开，上面是一个年轻汉子的画像。头目对着画像一一打量面前的男人们，突然一指那个最先来野河滩的剽悍英武小伙子，大喊一声："就是他，抓起来！"

小伙子完全可以逃脱，可他没有跑。他聪慧漂亮的妻子这时提着竹篮来给他送饭。女人已经怀孕了，快要分娩，腆着大肚子，步履蹒跚。女人看到官兵，一脸的惊恐之色，依偎在男人的身边。小伙搂住她的肩膀，安慰道："甭怕，万事有我哩。"他对那头目说："我媳妇马上就要生孩子了，等她生了孩子，我就跟你们走。要杀要剐随你们。"

头目说："你说的比唱的还好听，不行！你拐走了人家的老婆，还伤了人，我不光要抓你，还要抓她归案！"

原来那女人是一个大户的小妾，男人是大户的护院。两人偷偷相爱了，难分难舍，私奔出逃，不料被人发现，男人打伤了追者，带着女人逃了出来，在野河滩上落了脚。不曾想到，大户告到了官府，官府派兵搜寻到了这里。

小伙子再三恳求头目高抬贵手，放过他即将临盆的妻子，说是杀人不过头点地，何必苦苦相逼一个怀孕女人。头目十分强霸，不动恻隐之心，指挥兵卒上前逮捕他们。小伙子勃然大怒，拼命抗争。他果然身手不凡，赤手空拳打倒了七八个兵卒。头目见擒他不住,一咬牙命令兵卒,活的擒不住就拿死的。小伙最终寡不敌众,死在兵卒的乱刀之下。女人痛叫一声,夺过一把钢刀抹了脖子,倒在了心爱人的身边……

这也是很早以前的事了。

说来真是奇怪,自从那件惨案发生后,野河滩的住户不但没有减少,反而有所增加。随着时间的推移,来野河滩落脚的人越来越多,草舍一座挨着一座,连成了一大片。这里天南海北的人都有,南到两广,北到内蒙古,东到黑龙江,西到塔里木,他们操着不同的口音谝闲传唠嗑摆龙门阵拉家常。但似乎都遵守着一条规定,谁都不追根问底去打探对方的隐秘。当地土著都说,在野河滩安家落户的不是犯案在逃的,就是躲债私奔的,没有什么好鸟。说归说,可他们见了野河滩的人还是笑着脸说话,以礼相待。虽然当地民风剽悍,但也淳朴。

转眼到了民国,早年的空旷野河滩已发展成了野滩镇,草舍早已换成了大瓦房,街道也有了好几条,人口超过三千,是渭河边上为数不多的大镇。

野滩镇的地理位置十分特殊,地处渭河南岸,却划归渭河北岸的渭北县管辖。早在明代就是如此,一直沿袭下来。几代政府不知做何考虑,不得而知。如此划归有一个弊端,南岸的终南县无权管它,北岸的渭北县鞭长莫及,很难顾上管理它。因此野滩镇处于无政府状态,也因此野滩镇向来是滋事生非之地。再者,如前面所说,这里居民的先祖十之八九都是强悍之徒,后辈儿孙的血管里都流着先人的血。故而,野滩镇向来民风剽悍,不安分守已者居多。其三,野滩镇东西北三面都是大片滩涂,土地肥沃,水源丰富,不光长好庄稼,也生长其他东西,譬如罂粟(俗称大烟),在这里就有大片种植。这里的气候有利于罂粟的生长，虽说出产的大烟膏质量不怎么好，但产量极高，因此获利颇丰。一伙不安分的人居住在山高皇帝远的野滩镇，自然是啥东西能卖大钱就种啥东西。政府禁烟多年但一直未能禁住野滩镇种植大烟。大烟的种植竟然给野滩镇带来一片商机，镇上的饭铺、茶馆、妓院、赌局、烟馆……应有尽有，一家挨着一家，家家生意红火兴隆。野滩镇富裕在这一带是出了名的。有钱本是好事，但却让贼人惦记着。

时令到了小满，正是割烟的时节。烟贩子云集在野滩镇，一时间野滩镇热闹起来，比过大年还红火。就在这时盘踞在黑熊沟的杆子头周豁子率众出了山。周豁子出了山直奔野滩镇，只要得了手，黑熊沟几百号人一年的吃穿用度就全都有了。

野滩镇虽是一块让人眼馋的肥肉，但要吃到嘴却不容易。那是强人聚集之地，他们也常常去别人的碗里抢食吃，岂容他人来抢自己的丰收果实。县政府虽不怎么管野滩镇，但还是在镇上设立了镇公所，委派了镇长。现任镇长是野滩镇的土著，姓苏，名万山。苏万山是个很有能力的人，他上任之后就着手抓治安，成立了一个自卫队，是专门对付土匪的。自卫队人人手中都有快枪，队长名叫铁锁，是个拉屎也攥拳头的角色，十分了得。这一带敢明火执仗来打劫野滩镇的也只有终南山的周豁子。野滩镇的自卫队早就防着周豁子。还未开刀割烟，铁锁就派出暗探去山口监视周豁子的举动。周豁子几乎每年都要在大烟收获之时来打劫野滩镇，他们不能不防。周豁子刚一出山，暗探就报回了消息。野滩镇的自卫队便做好防卫抵抗的准备。

前两年周豁子曾几次围攻野滩镇，皆因野滩镇的自卫队及时得到消息做好了防御准备，周豁子都铩羽而归。因此，周豁子恼恨在心，耿耿于怀。今年周豁子憋足了劲，咬牙切齿地说："今年我要打不下野滩镇，就不是人!"

周豁子吸取了前几次的经验教训，集中兵力攻其一处。他把匪卒分成了三队，两队轮番进攻野滩镇，一队留作预备队，如有意外情况发生，随时可以投入战斗。多年的土匪生涯把周豁子锻炼成为一个打仗的行家里手。

野滩镇的防御力量也不弱，铁锁的自卫队有百余人，七八十条枪，还有二十几杆火铳土炮。除了自卫队，镇长苏万山把全镇的青壮年汉子都召集起来，说明利害，若是土匪打进镇子，家家在劫难逃，号召大家拧成一股绳，拿起刀枪参战，保卫镇子。这些话就是不说，大家也都明白。野滩镇大有血性汉子，当即就拿起土铳猎枪大刀长矛去参加战斗。

战斗很快就打到了白热化程度，枪响声如同过年放鞭炮一般，十里外都听得见。为防土匪打劫，野滩镇的先辈们在镇四周筑起了城墙。野滩镇地处滩涂，土质为沙土，很难筑墙。筑起的城墙颇似一道沙土梁，虽然低矮，但毕竟是一道屏障。自卫队倚仗着低矮的城墙做顽强的抵抗。周豁子的人马没有炮火，因此低矮的城墙成为最大的障碍，使他们难以跨越，五六名匪徒倒在了城墙之下。匪徒们红了眼，嗷嗷叫着拼命往上冲。野滩镇的参战者都看得出，周豁子这回是憋足劲儿来的，攻势十分凶猛，志在必得。野滩镇这边虽说人多势众，但毕竟是乌合之众，且缺乏训练，难敌那些亡命之徒。铁锁看在眼里，急在心里，冒着硝烟枪弹找到苏万山，着急地说："镇长，狗日的周豁子这回是要跟咱拼命，咱怕是抵挡不住。"

苏万山把长衫绾在腰间，猫着腰双手扒着城墙豁口往下看。他看出形势的险恶，脸色变得蜡黄，抹了一把额头的冷汗，急切地说:“铁锁,你说咋办?”他不懂打仗的事,只有依靠铁锁。

铁锁说:“让人渡河去县城告急求救,保安大队开上来镇子就有救了。”

“我早就差人去了。”

“那咋还不见救兵来?他们不会见死不救吧?”

“也许他们正往这赶呢。”

“依我看还得再差人去催救兵。”

“那你就赶紧差人去!”

铁锁差了一个可靠的汉子去县城告急求救,自己率众拼命抵抗……

(十九)

司马亮和严、章二人率保安大队和警丁赶到渭河北岸时,日头已斜过头顶。此时渭河流域虽说已进入汛期,但因这段时间干旱少雨,河水并不汹涌,波澜不兴,潺潺东去,河床显得十分空旷宽阔。

司马亮站在岸边,听见对岸的枪声响得十分激烈。他举起了望远镜,斜阳下是一片翠绿,翠绿之中有一块墨绿,墨绿处便是野滩镇,青瓦房舍隐没在树木之中,瞧不见战斗的人影,只能听见密集的枪声,墨绿深处飘出一层淡淡的薄雾,向四处弥漫。他吸了吸鼻子,空气中的火药味很浓很刺鼻。他禁不住打了个喷嚏。他明白对岸的战斗肯定很激烈,不然硝烟味不会这么呛人。他没打过仗,但读过《孙子兵法》,知道兵贵神速的道理,当机立断,让严智仁命令部队迅速渡河。

严智仁说:“没有船没有桥,咋渡河?”他对出兵解野滩镇之围一直持消极态度。

司马亮皱起了眉，心中十分恼火。但他还是强压心头之火，说道："河水不大，泅水渡河。"又道，"兵贵神速，一定要快！"

渡河倒也顺利，河水最深处也不过到大腿根，保安大队和章一德的警察排成几路纵队渡河，过了中流便成散兵阵靠岸。就在部队到达南岸之际却遭到了周豁子人马的猛烈阻击。

周豁子祖籍不祥。他的父母在逃荒途中生下了他。一来是无力抚养，二来因他是个豁豁嘴，他的父母把他抛弃在路边，恰好一位少林和尚路过那里，耳闻婴孩啼哭之声，慈心大发，把他抱回少林寺，悉心抚养。稍长，那和尚便传授他武功。十八岁时，他的师傅患了恶疾，圆寂之前给他讲了他的身世，又说他尘缘未了，日后下山去找他父母好好过日子。安葬了师傅，他便下山去寻找父母。他并不想跟父母种田过日子，他要找到父母问一问，为啥当年要抛弃他？他是长了个豁豁嘴，可那是他的错吗？历尽艰辛，他总算找到了父母，可父母已不能回答他的问题了，他们已长眠地下。那年的大灾他们最终没能躲过，饿死在他乡。他在寻找父母的两年中，因生着一张豁嘴，受尽了歧视，也看尽了世人的眉高眼低，善心渐退，愤心日增。到后来他拉起杆子干起了黑道。

周豁子出身贫贱，因此怜悯穷苦人。每次外出抢劫归来，见了穷苦之人就会送上几块银洋，特别是对穿着破衣烂衫的孩童更是怜爱有加，不是递上几块银洋，就是从马背上抽出一匹布，说："让你娘给你做几件新衣裳穿。"因此，他在终南一带极有人缘。可渭北县的人都恨他，他作奸犯科都在渭北，渭北人称他为"南山虎。"

周豁子不仅凶悍之极，也狡黠之极。他料到野滩镇会向渭北县求救，派人一直盯着北岸的动静。北岸的部队一渡河就被周豁子的探子发现了，赶紧报知周豁子。周豁子目不识丁，自然是没读过兵法之类的书，可他懂得用兵之法，也想“半渡而击之”，可他犯了一个错误。他原来留着一个预备队应急而用，却见野滩镇急切不能攻破，心里着急，着急就上火，上火后就把预备队开了上去。刚把预备队开上去，探子报来，渭北的救兵到了，正在渡河。他大惊，赶紧又把预备队调回去，阻击援兵。这时司马亮的人马已渡过了中流，他错过了最佳的阻击良机。

周豁子的阻击人马以河堤为屏障，顽强地阻击援兵，为围攻野滩镇的人马争取更多的时间。战斗打得很激烈，也很残酷，双方的伤亡都在直线上升。

司马亮一直举着望远镜，观察着战场上的形势。他们这边虽说人多势众火力也猛，但在河床的开阔地上，无屏障可倚，不占地理优势。匪徒那边虽说人少势单火力弱，但以河堤为屏障，占尽地理优势。因此，战斗处于胶着状态，敌方损失不少，他们这边也伤亡不轻。部队受阻，野滩镇危在旦夕，他心急如焚，浑身都在冒汗。严、章二人也都焦躁不安，不住地骂娘。

又一次冲锋失败了。严智仁收拢住队伍，摘下帽子抹了一把脸上的汗，恼火地说：“这个打法不行，咱要吃大亏。”他的保安大队伤亡了二十余人。他牙疼似的直吸气。

这个打法不行？那怎样打才行？司马亮用目光询问章一德。章一德避开他的目光，别过脸去。他怕司马亮换他的人去打冲锋。他手下只有七八十号人，经不起这么伤亡。再说了，他手下的人站个岗收个税的还行，打仗就差远了。

司马亮见严、章二人如此这般模样，十分地气恼，却拿他们没办法，只是着急干搓手。

忽然同永顺带着一个汉子踉踉跄跄地奔了过来。汉子浑身上下水淋淋的，气喘如牛，见到司马亮，扑通跪倒在地，叩头道："县长大人，快发救兵！"

原来那汉子是苏万山和铁锁又差来求救的。司马亮急问镇子那边的情况。汉子说："周豁子的人马攻势十分凶猛，自卫队死伤了好几十人，快撑不住了。天黑之前救兵要赶不到，野滩镇就完咧。县长大人，要快呀！"汉子放声大哭。

司马亮搀扶起他，安慰道："你别急，我们马上就打过去。"让同永顺带着汉子到后边去休息。

司马亮抬眼望着西天，夕阳快要落山了。他双眉紧锁，对严、章二人说："你们说怎么办？"

严、章二人面面相觑，都不吭声。

司马亮一咬牙，攥紧拳头往下一挥："时不我待，强行攻击！"

就在这时，河堤上传来一阵狂欢声。司马亮一惊，急忙举起了望远镜。严、章二人也都举起了望远镜。

他们清楚地看见，河堤上那棵碌碡粗的白杨树下不知何时摆了一把太师椅，椅子上坐着一条壮汉，有四十出头年纪，头圆脖子粗，上唇有个豁豁，因此面目显得狰狞丑陋。他的身边站着几条彪汉，个个手中都提着盒子枪。

严智仁骂道："是驴不日的周豁子！"

司马亮问："哪个是周豁子？"

"就是椅子上坐的那个豁豁嘴。驴不日的张狂得很！"

司马亮看见有两个匪卒摆好了桌子，随后又摆上了酒肉。周豁子边吃边喝，扬扬自得。

章一德举着望远镜感慨地说："狗日的周豁子倒吃上了喝上

了，他可比咱们消停品麻（逍遥自在）得多。”

司马亮又问：“周豁子是哪达人？”

章一德说：“有人说他是河南人，有人说他是山东人，他到底是哪达人没人说得清。他手下的匪卒几乎全是终南的山匪。他们不光打劫野滩镇，也过河来打劫过几次渭北县县城。”

司马亮愤声道：“他是欺负咱们渭北县无人呢。”

“谁说不是哩。”

司马亮观察了一会儿，说：“找个枪法好的，把周豁子干掉。”

严智仁说：“距离太远，打不着。”

章一德说：“周豁子鬼着哩，能打着他就不坐那达了。”

司马亮放下望远镜：“这么说咱就没辙了？”

严、章二人相对一视。章一德说：“周豁子在暗处，咱在明处，他又以逸待劳，硬冲咱们伤亡肯定很大。”

严智仁说：“等到天黑咱们再动手，伤亡就小得多了。”

严、章二人的话都很有道理，可等到天黑野滩镇就落到了周豁子手中。司马亮只急得全身在冒冷汗。

这时河堤上的众匪卒一哇声地在吼唱：

长杆火铳鬼头刀，

机枪快枪狗娃咬（盒子枪），

谁把老爷球咬了！

吼唱声随风飘过来，直往耳朵眼里钻。司马亮再也按捺不住心头的怒火，青着脸骂道：“狗日的披着被子想上天，张狂得没领子了！”从腰间掣出手枪，要亲自带队打冲锋。

同永顺急忙一把拉住他：“姑爷，你是一县之长，咋能带队打冲锋呢。”转脸冲着严、章二人喊，“严大队长！章局长！你们快让队伍上啊!”

严、章二人似乎没听见同永顺的喊声,只是举着望远镜往河堤上张望。

同永顺气得直咬牙跺脚,可他一个县长的随从护卫,拿他们又有什么办法?就在这危急之时,河堤上突然发生了骇人的变故。

(二十)

从河堤西边奔来一匹黑鬃烈马。那匹烈马没有鞍辔,似乎从谁家牲口棚中挣断缰绳跑出来的,奔驰的速度极快,如风驰电掣一般,河堤被它翻飞的四蹄踏飞起一溜尘烟,在夕阳的斜照下显得十分的醒目壮观。河堤上的匪卒和河滩上的团丁警丁们的目光都被吸引了过去。众人都引颈张目观看着那匹烈马的奔腾表演,如同看精彩马戏似的着迷。

那匹烈马奔跑的速度越来越快,箭似的直朝那棵大杨树射去。最初,周豁子也愣着眼看烈马奔跑,喝了口酒笑道:“驴日的跑得欢,是匹好马!”他想叫身边的匪卒擒住那匹烈马给自己当坐骑。忽然,他感到那匹烈马啥地方不对劲,似乎脖子下有啥东西坠着。正在他狐疑之时,烈马脖子上坠的东西倏地移上了马背。他闪目再看,原来是个人!

周豁子立刻意识到情况不妙,扔了酒杯想站起来,同时伸手就在腰间抽枪。说时迟,那时快。烈马眨眼之间奔到大杨树下,骑手鹰似的从马背上飞了下来,落在了周豁子身后,没等周豁子站起身,一把雪亮的钢刀就搁在了他的肥脖上,随即另一只手就下了他腰间的盒子枪。周围的马弁和匪卒都被这突如其来的变故惊得瞠目结舌，愕然呆立，一时竟然没明白发生了什么事。

周豁子的一张胖脸变成了大冬瓜，声音变调地吼了起来："瓷锤！还不动手！"

马弁和匪卒们这才灵醒过来，掣枪往上要冲。骑手厉声喝道："慢着！谁敢过来我就宰了他！"捉刀的手一使劲，周豁子的粗脖子感到了利器割肉的锐痛。

马弁和匪卒们不敢向前了。

"开枪！开枪打呀，别管我！"周豁子张着豁嘴气急败坏地吼叫，竟然将自己的生死置之度外。他一直在观敌督阵，如果能把援兵挡住，再有半个多时辰就能把野滩镇攻下。他万万没有料到，在这最关键的时候自己却先翻了船。他气得七窍生烟。

骑手冷笑道："周爷叫你们开枪，你们就开枪吧。我俩去阎罗殿正好做个伴。"

马弁和匪徒们哪里敢开枪，面面相觑，不知如何是好。

骑手又冷笑一声："周爷还真是条汉子，死都不怕！"说着拿刀的手一使劲，周豁子的脖子上倏地爬出一条细细的"蚯蚓"来，痛得他嘴张了张，却没再喊出声来。

"往后滚！"骑手大声呵斥马弁和匪徒们。

马弁和匪徒们往后退。

"再滚远点！"

马弁和匪徒们退出三丈开外。

骑手撤了搁在周豁子脖子上的刀，转步到了他的面前："周爷还认得我吧？"

周豁子喘了口气，用手摸着脖子，定眼细看，讶然道："我就说谁有这日天的本事，原来是狗日的大锤你呀。"

去年大锤给宝和堂的唐掌柜保了一趟镖,途经黑熊沟时遭到周豁子人马的拦劫。大锤和几个镖客与其交火,虽然周豁子人多势众,但占不到半点便宜。遂上前与大锤答话。他抱拳朗声道:“好汉请留姓名!”

大锤抱拳答道:“在下是彭大锤。”

“莫非你是渭北的鬼见愁?”

“那是世人送我的外号,你是南山虎周豁子吧?”

“你认得不错。”

“久仰大名,今日儿相会,三生有幸。”

“彼此彼此。北有鬼见愁,南有南山虎。咱俩今日相见真是有缘呵。”周豁子仰面哈哈大笑。

大锤言道:“今日儿路过宝地,还请周爷高抬贵手。”

周豁子笑道:“这个容易。不过,我有个条件。”

“请讲。”

“我看你本事不弱,想跟你比试比试。你若胜了,放你过路。你若胜不了,那就别怨我不客气,你的货得全部留下。不知你敢不敢跟我比试?”周豁子眼里露出凶光,直盯着大锤。

大锤看看左右,自己只有十来个人,而周豁子有五六十人。再打起来的话输家一定是自己。他稳了稳神,问道:“周爷咱是一对一比呢? 还是咋比?”

“当然是一对一。”

“不许手下人放黑枪!”

“绝不放黑枪!”

“我胜了放我过路?”

“你若胜不了货全归我!”

"说话算话?"

"吐摊唾沫砸个坑!"

"周爷请!"

周豁子双腿一夹马,胯下的"雪花豹"奔跑起来,他抽出手枪射击,树梢上一只乌鸦应声而落。众匪徒齐声喝彩。周豁子勒住马缰,冲着大锤得意地笑着。

大锤也叫了声好,却翻身下了马,用马鞭在那乌骓马的屁股上狠抽了一鞭。乌骓马吃痛不住,长嘶一声,犹如离弦之箭狂奔而去,眼看就要消失踪影,他把手指塞进嘴里打了个呼哨,乌骓马返身疾驰而来,擦身而过之时,只见大锤轻捷一跃,就稳稳地坐在了马背上。他骑马飞驰了三圈,这时恰有一群鹁鸪从头顶飞过,他拔出手枪,随着三声枪响,三只鹁鸪应声落地。有匪卒跑去捡回来鹁鸪交给周豁子。周豁子仔细一看,三颗子弹都打在了头上。他禁不住叫了声:"好枪法!"可心中不服气,又提出要与大锤比刀法。

大锤拱手道:"我刀法不精,甘拜下风。"他明白周豁子是不服气,不愿与他硬碰硬,想给他留些脸面。

周豁子却一定要比。大锤再三说:"我真的不会耍刀,还请周爷见谅。"

周豁子见大锤如此这般说,以为大锤不会耍刀,说啥都要与大锤比一比。他拿过一把单刀,挽起衣袖,跃跃欲试。他想要赢了这一回,挽回面子。

大锤实在被逼无奈,说道:"这样吧,我耍一回刀,周爷往我身上泼水,如果我衣衫湿了一点儿就算我输了。"

周豁子怔了一下,随即说:"行!"把手中的刀扔给大锤。

大锤接住刀,就舞了起来,只见刀影上下翻飞,寒光闪闪,看不见人的身影。围观者齐声喝彩。有匪卒递过一老碗酒，周豁子接住，直朝大锤泼去。霎时水雾一片，酒香四处弥漫。周豁子按捺不住，又要过一碗酒。这回他连碗掷了过去，只听当啷一声，碗碴四处飞溅，竟然划破了几个匪卒的胳膊和面颊。

大锤收住刀。围观者惊愕半晌，才喝起彩来。大锤冲周豁子一抱拳："让周爷见笑了。"

"好刀法！好刀法！"周豁子连声赞叹。他是心服口服了。他明白大锤再三不与他比刀是给他留脸面。如果真的比试，那他可就丢了大脸了。

"兄弟！"周豁子一把拉住大锤的手，真心诚意地说："留下跟我干吧，保你吃香的喝辣的有享不尽的福。"

大锤说："镖局的弟兄们我割舍不下，恕我不能从命。"随后又冲周豁子抱拳施礼，"请周爷不要食言。"

周豁子看出大锤不愿与他为伍，不再勉强，也没有食言，放他过路。

临行之时，大锤拿出三百大洋给周豁子。周豁子瞪着眼珠子看他，阴着脸问他是啥意思。大锤道："我开镖局，你拉杆子，咱俩都是把头提在手里讨饭吃。我知道你比我更不容易，手下百十号人要吃要喝要穿。这三百大洋是我这趟镖价的一半，请你收下。"

周豁子脸上有了笑模样，一挑大拇指，呵呵笑道："你虽说比我年轻得多，可肚量比我大，武艺也比我高，我敬重你。恭敬不如从命，你的钱我收下了。往后有用得着我的地方，就言传一声，我周豁子绝不说半个不字。"

……

此时此刻，周豁子没想到大锤会突然出现。他在大锤胸脯上打了一拳,笑道:“你咋跟我来这一手,你是不是也想捞一点?那就帮我一把,野滩镇那伙狗日的快撑不住咧。”

大锤说:“我来是要你赶紧退兵。”

周豁子瞪起了眼睛:“赶紧退兵?别跟我说耍笑话了。”

大锤也瞪起了眼睛:“谁有闲工夫跟你说耍笑话。”

周豁子一怔,说道:“为吃这块肥肉我把几十个兄弟的性命都赔了进去,眼看肥肉就要吃到口了,我为啥要退兵?哦,我明白了,你也是想趁机喝口汤吧?没麻达,别说一口汤,你要块肉我也给。我还欠你一个人情没还哩。”

“啥人情?”

“前些日子我差人来野滩镇搬尸,承蒙你给我面子。”

大锤道:“我把这事都忘了。”

周豁子笑道:“我早就看出你老弟是条好汉,我敬重你。说吧,是喝汤哩,还是吃肉哩?”

大锤道:“周爷,你这回把事看错咧。”

周豁子一怔:“咋看错咧?”

“我来不是想喝汤,更不想吃肉。我只要你赶紧退兵!”

“凭啥?”周豁子的眼睛瞪得如同牛卵子,“渭北的保安大队和警察局的警察都开来了,我都不尿!”

大锤一字一顿地说:“你知道么,野滩镇是生我养我的地方。”

“你家在野滩镇?”周豁子吃了一惊。他只知道大锤是渭北人,没想到大锤家在野滩镇。他略一迟疑,随即笑道,“你放心,我保证不动你家一根筷子。不,凡姓彭的我都不动他们一根筷子。”

大锤冷冷地问:“周爷听过这样的话么?”

“啥话?”

"好狗护三家,好人护三村。"

周豁子望着大锤,眼睛直眨巴。

大锤看着他的眼睛说:"周爷是不是想说我不是好人。我也知道我不是好人,可我想做一回好人。请你能成全我。"

周豁子咬着牙巴骨说:"我要不成全你呢?"

"那周爷就甭怨我心黑手辣。"大锤拔出了盒子枪,眼里冒出了凶光,说出来的话也赛过刀子,直刺周豁子的要害处,"我这条命贱,丢了也就丢了。周爷可是一呼百应的杆子头,吃香的喝辣的尽享荣华富贵,丢了性命可就吃啥都不香咧。"

周豁子只觉得脊背上冒凉气,禁不住打了个冷战,但还是圆睁眼睛瞪着大锤。大锤也瞪着眼睛看他,握枪的手在冒冷汗。半晌,大锤不紧不慢地又补了一句:"周爷若不肯退兵,就请从我的尸体上踏过去。"

周豁子一声不吭,只是瞪着大锤,大锤不再说啥,以眼还眼,紧紧握着手中的枪。周围的匪徒把枪口都对准了大锤,只等着周豁子一声令下。

难熬的沉默,空气似乎都凝固了。

两双目光在对峙、在碰撞、在交火、在厮杀。良久,周豁子撤回了目光,黑丧着脸说:"大锤,你比我狠,我撤兵。"

大锤暗嘘了一口气,缓和了一下口气说:"周爷,若是你的家乡遭劫你肯定比我还狠。"

"撤!"周豁子下了声命令,转身就走。

大锤冲着他的脊背一拱手:"多谢周爷给我面子!"

第八章

（二十一）

河堤上的突然变故司马亮一伙看得清清楚楚。最初他们不知道发生了什么事，到后来周豁子竟然撤兵了，他们这才恍然大悟，都长嘘了一口气。司马亮以手加额，由衷地赞叹道："擒贼先擒王，真是高招。彭大锤果然身手不凡，他立了一大功呵。"

司马亮和严、章二人率队伍进了野滩镇，这时已经日落西山。苏万山把司马亮等人迎进镇公所。司马亮问道："镇里损失如何？"

苏万山答道："周豁子的人没有打进来，损失不算太大。"

这时铁锁走了进来，苏万山便把他介绍给司马亮："这是我们镇的自卫队队长胡铁锁。"

司马亮早已知道野滩镇有个自卫队，人人手中有枪。他仔细打量铁锁，小伙子有二十四五岁，虎彪彪的一条汉子，腰系一条宽牛皮带，斜插一把盒子枪，背插一把红缨大刀，浑身上下透着一股剽悍雄风。司马亮含笑点头道："你们辛苦了。"

铁锁不知如何作答，只是冲着司马亮憨笑。司马亮又问："自卫队伤亡情况如何？"

铁锁答道:“死了九个弟兄,伤了十六个弟兄。”

司马亮转脸对苏万山说:“要厚葬牺牲的弟兄,安抚好他们的家属。伤了的弟兄们要赶紧治疗,治疗费由镇里出。”

“是,是。”苏万山躬着身连连点头。

司马亮又问:“刚才退敌解围的可是彭大锤?”

“是彭大锤。”

“把他找来,我想见见他。”

苏万山为难地说:“我找过他,他不肯来。”

司马亮一怔,问:“为啥不来?”

“他说……说……”苏万山吞吞吐吐。

司马亮沉下了脸:“苏镇长有话就说,不必吞吞吐吐。”

“他说他困了乏了,要睡觉,谁都不想见。”

司马亮不吭声了。严智仁按捺不住,骂道:“狗日的彭大锤也太狂了,让两个弟兄把他抓来就是了。”

“不可!”司马亮急忙拦住严智仁。随后说道,“他确实是困乏了,让他好好休息吧,明日儿我去登门拜访。”

是夜,苏万山要安排司马亮等人去望月楼酒店下榻,望月楼酒店是野滩镇最高档的客栈。司马亮坚决不去,说住在镇公所就行了。镇公所倒有几间客房,可哪能与望月楼相比。苏万山连声说:“不行,不行。”

司马亮问怎么不行。苏万山说:“镇公所的客房床铺被褥太差次。”

司马亮问:“住过人吗?”

苏万山说:“住过。”

司马亮说:“别人住得我咋就住不得?今晚就住镇公所了。”他在心里告诫自己野滩镇遭了匪劫，自己身为一县之长，此时此刻千万不能搞特殊。

苏万山见司马亮如此态度，急忙命令人去收拾客房。严智仁等人虽有不悦之色，也只好和司马亮一同在镇公所的客房住下。

（二十二）

第二天中午，司马亮让永顺备了一份厚礼，要严智仁和章一德陪他去大锤家拜谢。严智仁原以为昨晚司马亮只是说说而已，没想到他还真的要去，当下就露不悦之色，说道："咱们能去他家就是抬举他了，还带啥礼物。"

司马亮道："严大队长此言差矣。彭大锤单枪匹马退了悍匪周豁子，让咱们免了一场恶战。咱们理应登门拜谢。这份礼物我出钱。"

严智仁说："司马县长，你误会了，我不是这个意思。彭大锤是个镖客，吃的是黑道的饭。说难听点，他跟土匪差不到哪达去。听人说他跟周豁子称兄道弟，有意入伙哩。咱们登门去拜谢他，传出去好说不好听。"

司马亮不以为然地说："不管他是个啥人，也不管他以前做过啥瞎事，咱只说他昨天单枪匹马退敌解围之事，他就是有功之臣。我是渭北的父母官，你和章局长负责着渭北的治安，他给咱们退了敌解了围，咱们于情于理也应该去登门表示谢意。不然的话，一来让民众觉得咱们不近人情；二来让人说咱没有容人之量；三来以后若再遇到这样的事，谁还肯出来舍命救危。章局长，你以为如何？"

章一德点头道："司马县长说得极是。咱们理应登门拜谢。"其实他心中最痛恨大锤，可听了司马亮的一番话，心中有些释然了，也暗暗佩服司马亮虽然年纪轻轻，但很有肚量，且见解独到，自愧弗如。

严智仁见他俩都这么说，不再反对，可要带卫队一同前去。司马亮急忙阻止："不要带卫队，也不要带卫兵，让同永顺拿上礼物就行了。你们二人也换上便服吧。"

严、章二人当下换上便服。严智仁取出盒子枪，给弹匣压满子弹，撩起衣襟往裤带上别。司马亮看了他一眼，说："别带枪了。"

"不带枪？"严智仁瞪着眼睛看司马亮，"要出了啥事咋办？"

"不会出啥事的。"司马亮说。他转脸看章一德，章一德正伸手拿枪，又说了一句："万一就是出了啥事，你们两支枪恐怕也敌不过彭大锤吧。"

章一德把伸向枪的手缩了回来。他认为司马亮的话很对。和大锤交过几次手，他觉得最好不要与大锤硬碰硬，还是多动脑子为好。

司马亮又看了一眼严智仁，说："还是不带枪的好。"

严智仁迟疑了半晌，最终也放下了枪。

司马亮一行四人去白门窑。章一德在前边带路，他去过大锤家两次，道熟。

到了白门窑，章一德指着一个低矮的门楼，对司马亮说："到了，就是那个低门楼。"司马亮点点头。几步到了低门楼前，门虚掩着，严智仁正想推门而入，被司马亮拦住了："严大队长，且慢！"

严智仁止住了步，疑惑不解地看着司马亮。司马亮让同永顺上前叩门。

同永顺屈指叩击着门扇，不疾不徐。半天，一个少妇拉开了门，望着几位不速之客，面现惊恐之色，惶然问道：“你们是……？”

同永顺说道：“大嫂，我们是来找彭镖师的。”

“彭镖师？”少妇一脸的疑惑，呆望着同永顺，似乎没听清他说的是什么。

“就是彭大锤彭镖师。他在家么？”

少妇“噢”了一声，返身往屋里就跑。同永顺被闹懵了，扯着嗓子喊：“大嫂！大嫂！”

司马亮笑道：“别喊了，人马上就出来了。”话刚落音，大锤就出了屋，大步来到街门口。

昨天吃罢午饭，大锤正在料理镖局一些事务，秋月慌慌忙忙来找他，告诉他一个消息：周豁子的人马围了野滩镇，城里发兵去解围。他急问，消息是否属实。秋月说，全城的人都在议论这事。

大锤黑了脸，骂了句：“狗日的周豁子又咬上门来了。”抽身就走。

秋月急喊：“你干啥去？”

“我回野滩镇去。”

“咋的，你要去跟周豁子拼命？”

大锤道：“周豁子的人马是一群饿狼，逮住啥就吃啥。他们要打下了野滩镇，我的家也要遭祸殃！再者说，好狗护三家，好人护三村。周豁子围打野滩镇我能看着不管？”

秋月说：“你一个人能对付了周豁子那一伙？要回野滩镇就把镖局的弟兄们全带上。”

大锤略一思忖，道：“这事不能硬碰硬，如果硬拼，镖局的弟兄去了也是白搭，得想法智取。”

秋月见拦不住他，揪心地说：“你千万要当心哩。”

大锤说:“你放心,我这人福大命大造化大,不会有事的。”他拿刀带枪跨上乌骓马飞奔野滩镇。

到了渭河边,大锤见司马亮一伙与周豁子打得正激烈,就从上游过了河。他想,自己单枪匹马怎能退数百亡命之徒?也是急中生智,他见周豁子得意忘形,消停地坐在树下喝酒,便走了一步险棋。有道是:射人先射马,擒贼先擒王。只要把周豁子擒住,野滩镇的围就解了。他便突出奇招,冒死直扑周豁子。他得手了,果然周豁子惜命,下令退了兵。解围之后,他匆匆回到家,看到母亲和麦草都安然无恙,放了心。就在这时,苏万山差人叫他去镇公所一趟。他知道是司马亮一伙进了镇找他,他对这伙人没好印象,就说他困了乏了,要睡觉。再后,他吃了两老碗扯面,陪着母亲说了会儿话,回到自己屋里倒头就睡,一觉就睡到了日到中天。适才麦草失急慌忙地把他摇醒,说是门外有四个穿戴不俗的人来找他。他问来人没说他们是谁。麦草摇头。他瞪了麦草一眼,心中疑惑,是谁来找他?莫非镖局出了啥事?或是秋月那里有啥急事?他穿上衣服出了屋,到了街门口,一抬眼,原来是司马亮一伙。

大锤对他们有气,沉下了脸。司马亮笑着脸叫了声:“彭镖师。”

“是县长大人,你找我有事?”

“没事,没事。”

“没事你们来干啥?”大锤疑惑地看着司马亮。

司马亮道:“我们是来登门拜谢的。”

“登门拜谢?”大锤愕然了。

司马亮笑道:“彭镖师,让客人站在门口说话有些失礼了吧。”

大锤醒悟到自己失礼了,脸红了一下,可他本是个红脸汉,没人看出来。他伸手相请，把客人让进院里。

司马亮进了街门，环目四顾，院子很宽敞，西边靠着土崖，崖面有三丈多高，崖畔上长满着刺玫丛，有些许刺玫花开得正艳，给这个农家小院添了不少生气。崖畔下一排溜打了三口窑洞，一口窑堆放着柴火，一口窑放着杂物，中间的大窑挂着竹帘，显然住着人。北边有三间瓦房，一明两暗，明间摆着一张八仙桌和两条条凳，虽说都是旧物什，却擦得干干净净。院中央有棵楸树，碗口粗壮，似一把巨伞遮着骄阳。整个院落被主人收拾得清清爽爽，让人感到心里很舒服。一群芦花鸡在南边的空场上觅食，看见进了一群人，为首的大公鸡咯咯咯地发出了警叫，鸡们停止了觅食，瞪圆眼睛看着这伙不速之客。司马亮没有想到名震一方的镖师家境竟如此清贫，心中生出许多感慨。他忽然又想到在县志上看到这样的记载：他们(刀客)居无定所，游荡无踪，虽然划有地盘，那地盘却不是安定的家。不管怎么样，大锤有一个安定的家。这么一想，他心中又释然了。

“司马县长，这边请。”大锤把客人带到了明间。客人们在明间的条凳上落了座。大锤喊叫媳妇麦草快给客人沏茶倒水，大窑里传出大锤娘的声音：“大锤，谁来咧？”

大锤回答：“娘，是我的几位朋友。”他怕吓着母亲，没敢说是县长、保安大队队长和警察局局长来了。

大锤娘叮咛道：“我就不出来了，让麦草把你的朋友招呼好。”

大锤说：“娘，你别操心，麦草会招呼好的。”

“是大婶吧。”司马亮站起了身，“我们去看看大婶。”

大锤想拦，一时不知该咋拦才好，眼睁睁地看着司马亮一伙进了娘住的窑洞。他慌忙跟了进去。

窑洞不大，一盘土坑占了半个窑，一个卧柜一个杌子又占了些地方，几个人进去把剩余的地方挤得满满的。大锤娘盘腿坐在炕上搓棉花捻子，那娴熟的动作让人看不出她是个失明的人。她满头华发，脸上皱纹堆垒，不像是五十刚出头的人，倒像一个七十多岁的老人。

司马亮按乡俗称呼大锤娘："大婶，你老精神啊。"

"精神，精神。"大锤娘停下了手中的活，笑脸对着司马亮一伙。"你们是大锤的朋友吧，窑小，也没多余的板凳，你们不嫌我老婆子脏，就坐在炕沿吧。"

一伙人把杌子让给司马亮坐，其余的人依旧站着。

大锤娘的一双眼珠漫无目的地望着一伙人，笑着脸说："我家大锤性子野脾气倔，喜欢独来独往。他能交上你们这一伙朋友，我真是高兴呵。"

司马亮这才发现大锤娘双目失明了，心里不禁一沉，随口问道："大婶，你的眼咋啦？"

"瞎啦。那年大锤在保安大队当团丁，一次去南山打土匪，不见了人影。保安大队来人说大锤阵亡了。我不知道啥叫'阵亡'，来人说'阵亡'就是死了。我是寡妇抓养娃，也就大锤一个儿，儿子死了我指靠啥，当下就哭昏了。往后见天地哭，就把眼睛哭瞎了。我眼瞎了，大锤回来了。老天爷是可怜我，用我的眼睛换了我儿的一条命。"大锤娘满脸堆着笑，似乎她捡了一个大便宜。

司马亮不知说啥才好，只是不住噢噢地应着，表示他在用心地听着。其实他心里很不是滋味。他已经了解到大锤的一些情况，只是不知道大锤娘的眼瞎了。

大锤娘接着说："前些日子县长让人给打死了，拴柱去县城给他爹抓药回来说，大锤的𩠐让官府割了挂在了城门楼上，还贴着门扇大的布告。拴柱是个实诚娃，说得有鼻子有眼的，不容你不信。当时把我和大锤媳妇都吓瘫了。左邻右舍和族里的人都当了真，去县城搬回了一具无头尸体。尸体没头算个啥，不清不楚不明不白的。族里去了一伙人去县城跟官府要人头。你们说日怪不日怪，人头让人偷走了，不知谁偷那东西干啥用？我老想不明白这事。后来，用我的寿材把那具无头尸首葬埋了。再后来大锤回来了，我这才知道埋错了儿。听大锤说那无头尸首是牢里一个犯人的。那个犯人不知犯了啥罪，说杀就给杀了。你们说说，这到底有没有王法？王法到底是谁定的？看来还真个儿像大伙儿说的那样，当官的说的话就是王法。唉，这是个啥世道，还让不让咱平民百姓活了。"

司马亮不知说啥才好，转脸看了一眼站在一旁的严、章二人，二人的神色都十分尴尬，他也觉得脸有点发烧，干搓着手。这一切大锤都瞧在眼里，心想，有理不打上门客，再说了，也不关这个新来县长的事，得给他留点脸面，便拦住了母亲的话头："娘，你歇着，我们到明间去说说话。"

大锤娘说："你别嫌娘啰唆。他们都是你的朋友，又不是官府的人，说说怕啥。你们说是吧。"

司马亮的神色很是尴尬，嘴里却说："是，是，我们是大锤的朋友，你有啥话就尽管说。"

大锤娘接着说："大锤打小殁了爹，是我把他抓养成人的。他虽说性子野，可心眼不瞎，说话办事都讲一个义字。可他脾气倔，爱认死理。他如果认你是朋友，你若有了难事去求他帮忙，他能舍命帮你。你若是欺他瞒他诳他，他就敢跟你拼命动刀子。"

"娘，你说这些干啥。"大锤又拦住母亲的话头，"我们还有正经事要说哩。”

大锤娘笑了:“看你这娃,你的朋友都没嫌我啰唆,你倒嫌起你娘了。好了,我不啰唆了,你们出去说你们的事吧。我也困了,想睡一会儿。”

一伙人退出了大锤娘的窑洞,来到明间落了座。司马亮道:“你原来在保安大队干过?”

大锤说:“干过,那时严大队长是我的中队长。”

严智仁在一旁说:“大锤还当过小队长,打仗是把好手,全大队的兵没谁能胜过他。”

司马亮道:“昨天你单枪匹马解了野滩镇之围,我们都瞧在眼里,果然身手不凡,英气逼人。今天我们来,一是登门拜谢,二是道歉,上次要你去县府问话实在是个误会。”

大锤摆了一下手:“事情已经过去了,还提它干啥。”

“彭镖师胸怀大度,让人敬佩。”司马亮笑着指着桌子的礼品说道,“一点薄礼不成敬意,还请笑纳。”

大锤拱手道:“司马县长客气了。”

又说了几句闲话,司马亮带着严、章及同永顺告辞了。

(二十三)

司马亮在野滩镇住了下来。

翌日野滩镇逢集。司马亮带着同永顺去集上转了转。他想借此机会了解一下野滩镇的真实情况。

野滩镇有东南西北四条街,十八条巷子,集市设在东西街上。东西街有一里多地,街两边的商铺一家挨着一家,京货铺、杂货铺、当铺、药店、粮店、绸布店、染坊、粉坊、酒坊……应有尽有，繁华着整条长街；人流如织、车水马龙，热闹景象绝不亚于渭北县城。南北两街虽没有集市，但也挤满了人，就是几条背僻的小巷也人如蚁群。司马亮十分惊异，一个偏僻镇子为何繁荣得如同一个县城？他带同永顺进了一条小巷想看个究竟。

进了小巷，司马亮仔细一看，烟馆、酒馆、赌局、妓院都聚集在这里，行走在小巷的几乎都不是面善之徒。他在心里感叹，怪不得野滩镇如此繁花似锦，原来是烟、酒、赌、色昌盛着这片野滩。烟、酒、赌、色为野滩镇招财进宝，使这片野滩成为一块膏腴之地，也难怪土匪常来这里打食。

此前，司马亮曾仔细翻看过《渭北县志》。县志对野滩镇有这样的记载：此地民众，质朴劲勇，习俭耐劳，民风剽悍，好讼轻生，鼠牙雀角，亦成讼端。乡民行走，多持兵器，猎户常有镖客拳勇之技，一可当十，其火枪百不失一，足备非常之用。其中多有匪盗，有黑红线之分，黑则换包设骗，红则拜把结党，绺窃抢劫，祸及良民……他对野滩镇的历史亦十分清楚，镇里的乡民和土匪的界限有时很微妙，各种痞徒常在镇里逛荡，被人称作“逛山”或“逛鬼”，痞徒自己在镇里游玩说是“闲打浪”。此辈所得银钱随手花销，遇土匪则相从劫掠，值兵役亦相帮搜捕。当然，各色痞徒只是少数，多数乡民纯朴厚道，勤谨躬耕。

司马亮在小巷见行走者多是各色痞徒，当下心里就想，若要治理好野滩镇需拿这些各色痞徒开刀，可究竟该如何开刀哩？他感到一片迷茫。

司马亮边走边思忖心中所想。忽然，从一间门脸里走出两个打扮得花枝招展的女人，拽住他的胳膊往里拉，嘴里莺声道：“大哥,进去妹子陪你玩玩。"

司马亮猝不及防,心里明白遇到了什么,急忙说:"不不,我不玩我不玩……"

"玩玩嘛,妹子保管让你开心。"两个女人说着用身子拥着他往里走,他感到了女人胸脯的柔软温热。他全身的血液热了一下,可头脑却很冷静,堂堂县长被婊子如同绑架似的拉进妓院,让人知道还不笑掉大牙。他恼怒起来,吼道:"放开我!"

两个婊子哪里肯松手,身子紧拥着他往里推搡。他急了,喊叫起来:"老同!"

同永顺也被两个婊子"绑架"了,虽说在挣扎,但很无力。如果司马亮被女人"绑架"做了俘虏,他也就做了俘虏。此刻他听到司马亮的喊叫声,打了个激灵,一掌就推开了两个女人,疾奔过来,左右开弓,两掌把"绑架"司马亮的两个女人推倒在地,拉着主人的胳膊夺路就跑。

出了小巷,俩人放慢脚步。同永顺问道:"姑爷,你没事吧?"

司马亮抹了一把额头的冷汗:"没事没事。"随后感叹道,"真是块险地,比火线还怕人。"

同永顺笑而不语。

"你笑啥?"

同永顺笑道:"我也经见过一点世事,可女人强拉男人的事还是头一回遇到。"

"我也是。"司马亮随即告诫道,"往后这地方可不能再来。"

同永顺点头称是。

俩人正说着话,只听一声锐叫:"天杀的鬼,还我的玉镯!"俩人抬眼去看,只见一个瘦猴男人朝这边奔来,身后一个妇人边追边骂。不用问，瘦猴男人是个贼，偷了女人的东西。

司马亮当机立断："老同，抓住那个男人！他是小偷！"

同永顺疾奔过去，拦住瘦猴男人的去路，大喝一声："往哪达跑！"一伸手就抓住了瘦猴男人的衣领，拎小鸡似的拎了起来。

"勒……勒死我了……"瘦猴男人被衣领勒得直翻白眼。

同永顺松了手，瘦猴男人一摊泥似的软在地上，用手直捏脖子。

"把东西交出来！"同永顺厉声喝道。

瘦猴男人不肯把东西交出来。同永顺伸手从他怀里拽出一个红绸布包。瘦猴男人奋力要夺，同永顺一个耳光扇过去，他捂着腮帮子直"哎哟"。

同永顺把红绸包交给司马亮。司马亮打开一看，是一对玉镯。这时女人追了过来，司马亮问道："大嫂，这对玉镯是你的吧？"

女人点点头。司马亮把玉镯还给女人。瘦猴男人见状，扑过去又抢女人手中的玉镯。同永顺大怒，一把又拽住瘦猴男人的后衣领，把他拎了回来。同永顺抬手要再给瘦猴男人几个嘴巴子，女人却拦住了他："大哥，别打他……"

同永顺惊诧地看着女人。

"他是我娃他爹……"

同永顺的手僵在了半空。司马亮也愕然了。

"他烟瘾犯了……"女人啜泣起来。

司马亮和同永顺把目光转向瘦猴男人。瘦猴男人面有愧色。司马亮训斥道："有你这样的男人么？拿老婆的玉镯去抽烟，你不觉得羞耻么？"

瘦猴男人垂下了头。

司马亮又斥责道:“大烟是毒品,不可吸食,你知道么？从今往后要把烟戒了……”

瘦猴男人打了个哈欠,眼泪鼻涕都流了出来。他抹了一把脸,嘴里应着,却心不在焉,一双小眼珠直直地瞅着女人手中的玉镯。忽然,他猴似的跳跃起来,一把抢走女人手中的玉镯,刮旋风似的跑进了一家烟馆。

女人一屁股跌坐在脚地,呼天抢地地哭号起来。过往行人匆匆一瞥,又匆匆走开。这一幕他们早已司空见惯,并不感到稀奇,因此也不为之所动。

司马亮呆眼看着哭号的女人,不知所措。同永顺拉了他一把:“姑爷,走吧。”

司马亮暗暗叹息一声,跟着同永顺走了。

(二十四)

回到下榻处,司马亮心情十分沉重。野滩镇繁荣的背后藏着许多龌龊的丑陋,如果他没有看见这些龌龊丑陋,那就另当别论,可他看见了,就不能不管。他是一县之长,是这一方百姓的父母官,他不管就是渎职。再者,他胸怀大志,县长只是他仕途的起点,而不是终点。他还想步步高升,想有所作为。他在心中已梳理出脉络,野滩镇是渭北县的重镇,如果能把野滩镇治理好,那治理渭北县就是小菜一碟。

司马亮让同永顺把镇长苏万山唤来。片刻工夫,苏万山来了。

“司马县长,唤我有啥事?”苏万山躬着腰笑着脸。

“苏镇长坐下说话。”

苏万山屁股挨着椅子,可身子挺得端直。面前的县长比他儿子大不了几岁,可官场经验告诉他,越是年轻的上司越是轻视不得。有道是,自古英雄出少年。他信这话。

“苏镇长任职几年了?”

“八年了。”

“哦,时间不短了。”

“是不短了。”

“苏镇长是哪里人?”

“我是野滩镇的土著。”

司马亮笑道:“如此说来苏镇长对野滩镇了如指掌了。”

“那是,那是。”

“苏镇长对野滩镇的繁荣昌盛是怎么看的?”

苏万山看着司马亮半天不作声,似乎没听清他的问话。

“苏镇长怎么不说话?”

“这个不好说……”

“怎么不好说? 是啥就说啥。”

“司马县长是要我说实话吗?”苏万山看着司马亮。

司马亮点点头。

苏万山把屁股往里挪了挪,身子靠在了椅背上。刚才那么坐着让他难受,他想坐舒服些。司马亮递过一杯茶水,他接住,呷了一口,开言道:“野滩镇的繁荣是靠种植大烟支撑起来的。镇的三面都是河滩,河滩地最适合种植大烟,虽说产的烟质量不咋好,可产量高。再者,河滩地是野地,只要肯出力,谁开出的地就是谁的。你也知道,种植大烟获利高出种粮食几十倍。由于大量种烟,这烟馆就多了起来,有了烟馆就有了烟贩子,烟贩子都很有钱,来了就要吃喝玩乐。于是就有了酒馆、妓院和赌局。”

司马亮问道：“政府早就三令五申禁止种植和吸食大烟，你们怎能置若罔闻？县里难道也不来管？”

苏万山答道：“政府的禁令我们咋能不知道，可咋去管？我在任八年，县长也换了三任，谁都清楚野滩镇的情况，可都睁一只眼闭一只眼。”

“为啥？”

“野滩镇地处渭河南岸，隶属渭北县。但距渭北县县城有三十里之遥，又隔着河，渭北县鞭长莫及，很难管理它。天高皇帝远，加之野滩镇民风剽悍，匪气甚重，再者种植大烟获利可观，于是大家就铤而走险。更主要的是渭北县的财政收入十之八九靠野滩镇，烟税很重，是粮食的五六倍。若是真的不许种植大烟，渭北县的县长只怕穷得都没裤子穿。”

“是么？”司马亮沉下了脸。

苏万山怔了一下，随即坦然地说：“我这话说得是不中听，可是实在话。”

“这是饮鸩止渴！”

“县长说得极是。野滩镇其实是咱们渭北县的一块牛皮癣，远看似乎像朵花，近看则不堪入目。”

司马亮道：“苏镇长果然有一双慧眼，一语中的。”

苏万山摆手道：“司马县长别这么说。我在野滩镇生活了大半辈子，只是熟知情况而已。”

司马亮递给苏万山一支烟，诚心诚意地请教：“依苏镇长之见，这块牛皮癣应该咋样去治？譬如，能不能把滩地改造成稻田，种上水稻。”

苏万山吸着烟,挠着已经谢顶的脑门,说道:“现在的滩地不用改造就是上好的水田,镇上好多人家都种了几亩水稻供自家吃,收成很不错。如果再能引进来良种,那收成会更好。”

“那就应该给乡亲们讲清楚政府的法令,让大伙种水稻。种大烟可真是害人害己呀。”司马亮把他今日儿的所见所闻说了一遍。

“大烟害人谁都清楚,可种大烟获利大呀。”

司马亮沉下了脸:“不能因为获利大就置政府法令于不顾!禁烟就要下硬手!”

苏万山摇头:“司马县长有所不知,野滩镇不比别处,民风剽悍,如果下硬手就会激起事端,好比拉弓射箭,用力太大不但射不中目标,反而会弓折弦断。”

司马亮一怔,半晌,皱起了眉说道:“依你这么说,野滩镇这块牛皮癣还没法治了?”

苏万山又挠了挠脑门:“要治好这块牛皮癣还真是不容易,依我愚见,不可操之过急,要一步步来。先要治匪,野滩镇在土匪眼中是块肥肉,动辄就想咬一口。现在镇中无论客商还是百姓提起土匪都头皮发麻,提心吊胆。只有除去匪患,百姓才能安居乐业。”

司马亮点点头,示意苏万山继续说下去。

“二要减轻赋税。现在的赋税太重,种粮食的收成不够交税,大伙不得不铤而走险。”

司马亮沉思良久问:“镇里自卫队的防卫力量如何?”

“自卫队的力量不算太弱,有八十几号人,五六十条枪,对付小股土匪是没问题。但像周豁子那样的大股土匪来抢劫,自卫队的力量就显得太弱了。上次的情况您也看到了,若不是大锤突出奇招降住周豁子,后果将不堪设想。”

司马亮又问:“自卫队的供给和薪水如何解决?”

苏万山答道:“从各个商号店铺筹集。”

“他们有怨言吗?”

苏万山摇头:“自卫队是在他们的呼吁下成立的,他们还能有啥怨言。再者,自卫队不是正规军队,是召之即来,挥之即去。打土匪时才给他们一些饷钱。还有更重要的一点,自卫队的兵勇都是野滩镇的子弟,他们是保卫自己的家园,因此都没有怨言。”

司马亮吸着烟点点头,少顷,说道:“如果把自卫队扩编一些,供给等问题能不能解决?”

苏万山一怔,随即说道:“那要看扩编多少?”

司马亮徐徐吐了口烟,说:“你刚才说要治好野滩镇这块牛皮癣,先要治匪。治好匪患,老百姓才能安居乐业,政府的法令才能得以实施。如何才能治好匪患,那就要靠军队靠枪杆子。保安大队的力量有限,这是其一;再者,县城距野滩镇太远,鞭长莫及。所以我想能否把野滩镇现在的自卫队再扩编两倍,以民众的力量抵御土匪,乃至铲除匪患。”

苏万山以拳击掌赞叹道:“这个主意不错。如能实施,何愁匪患不除。”

司马亮说:“咱们渭北县是个穷县,没有力量去养自卫队。我担忧的是自卫队的供给开支从何而来。”

苏万山道:“县长的意思我明白了,供给和开支问题我来想办法解决。”

司马亮大喜道:“那就拜托苏镇长了。”

“司马县长这么说就见外了。我忝列野滩镇镇长之职,理应尽力。”苏万山起身告辞。

第九章

(二十五)

野滩镇的人物颇多,如果扳起指头去数,谁也不会把雷娃漏了。烟馆、酒馆、赌局、妓院的掌柜全都认得他,说他的姓名“胡雷娃”也许知道的人不多,但提起“谝传客、逛山”没有人不知道。

雷娃的家道原来十分殷实,父母只有他一个宝贝儿子,拿他当宝贝似的宠着惯着。后来父母不幸染上恶疾,双双而亡,那年他十八岁。他生性顽劣,父母在世时他还有所收敛,父母病故后他便成了脱缰的野马,跟着一伙鬼五锤六恣意妄为,吃喝嫖赌的事样样都少不了他。他也常对人说,他百样嗜好没有,只有一样毛病,爱过皇帝的日子,不爱过穷鬼的光景。如此这般,一份十分殷实的家业不到一年时光让他踢腾光了。因此,他年近而立还打着光棍。他舅舅宋三老汉气得骂他是生就的讨饭吃的鬼,却长了一张皇帝的嘴。但毕竟是甥舅关系,血浓于水,骂归骂,四时八节宋三老汉都惦记着不争气的外甥,给外甥送些粮钱,苦口婆心劝他别再一天到晚瞎胡逛了,找个事干干。他嘴里答应着,可恶习不改,三天两头去舅家蹭饭吃,还伸手向舅舅要钱花。这样次数多了,宋三老汉也看穿外甥是个逛山二流子,大光其火,不再给他好脸色看。打那以后他也很少登舅家的门。

再后来出了一宗事,宋三老汉便不再认这个外甥了。

宋三老汉在东街开着一间粉坊,生意不大,但很红火,日子过得滋润。那时镇里还没有成立自卫队,常有小股土匪在风高月黑之夜入镇抢劫。宋三老汉这样的小康之家是雇不起护院养不起家丁的,因此成为土匪打劫的主要对象。

那次宋三老汉家遭匪劫是在黎明时分。老汉有早睡早起的习惯。黎明时分他灵醒了,没有惊动老伴,摸黑穿上衣服,顺手拿起放在枕头旁的旱烟锅。早上起来不拉不尿先抽锅提神烟,这是他多年养成的习惯。

老汉摸黑装了锅烟,伸手又去摸放在柜盖上的火镰和打火石(他过日子节俭,抽烟从不用火柴,嫌浪费),却摸到了几个手指粗细圆滚滚的东西,凭感觉他知道是纸炮。这是过年时买的,没有放完,原本在柜盖上放着,不知怎的掉进了衣柜里。前些日子老伴翻柜找衣服,把这东西找了出来,顺手又扔在了柜盖上。他放下纸炮,手移动了几下,把火镰和打火石摸到了手。正要打火点烟,忽听外边有响动声。他警觉起来,忽地坐起身,喝问一声:“谁?”

没有应声,但响动声更大了。他惊出了一身的鸡皮疙瘩,情知不妙,推了一把身旁的老伴:“快起来!”

老伴还没灵醒,迷迷糊糊地问:“咋了?”

“有贼!”

外边的脚步声很杂乱,听动静有好几个人。宋三老汉是条汉子,虽然惊慌,但没有失措。他知道是土匪入了宅院,就赶紧想破敌之法。也是急中生智,他一把把柜盖上的纸炮抓在手里,跳下了炕。老伴这时已吓醒了,战战兢兢地说:"他爹,当心……"

宋三老汉粗声大气地说:"怕球! 咱有枪哩,来一个撂倒一个,来两个咱撂倒他一双! 狗日的不怕死就来!"

这时就听外边一阵慌乱,有人惶恐地说:"不好,这家伙有枪哩!"

又有人说:"别怕,眼线没说有枪,他是胡诈唬哩。"

外边的响动声又大了起来,而且在撬门扭锁。

宋三老汉慌而不乱,扯着嗓子吼:"狗日的走不走! 不走我就开枪咧!"他打着火,点燃纸炮,从门缝弹了出去。

啪!

一声炸响,在黎明的夜空响得惊心动魄。匪首惊恐地叫道:"这家伙真个有枪哩,快撤!"

这伙贼人手中没火器,赶紧逃之夭夭了……

天光大亮,宋三老汉开了屋门。屋门口散落了一地碎纸屑。他笑骂道:"狗日的这么不经吓。"

翌日中午,宋三老汉的外甥胡雷娃提着一包点心来到舅舅家。雷娃住在野滩镇北街,宋三老汉的粉坊在东街,相距不到一里地。老汉知道外甥是个逛鬼,每每见到外甥都要教训一顿。雷娃因此恼恨舅舅,很少登舅舅的家门,走道时大老远瞧见舅舅就赶紧避开。可这一日他不仅登了舅舅的门,而且提着礼物,见了舅舅显出十二分的亲热。俗话说,有理不打上门客,况且来的客是亲亲的外甥,宋三老汉虽不待见外甥,但骨血毕竟是亲的,而且外甥也是奔三十的汉子了,总不能一见面就板着脸训斥。老汉把恨铁不成钢的怨气压在心底,脸上堆着笑把外甥让进屋里,倒了茶,也递了烟。

雷娃边抽烟边和舅舅拉话,言说听人说昨晚舅家遭了匪劫,放心不下特来看望，不知家里人财是否受损，话语中透着十二分的关切。宋三老汉还真被外甥关切的言语感动了，心里说，外甥毕竟是外甥，心里还是惦念着舅舅，当下话语也稠了，把昨晚发生的事一勺倒一碗地给外甥叙说了一遍，雷娃讶然问道："舅，你真个有枪?"

宋三老汉对外甥并不加疑，如实相告："哪来的枪，只是放响了一枚纸炮。"

雷娃不相信："是纸炮？土匪没听出来?"

宋三老汉笑道："起初我也有点纳闷，他们咋没听出来是纸炮?后来仔细一想就明白了。"

雷娃忙问："明白啥了?"

"常言说得好，做贼心虚。别看土匪凶神恶煞似的，其实说到底是贼。是贼就心虚，怕人胆子正，他们听见炮响，哪顾得辨真假，撒腿就跑了。"

雷娃似有所悟，连连点头称是，俄顷，又问："你没看出是哪股土匪?"

宋三老汉摇头："那伙土匪用锅灰抹了脸，看不清眉眼。"

雷娃又与舅舅拉了几句闲话，便起身告辞了。

几天后，两个当兵的来到镇东街口，年长的三十出头，年轻的二十刚过，腰间都挎着盒子枪。看模样是当官的带着一个卫兵。时值黄昏，他们进镇借宿。东街口大都是穷家小户，没有多余的房子，有人便指着宋三老汉的青砖门楼说那家有闲房，让他们去借宿。二人来到宋三老汉家，说明来意。老汉古道热肠，说闲房有好几间，只是世事不太平，常有土匪夜入民宅打火抢劫，就怕祸殃长官。军官一拍腰间的盒子枪，笑道："怕啥，难道土匪还敢抢我不成!"

那卫兵也笑着说:“我还没见过土匪长的啥模样,今晚夕他们能来我倒想见识见识。”

宋三老汉见他们如此这般说,便让老伴拾掇闲屋,安顿他们住下,并端来饭菜给他们吃。军官和卫兵连声道谢。老汉说:“谢啥哩,谁出门在外都不能背着屋背着锅。”随后又再三告诫,不可睡得太死,防贼之心不可无。

说来真是凑巧。是夜,那伙土匪又来宋家打劫,响动声惊醒了一家人。宋三老汉隔着门缝看见院中亮着几束火把,火光中人影憧憧,忽长忽短忽明忽暗,如魔鬼变化嘴脸。老汉看出此次不同上次,匪势不少,惊恐得舌头都不听使唤。老伴把纸炮塞到老汉手中,颤声说:“他爹,快放!”

老汉紧捏着纸炮,没有放。他心中明白这次纸炮再多,球用也不顶了。一时间他惊慌失措,乱了方寸,不知如何是好。睡在客房的军官和卫兵也被惊醒了。俩人跃身而起,卫兵趴在窗口往外看,低声道:“营长,来了土匪!”

营长说:“狗日的还真个找上了门！别慌,看我的!”跳下炕,掏出手枪,隔门打了一枪。

枪打空了,却把外边的匪首吓了一跳,骂道:“驴日的！不是说没有枪么？哪来的枪响?!”

这时就听一个声音在说:“别怕,没枪,是纸炮。”

宋三老汉听那声音十分耳熟,急切中却想不起是谁。

匪徒们听说没枪顿时胆壮了,舞刀弄棒地往里就冲。营长趴在门缝看得真切,怒骂一声:“狗日的找死！开火!”手中的枪响了。卫兵也开了枪。两个匪徒倒在了血泊中,匪首曹老二的胳膊上也挨了一枪。匪徒们都傻了眼,慌忙趴在地上不敢动弹。曹老二捂着伤臂痛歪了脸，恼恨地大声叫骂："雷娃，我日你先人！你敢欺哄老子，那枪子是从你妈×里钻出来的！"

听不见雷娃的声音了。雷娃万万没想到舅舅真的有枪，而且打伤了匪首曹老二，他这时已吓傻了，躲在黑暗的角落直哆嗦。他真怕被舅舅发现，一枪崩了他。匪首曹老二的怒骂把他又吓灵醒了，曹老二是个二杆子，他误报了情报，又打伤了曹老二，曹老二这回非剐了他不可。他哪里还敢应声，脚底抹油，慌忙溜了。曹老二不敢往里再冲，命令匪卒抬上受伤的同伙撤了。

此时宋三老汉才幡然醒悟，是外甥给土匪做眼线来抢劫他。怪不得那崽娃子舍得一斤点心来看望他，原来是黄鼠狼给鸡来拜年。那崽娃子真是个猪狗不如的东西，对自己的亲娘舅也能下黑手。宋三老汉气得浑身筛糠，差点儿背过气去。今日儿晚夕若不是两个当兵的来借宿，若不是他们手中有枪，那自己早就成了土匪嘴里的一块肉，爱咋嚼就咋嚼。当下他就怒气冲冲地找外甥兴师问罪，可哪里能找见外甥的人影。他青着脸连连跺脚，直骂："孽障！孽障！真真一个大孽障！"

此后，雷娃好长时间不敢回野滩镇，一来他怕见到舅舅，二来那股土匪的首领曹老二说他欺哄了自己，放出话来，要挖他一个眼珠子。他整天价提心吊胆过日子，只怕落在了曹老二的手中。后来，他跑到终南山的黑熊沟去投周豁子。周豁子乜着眼把他打量了半天，问："你叫啥名？"

"我叫胡忠义，小名雷娃，你老就叫我雷娃吧。"

"你咋不投渭北县的曹老二？"

雷娃便把他与曹老二结梁子的前因后果说给周豁子。周豁子冷笑道："这么说你把你舅都卖了？"

“周爷,你有所不知,我舅那人啬皮得很,是个守财奴,烟土用狗头罐装,银圆一摞一摞的,都不肯借给我一点点。”

“你是他的亲外甥么?”

“亲亲的亲外甥,一点假都没掺。”

“那他咋就不肯借给你钱呢?”

“他骂我是个逛鬼,说把钱借给我就是扔到了沟里,连个响声都听不见。你说气人不气人。”

“你就为这事勾结曹老二去打劫你舅?”

“是他不认我在先的。”

“呸!”周豁子啐了他一口,“你先人给你起了个好名字,可让你把这个好名字给糟蹋了。你对你的亲娘舅都敢下手,我问你忠在哪里?又义在哪里?怪不得曹老二要收拾你哩!”

“周爷……”

“哼!我这里的架板薄,搁不住你这号东西!”

雷娃哀求道:“周爷,收下我吧,我给你做牛做马都行。”

周豁子冷笑几声:“你以为我这达的饭好吃?就你这个熊样子怕是连枪都不敢开,你也就是有敢抢你舅的本事。我收下你怕曹老二拿尻子笑话我,也怕你把我也卖了。”

雷娃继续哀求:“周爷,收下我吧……”

周豁子怒声呵斥:“滚!再不滚我就把你的𦞦旋下来喂狗!”

雷娃见状,赶紧滚了……

雷娃连当土匪的资格都不够,十分沮丧,游狗似的四处闲打浪鬼混。去年初春,曹老二去县城抢钱庄被击毙了,雷娃闻讯才敢回野滩镇。他无所事事,整天在街上闲打浪。用宋三老汉的话说,雷娃现时穷得精球打得炕边响。好在他独身一人,脸皮又厚,今日儿东家混一口,明儿西家蹭顿饭,倒也没怎么饿着。偌大一个野滩镇养活几个逛鬼是不成问题的。也应了那句俗语:老天爷饿不死瞎家雀。

一天,雷娃又在街上闲打浪。是时,苏万山在茶馆喝茶,一眼瞧见了他,叫了一声:“雷娃!”

雷娃扭头一看,是镇长叫他,屁颠屁颠地赶紧过去。“您老叫我做啥?”他哈着腰笑着脸。

苏万山呷了口茶,上下打量着他,半晌不吭声。雷娃被苏万山看得心里直发毛,可脸上还是堆满了笑,半点也不敢怠慢。苏万山乜了他一眼,随口问道:“雷娃,这些日子你又装啥瞎了?”

苏万山此话一出,雷娃心里顿时不发毛了。他早就摸清了苏万山的脾气,苏万山这样和他说话是抬举他哩。他脸上的笑纹更多更深了:“在您老的眼皮底下我敢装啥瞎,借我几个胆子我也不敢。”

“真个没装瞎?”

“真个没装瞎。”雷娃说着伸手在茶桌上的碟子里抓了一把花生米,嚼得咯嘣响。

苏万山笑骂道:“你狗日的跟谁都敢下爪子。”

雷娃嬉皮笑脸地说:“我怕您老牙口不好,帮你吃几口。”

苏万山把花生米碟子往前一推:“都拿去吧。”

“谢镇长了。”雷娃端起碟子,把花生米一股脑儿倒进了自己的衣兜。

“你干啥哩?”苏万山问。

“闲打浪哩。”雷娃嚼着花生米窥视着苏万山的面部表情。这些年在社会上鬼混,他学会了察言观色的本领。他看出苏万山有事,哈着腰说:“您老有啥事尽管言传,小侄给您跑腿。”

“正好,镇公所有个公文,你跑腿去送送……”

打那以后,雷娃就黏糊上苏万山,有事无事一天往镇公所跑几趟。苏万山也乐得支使他,常给他点小恩小惠。其实,苏万山知道雷娃的品行不端,他就没把雷娃当人看。他身边需要一条走狗,一条百依百顺的走狗。他看中的就是雷娃的狗性,扔一块骨头就能把他哄住。雷娃得了好处,往镇公所跑得更勤了,见人就装出一副公家人的派头,张口镇公所如何如何,闭口苏镇长怎样怎样。久而久之,众人都以为他真的是“公家人”。

(二十六)

苏万山出了司马亮的住处,没有回家,径直去镇公所。路过李记茶馆,他瞧见雷娃在里边。雷娃仰靠在椅背上跷着二郎腿,一手端着茶杯,一手夹着香烟,呷一口茶抽一口烟,那神情仿佛自己就是天王老子。

苏万山驻了足,喊了一嗓子:“雷娃!”

雷娃眯着眼睛,晃荡着二郎腿,吐了口烟圈,捏着嗓子哼秦腔:

我正在城楼观山景
耳听得城外乱纷纷……

苏万山皱起了眉,加重了音量:“雷娃!”

这一声雷娃听见了,可没听出是谁喊他。他连眼都没睁,不高兴地说:“喊叫球哩,胡二爷的名字也是你叫的。”

苏万山阴了脸,气得一时不知说啥才好。这时掌柜李三闻声出来,躬身笑脸道:"苏镇长,进来喝口茶歇歇脚。"

李三的话钻进了雷娃的耳朵眼。他的脑袋轰地响了下,眼睛一下子睁得有鸡蛋大,也就把喊叫他的人看清楚了。当下他惊出了一身的冷汗,慌忙卸下二郎腿放下茶杯捏灭了烟,疾步出了茶馆,脸上挤满了谄笑:"镇长叔,是您老喊叫我?我没听见……"

苏万山板着脸说:"你品麻(享福)得很么。"

雷娃见苏万山真的生气了,惶恐得不知如何是好,哈着腰赔着笑脸一个劲地说好话。

苏万山怒而不息地骂道:"涝池大了,鳖都大了。你跟我也装起爷来了!"

雷娃直骂自个:"我是耳朵眼塞了驴毛,没听见您老的喊叫。"

李三这时也说道:"茶馆里人多声杂,您也别怪胡二哥,他真个是没听见您在喊叫他。"

雷娃赌咒发誓地说:"我要是敢跟镇长您老装大,就不是人日的。"

苏万山扑哧一声笑了:"驴也日不出你这么个东西来。"

雷娃赶紧笑着说:"我就说我是人日出来的,不是驴日出来的。"

苏万山和李三都大笑起来。雷娃急忙也跟着笑,他知道警报解除了,暗暗松了口长气。

半晌,苏万山才收住了笑。雷娃又赶紧问:"镇长叔,您老喊叫我有啥事哩?"

苏万山摆了一下手:"这里不是说话的地方,你跟我来。"抬腿就往镇公所走。雷娃狗似的紧随其后。

进了镇公所,苏万山一屁股坐在了椅子上。雷娃沏上一杯绿茶，双手送到苏万山面前："您老喝口茶润润喉咙。"

苏万山眯上眼睛慢慢呷茶品茗，雷娃垂手站在一旁，一双眼珠骨碌碌地转着。他熟知苏万山的脾性，明白镇长是遇上了难事。是啥难事，镇长不说，他不好问，也不敢问。

苏万山的心里很瞀乱。刚才他在县长面前说了大话，扩编自卫队的开支他想法解决。如果把自卫队再扩编一倍，那这笔开支数目可真不少，他在肚里算了个账，扩编后的自卫队往少地算，每月也需三千块大洋的开支，一年就要三万六千块大洋，县里不给一分一文，全得靠自个解决。摊派税收已经很重了，普通人家和一些小商小贩已有怨言，若是再增加摊派，会不会激起事端？可不摊派，新增加的开支又从哪里来？

忽然，他脑子里闪出一道亮光，放下茶杯，睁开了眼睛，叫了声："雷娃！"

"哎！"雷娃急忙应声，并哈着腰。

"你赶紧把全镇的烟馆、酒馆、赌局、妓院登记造册，给我送来。"

雷娃点头称是。

苏万山又叮咛一句："一个也不许漏掉！"

雷娃走后，苏万山点燃一支雪茄，悠悠地抽着。烟馆、酒馆、赌局、妓院繁荣富裕了野滩镇，野滩镇又让这些掌柜的赚美了钱，那么这些掌柜的也应该为野滩镇的治安多出点力。

（二十七）

就在苏万山绞尽脑汁为自卫队扩编筹集资金之时，镇里又出了事。

那天上午，苏万山在镇公所正翻开雷娃送来的造册登记表，雷娃慌慌忙忙地跑了进来："镇长叔，大事不好了！"

苏万山心沉了一下，不动声色地问："出了啥事？"

"听说保安大队要在镇里查烟禁烟哩。"

苏万山皱起了眉。昨天司马亮回了县城，临走之时又把他找去，再三嘱咐，禁烟减税种水稻的事以后再说，当务之急是让他抓紧筹集资金，尽快把自卫队扩编起来。他打算加重烟馆、妓院、赌局等的税收，尽快把资金抓到手。没想到在这当儿保安大队来查烟禁烟，这不是断他的财路吗？

雷娃说："要真的禁了烟，那咱野滩镇可就惨了。"

"你听谁说的？"

"听二杠说的。刚才我在街上碰到了他，请他去喝酒。酒桌上他说保安大队要在野滩镇禁烟，不让我给谁说。"

苏万山挠着秃脑门："严智仁咋就没回县城？"

"没有。"雷娃忽然压低声音说，"镇长叔，严大队长查烟禁烟是醉翁之意不在酒。"

苏万山一怔，看着雷娃。

雷娃笑道："他那两把刷子我还能看不出来。"

"你看出啥来了？"

"您老有所不知，严智仁那人我知底，是个烟鬼，他来查烟禁烟是熊瞎子扳苞谷，瞎掰嘛。"

苏万山哪能不知道严智仁是醉翁之意不在酒。严智仁每年都要来野滩镇割几茬韭菜，每次为送走这个瘟神他都要掏几千块大洋和几百两烟土，虽说掏的不是自个的腰包，可羊毛要出在羊身上。野滩镇的人都叫他收税镇长。现在只要一听严智仁来野滩镇,他的脑子就疼。可这个瘟神他得罪不起。他捻着胡须,皱起了眉。

雷娃察言观色地说:“您老别愁,我有个主意。”

“啥主意?”

“咱给他下药!”

“下啥药?”

“他爱吃酸,咱就给他调醋;他爱吃咸,咱就给他加盐。”

“你是说顺着他的毛捋?”

“捋顺了他的奓奓毛,他就不会给咱寻衅滋事了。”

“你这个驴不日的瞎心眼就是多。”苏万山捻着胡须,面泛难色,“要捋顺姓严的奓奓毛,就得钱财受亏。可上哪达弄钱去?”

雷娃转了一下眼珠,出主意:“羊毛也不能出在牛身上,就从这次筹集的款项中出。”

苏万山沉思良久,叹息一声:“唉,也只能这么办了。”随即问雷娃,“严智仁的喜好你摸得清么?”

“摸得清。他最爱的是烟土,下来就是女人,如果再能给他点儿钱,那就彻底把他摆平了。”

苏万山笑骂道:“你驴不日的是他肚里的蛔虫。”

雷娃说:“不是跟您老吹哩,渭北县的头头脑脑好的啥调调我都知底。”

苏万山笑道:“那我问问你,章一德章局长好的啥调调?”

雷娃不假思索地回答:“章局长那人藏而不露,阴一套阳一套,把官位看得比啥都重。”

苏万山点点头:“牛县长哩。”

“牛县长是个老杇,不拿事,也拿不住事。他喜欢字画,你能送幅好字画给他，他就成了弥勒佛。不过他已经告老还乡了，咱不用再拍他的马屁了。”

苏万山颔首笑道：“怪不得人家都叫你谝传客，你还真个能谝。”

雷娃急忙说：“我可不是瞎谝。”

苏万山又笑问道：“那你再说说司马县长好的啥调调？”

雷娃挠起了后脑勺，吭哧了半晌，说道：“他初来乍到，我还真个弄不清他的脾性。您老给我半个月时间，我保准能摸清他好的啥调调。”

“别胡谝了，你有那么大的能耐么？”

“您老别这么说，我这就给您打听去。”雷娃说着就要走。

苏万山拦住了他：“别人来疯了，说风就是雨的。你先给我去办这件事。”

“啥事？”

“严智仁不是要查烟禁烟嘛，你想法把他的毛给我捋顺了，让他甭再给我挑刺寻事胡生六趾。”

“没麻达。”雷娃拍着胸脯咧着大嘴说，“这事你交给我好了，我保管把他的毛给您老捋顺。”

“你先别咧大嘴，他是匹狼，可不好上套。”

雷娃哈着腰说：“只要您肯下本钱，就没有我套不住的狼。”

苏万山略一思忖，说道：“那我就下点本钱，说啥也得把他给我套住了。”

“有您老这句话，我心里就更有底了，我要把他套不住就不是人日的。”

苏万山板着脸说：“我不管你是人日的还是驴日的，我这回就看你娃的本事哩。你娃要没这球本事，往后就别想在我这里讨饭吃！”

雷娃把胸脯拍得嘭嘭响：“您老放一百二十个心，我正心眼没几个，歪心眼还是能担几粪笼的。”

“你有啥办法，说给我听听。”

雷娃眼珠子转了转，附在苏万山的耳边低语了几句。苏万山笑骂道：“你个驴不日的，还有点花花肠子。”

雷娃谄笑道：“我这点花花肠子算个啥，还不都是跟您老学的。”

苏万山敛了笑：“你放的啥屁！给你个梯子你就蹬鼻子上脸！”

雷娃急忙说：“我是胡放臭屁哩，您大人不见小人怪。”

“你要把这事办砸了，当心我熟了你的皮！滚吧！”

第十章

（二十八）

省城的特派员要来渭北县视察民情，司马亮匆匆赶回了县城。临行时他见野滩镇局面已趋稳定，要严、章二人撤兵回去。章一德没说什么，严智仁却推说身体不舒服，要找西街的陈二先生诊脉瞧瞧，明儿个再回县城。司马亮见他这样说，不好勉强，便和章一德回了县城。

回到县城，省府的特派员在邻县滞留，过两天才能到渭北县。司马亮松了口气，把要做的事布置下去。歇息一晚，第二天上午他带着同永顺去街上溜达。他还是不放心，担心有疏忽之处，要亲自去查看查看，若有疏忽之处可事先堵住漏洞，免得到时出洋相事小，若是被特派员怪罪下来麻烦可就大了。

他们在街上信步走着，大老远瞧见前边挤着一堆人，便快步走了过去。到了近前，只见人堆中有一个十五六岁的少年，哭着夺一个中年汉子手中的鸡。那中年汉子生得虎背熊腰，少年哪里是他的对手，被他一掌推倒在地。中年汉子骂道："你这个小贼种，竟敢跑到我店里来偷鸡！"

同永顺在司马亮耳边低语道:“他是大康菜店的掌柜,名叫吴大康,是严智仁的表弟。”

这时就听那少年哭喊道:“我没有偷,这鸡是我的!”爬起身扑过去又抢吴大康手中的鸡,却又被吴大康推倒在地。吴大康还不肯罢休,抬腿又踹了少年一脚。司马亮看不过眼,上前喝住吴大康,问少年到底是怎么回事。少年哭泣着诉说了事情的经过。

少年名叫王拴牛,家住城北王家寨。家里没有油盐钱,母亲让他进城卖鸡换油盐。他走到大康菜店门口,一没留神老母鸡挣脱腿上拴的布条,跑进了菜店。他进店捉鸡,可菜店掌柜却说鸡是他店里的。因此争吵起来,菜店掌柜就动手打他。

司马亮转脸问吴大康,王拴牛说的可是实情。吴大康虽说生得虎背熊腰,可长着一对老鼠眼。他生性爱占便宜,过趟河屁股眼都要夹几滴水。县城的人骂他是佛面上想刮金,庙堂上常偷油,蚊子腿上寻细肉,跳蚤身上找骨头的主。吴大康已认出司马亮是新上任的县长,心里虽说有几分胆怯,但一口咬定是他的鸡,又说陈三可以做证。司马亮又问陈三。陈三在菜店门前摆摊卖香烟瓜子,巴结吴大康,做证说:“鸡是吴掌柜的。”

闻听此言,王拴牛大哭起来。司马亮训斥道:“都是大小伙儿了,哭啥哩。没出息!”

王拴牛止住哭声。司马亮眉头一皱,问吴大康:“你每天给鸡喂啥东西?”

吴大康回答说:“菜叶和玉米。”

司马亮又问王拴牛:“你家给鸡喂的是啥?”

王拴牛回答:“平日里喂麸子,今日儿早上为抓它喂了一把麦子。”

司马亮的眉头舒展开了，厉声喝问吴大康："鸡可是你的？"

吴大康钢嘴铁牙，一口咬定鸡是他的。司马亮道："你取一把刀来。"

吴大康愣了一下，很是莫名其妙，但还是在店里取来一把刀。围观的人不知新任县长要刀干啥，都鹅似的伸长脖子瞪大眼睛观看着。司马亮道："这只老母鸡活颇烦（不想活了）了，闹得你俩打起架来。你把它杀了，这件事就算摆平了。"

吴大康不愿动手，嘟哝道："这不是胡判哩嘛。"围观的人都偷着嗤笑，议论纷纷。司马亮似没听见，大声喝令吴大康快动手。吴大康只好动手杀鸡。不大的工夫把鸡杀了，司马亮又让把鸡嗉子取出来。剥开鸡嗉子一看，尽是小麦和麸子，没有一粒玉米和菜叶。围观的人这时都醒悟过来，齐声喝彩。司马亮沉下了脸："吴掌柜，这只鸡是你的么？"

吴大康目瞪口呆，无话可说，耷拉下了脑袋。司马亮转脸又厉声喝问陈三："你还有何话可说？"

陈三头上直冒虚汗，一张圆脸变成了猴屁股，恨不得找个老鼠洞钻进去。司马亮训斥吴、陈二人欺负村童，行为奸诈，并罚吴大康大洋五元，陈三大洋三元，赔偿王拴牛的损失。围观者拍手称快。王拴牛哭脸变笑脸，拿着钱提着鸡欢天喜地而去。吴、陈二人笑脸变哭脸，勾着头灰溜溜地溜了。

两天后，省里的特派员到了渭北县，听到一片对司马亮的赞誉之词。特派员对司马亮大加赞赏，拍着他的肩膀说："司马，干得不错嘛。党国现在就缺你这样的干才。"又说，"后生可畏，好好干，来日方长。"

司马亮嘴上说着谦虚的话，心中却暗暗得意。

（二十九）

司马亮和章一德回县城的当天下午，严智仁就唤来手下几个头目，要他们从明日儿起一齐出动，大街小巷的烟馆一一查封，如有吸烟卖烟贩烟的严惩不贷。

几个头目刚刚散去，严智仁在太师椅上点着雪茄想提提神，副官乔大年进来报告，说是有人求见大队长。严智仁不耐烦地一摆手："不见。"

乔副官说："来人说他是苏镇长身边的人，有要事相告。大队长还是见见他吧。"

严智仁的大眼珠转了一下，说："那就让他进来。"

片刻工夫，来人进了客厅。严智仁吐了口烟，撩起了眼皮。来人不到三十岁，新剃的头，脑门刮得光亮，后面半圈却是齐耳短发；穿着斜襟黑布短褂，腋下的衣扣上拴着火镰（吃烟打火的用具）；腰上缠着皂色布腰带，腰带上斜插一杆铜嘴旱烟锅，烟锅杆上还系着一个绣花烟包；面色黄中透黑，下巴颏留着几根稀疏的胡须，五官倒也没有什么特别之处，只是一双眼珠骨碌碌地乱转，透着谄媚和狡黠。

"严大队长，您老好。"来人哈着腰，一脸的谄笑。

不知怎的，严智仁有点儿讨厌他。他哼了一声，表示作答。来人似乎没有看出他的不高兴，谄笑着自我介绍："我是苏镇长身边的人，大号叫胡忠义，小名叫雷娃。您老就叫我雷娃吧，有啥事就跟我言传一声，我给您老跑腿。我们野滩镇是小地方，招待多有不周，还请大队长多多包涵。"

严智仁伸长胳膊打了个哈欠。此时他烟瘾犯了，抽雪茄实在不过瘾。他感到浑身不舒服，骨头里似乎有小虫子爬动。他不耐烦地说："有事我会让人叫你的。"

雷娃经常出入烟馆，深谙此道。他看出严智仁是犯烟瘾了，心中窃喜，嘴里说道："这地方太嘈杂，镇公所那边清静，请大队长到那边去安歇。"

严智仁住在野滩镇档次最高的望月楼酒楼。他每次来野滩镇都住在这里。

"不用了，这地方住着就很好。"严智仁心里想，没听说野滩镇啥地方比望月楼更好。

雷娃说："这地方是好，可太嘈杂，也有不方便之处。如果大队长不想去镇公所，北街新开了一家茶馆，叫一品香，虽不及这地方好，可那里的掌柜是我的朋友，都是自家人，干啥事都方便，而且你想要干啥就能干啥。"

严智仁又长长打了哈欠，眼泪都流了出来。他赶苍蝇似的摆着手："不用，不用，你走吧。"心里在骂，狗日的给一品香拉客来了，瞎了眼窝！

雷娃见此情景，知道头一招套不住这匹狼，便说："大队长有啥事就言传我一声，千万不要客气。我先告退了。"

雷娃掉头刚一出门，严智仁就骂道："狗日的瞎嘞嘞啥哩，老子难受死了。"他起身进了套间，喊了一声："二杠！"

贴身马弁二杠应声端来烟具，点着烟灯。严智仁侧身躺在床上，急不可耐地拿起了烟枪。二杠为他烧好烟泡，按在烟枪上。他把烟枪对在烟灯上，就是一阵吞云吐雾……

第二天上午，保安大队的人马一齐出动查封烟馆。出乎意料，大街小巷的烟馆都冷冷清清,不再卖烟,更没有吸烟的,只有一些闲打浪的在里边喝茶谝闲传。似乎一夜之间全镇的烟馆都改作了茶馆。

严智仁知道是有人走漏风声,十分恼火。他回到望月楼,跑堂送来茶水。他拿过茶杯一口没喝就掷在了脚地。茶杯被摔得粉碎,送茶水的跑堂吓呆了,乔副官和二杠闻声都跑了进来。

“大队长,你咋了?”乔副官问道。

“你给我查查,看是谁走漏了风声。”严智仁觉得骨头里的虫子又在拱动,不能自已地又打起了哈欠,鼻涕眼泪都流了出来。乔副官答应马上就去追查,打手势让跑堂收拾一下脚地,又朝二杠使了个眼色。

二杠走过去说:“大队长,别生那个闲气了。到里屋躺会儿吧,我把那套家伙给你摆好咧。”

严智仁进了里屋,只见床上放着一个红漆木盘,盘中摆着烟枪和烟灯,还有一个小小的铜盒。他顿时眉开眼笑,歪倒在床上拿起烟枪。二杠打开铜盒,用铁签挑起麦粒大小一块烟膏放在烟灯上烧成泡,随后把烟泡按在烟枪上。他眯着眼呼噜噜地一口气把烟泡全吸进肚里。再后,他半张着嘴,一股烟雾从口中徐徐吐出,又蛇似的从鼻孔钻了进去。少顷,两股浓烟才从两个大鼻孔冒了出来。他舒服得打了个尿战,待睁开眼睛时,两眼变得炯炯有神,光彩明亮了。

二杠又烧好一个烟泡按在烟枪上:“大队长,黑货不多了。”

“还能抽几天?”

“也就两三天吧。”

严智仁皱起了眉头。他的烟瘾很大,每次至少要抽三个烟泡。他自称是“三碗不过岗”。他抽的烟都是从野滩镇弄来的。他没有和司马亮一块回县城，就是想在野滩镇捞一把。他以查烟禁烟为名，其实是想拿捏一下苏万山，让苏万山送他些黑货（烟土）和白货（银圆）。这次出兵解野滩镇之围他是勉强而来的。几月前他来野滩镇想搞点烟土，谁知苏万山只给他弄了五十两。当时他嘴里没说啥，心里却在骂："狗日的打发叫花子哩！姓苏的，迟早我要让你认得狼是麻的！"因此，周豁子围打野滩镇他就不想出兵解围，想隔岸观火看苏万山的西洋景，可司马亮却强令他出兵解围，他不得不服从。现在解了围，他不能啥都没捞着就退兵。他借口身体不适，滞留在野滩镇。他要给苏万山找点碴儿寻点事儿。他没想到今日儿查烟馆扑了个空，看来苏万山防着他一手，让他老虎吃天没处下爪。他眼珠子转了半晌，对二杠说："你赶紧把乔副官给我叫回来！"

时辰不大，乔副官来了。严智仁坐起身来，把烟枪递过来："你也来一口？"

"我来不了那个，我来这个。"乔副官笑着掏出香烟，给自己点燃。"大队长有何吩咐？"

严智仁又抽了一个泡子，磕掉烟灰，说："你知道我爱抽几口，可手中没货了，你想法给我弄点。"

乔副官跟随严智仁有七八年了，严智仁一手把他提拔起来。严智仁当中队长时提拔他当小队长，严智仁当了大队长，先提拔他当中队长，后来又当了副官。他很感激严智仁，唯严智仁之命是从。他深知严智仁的秉性和作为。他完全清楚严智仁此次查烟禁烟和以往一样，是醉翁之意不在酒。他这人城府极深，藏而不露，每每都佯装糊涂，看严智仁的眼色行事。

"怕不好弄。"乔副官说。

"咋不好弄？不就是多出点儿钱嘛，那也是羊毛出在羊身上，咱怕球哩。”严智仁端起茶碗，呷了口茶，不屑地说。

“出钱再多也怕买不到。”

“为啥?”严智仁瞪起了眼睛。

“咱是查烟禁烟的，谁敢把烟卖给咱?”

“你这话说得也是。”严智仁挠起了头，“你就不能想想办法!”

乔副官为难地说：“办法还真不好想哩。”半晌，他忽然拍了一下大腿，“有了!”

严智仁放下茶碗，眼珠子盯着乔副官：“办法想出来咧?”

“昨日儿来的那个人你还记得么?”

“就是说他是苏万山身边人的那个驴熊?”

乔副官点头：“就是他。”

“记得。那驴熊一看就不是好熊，一双眼珠子滴溜溜地乱骨碌，是个贼势子。”

乔副官笑道：“那驴熊是看着不顺眼，可也看得出他行为鬼祟。找他保准能弄到黑货。”

严智仁略一思忖，说道：“那你就去找他。他行为鬼祟也罢，谅他也把咱的球咬不了。”

乔副官笑道：“那个驴熊想咬咱的球，牙还没长全哩。”

严智仁大笑起来，拿起烟枪，又是一阵吞云吐雾……

(三十)

第二天乔副官找到了雷娃，说严智仁偶感风寒，头疼得厉害，连床都起不来了。雷娃惊惊乍乍地说：“你咋不早说哩，我这就去请西街的邓二先生。邓二先生的脉法好，手到病除。”

乔副官说:“用不着请大夫。”

雷娃说:“大队长病了,不请大夫咋行。”抬腿就要去西街。

乔副官急忙拦住他:“别去别去,大队长不想请大夫。他也不是啥大病,只是着了点凉而已。”

“大队长就那么抗着?”

“当然不能硬抗着。有人说了个单方子,说治伤风感冒百验百灵。”

“啥单方子?”

“就是抽一口这个……”乔副官做了个抽烟的手势。

雷娃恍然大悟似的:“你是说弄点大烟?”

“悄声点!”乔副官左右睃了睃。

雷娃压低了声音:“大烟治伤风感冒是百验百灵,可上哪达去弄?前些日子如果想弄,也许能弄到。可这会儿正在查烟禁烟的风头上,谁吃了熊心豹子胆敢把烟棒子卖给严大队长?”

乔副官笑骂道:“你个驴熊,别跟我装聋卖傻了。你是弄啥的我还能不知道。野滩镇没你雷娃办不了的事。”

“乔副官,你抬举我了。这个忙我真个是帮不上。”雷娃把手筒在了衣袖里,摆出一副爱莫能助的模样。

乔副官沉下了脸:“你怕啥?”

“我怕让人把瓣割了挂在城门楼上给人看。”

“谁敢割你的瓣?”

“你和严大队长都能割了我的瓣。”

乔副官黑了脸:“这么说你不肯帮这个忙了?”

雷娃依旧笑着脸:“乔副官,你误会了,不是我不肯帮你的忙,是实在帮不了。”

乔副官冷笑道:“胡雷娃,你是个弄啥的,别以为我不知道。给你说句实在话,我们大队长找你帮忙是抬举你哩,你可别狗上锅台不识抬举。”

雷娃见乔副官急了眼,见好就收,哈腰笑道:“乔副官,你老哥别上火嘛,我是跟你闹着耍哩。”

乔副官还是板着脸:“我可没闲工夫跟你闹着耍。”

雷娃换上另一副嘴脸,拍着胸脯说:“严大队长的事我说啥也要给办。这回我豁出这个雁当球踢了,你说,要多少?”

乔副官伸出手掌晃了晃。

“五两?”

乔副官恼火地骂道:“龟孙子,你是打发叫花子哩! 五两我还找你?”

“五十两?”

乔副官摇了一下头。

“那——是五百两?”

乔副官点点头:“这是个底数,越多越好。”

雷娃吃了一惊,心里说,狗日的真是狮子大张口。乔副官瞪着眼睛看他,面色阴沉起来:“咋样,能不能弄到?”

雷娃略一迟疑,随即说:“我想法去弄。”

乔副官说:“不是‘想法子去弄’,是一定要弄到!”

“是,一定要弄到。”

“弄到交给我。”

“弄到交给你。”

“赶紧去弄吧,严大队长头痛着哩。”

“我这就去弄。”雷娃转身走了,偷着直乐。

（三十一）

一品香茶馆坐落在北街中央。茶馆虽不及望月楼的气派豪华，却是野滩镇极为雅致清静之处。茶馆后边有个幽静的院落。院内上首和左右两侧都是客房，院中央有个小小的花园，园子开放着红蓝黄紫各色花朵儿，又有几株绿树陪衬着，且有蝴蝶在绿树红花中翩翩起舞，不仅赏心悦目，也十分地雅致可人。

昨天上午严智仁搬了过来，住在上首的客房，乔副官和贴身马弁二杠分别住在左右两侧的客房。雷娃不仅给他送来了一大罐大烟膏子，而且还从妓院给他找了个丰腴漂亮的窑姐给他烧烟泡，陪他睡觉说话逗乐子。

日上三竿，严智仁才睁开了眼睛。他第一眼看到的是身边一丝不挂的肥美女人，忍不住伸手捏了一下女人俏丽白皙的脸蛋。女人睁开了眼睛。他拍了拍女人的光屁股，笑着说："宝贝蛋蛋，起来吧，太阳都晒到了尻蛋子上了。"

"不嘛，我还困着哩。"女人撒着娇。

"起来吧，我的打心锤锤。"严智仁伸出粗黑的胳膊搂着女人的软腰往起抱。

"不嘛不嘛，我要你陪我再睡会儿。"女人嫩藕似的胳膊蛇似的缠在了他的脖子上，一对丰乳蹭着他的胸脯。

女人这一手挠到了严智仁的痒痒肉上，他立马就酥了身子倒在了女人的怀中。女人咯咯笑着，娇声说："你真是匹饿狼，凶猛得很。"

严智仁的一双大手在女人身上乱摸乱捏，浪笑着："你是只狐狸精，又骚又迷人。哈哈……”

俩人搂抱着滚在床上……

一阵云雨过后，俩人都疲惫了。女人拿出了烟具摆在了床中央，严智仁一看见烟具喜上眉梢，拿过烟枪顺势就躺倒了。女人跟他对脸躺下，拿烟签子挑了烟膏，在烟灯上连烧带搅，顿时一股浓郁的香味溢满了屋子。女人烧好一个烟泡，按进烟斗，又用烟签扎通。严智仁不失时机地把烟斗凑近烟灯，只听嗞、嗞、嗞……节奏均匀地连续不断吸了十几下，这才把烟枪从嘴里拔出，紧闭住口，微合上眼，停止呼吸，纹丝不动地躺了半天，这才“哈”的一声张开嘴呼出一股白烟来。女人又给他接连烧了两个烟泡，她知道严智仁没有三个烟泡过不足瘾。

过足了瘾，严智仁伸长胳膊舒展了一下身子，他感到肉里肉外都十分地惬意舒服。这时就听有人叫了一声：“严大队长！”

严智仁抬眼一看，是雷娃，站在脚地哈着腰冲着他在谄媚地笑。他今日儿觉得雷娃看着十分顺眼，加之刚过足了肉瘾和烟瘾，心情十分舒坦，就坐起身给雷娃还了个笑脸。

“大队长，昨晚夕睡得好么？”雷娃笑脸问安，瞥了一眼床上的女人。那女人原本是他的老相好，昨天还跟他犯贱，可跟严智仁睡了一夜，此时竟然瞧都不瞧他一眼，只管抽她的烟，恨得他在肚里骂了一句：狗日的婊子真是无情无义！可脸上却堆满着笑。

“好，好。”严智仁笑着脸，随后亲昵地骂道，“这么清静的地方，你狗日的咋不跟我早说哩。”

“我早说咧，是大队长不肯过来。”

“是你狗日的没说清楚嘛。”

“怨我，怨我没说清楚。”

"下回来我还住这地方。"严智仁的手不安分地在女人的肥臀上摸着,心满意足地笑着。

严智仁每年都要以"整肃野滩镇治安"的名义来野滩镇一趟。来了他就想着法拿捏苏万山,让苏万山乖乖地给他送来黑货(大烟)和白货(银圆)。这样的把戏他玩得炉火纯青,且屡试不爽。今年他亦是如此,头一天他查烟馆竟然扑了空,十分恼怒,刚想换个花样儿玩一把,未等动手苏万山就熊了。他又乐了。以前他来野滩镇都是在望月楼下榻,这回狗日的雷娃把他弄到这个地方住,虽说这地方不及望月楼豪华气派,却十分清静雅致,别具一格。再者,狗日的雷娃又给他找了个很对口味的肥美女人,想咋玩就咋玩,真是乐死人了。狗日的雷娃看上去不怎么顺眼,可会办事,就像是他肚里的蛔虫。看来人在世上说啥也要当官,而且要当有权有势的官。如果自己不当保安大队长,能吃能喝能抽能玩女人吗?他忍不住又在女人的俏脸蛋上捏了一把。女人骚情地给他喷了口烟,他乐得哈哈大笑起来。

雷娃哈着腰说:"苏镇长让我过来问问,大队长还需要什么就尽管言传,我们尽力去办。"

严智仁说道:"你回去告诉苏镇长,就说我谢他了,也让他放宽心,该干啥就干啥。"

"大队长还有什么吩咐?"

"有事我会叫你的。你去吧。"

雷娃走了。严智仁正想和女人再玩玩,乔副官匆匆走了进来禀报:"大队长,县城来人了。"

严智仁不高兴地问:"谁个?"

"同永顺。"

“他来干啥?”

“他说司马县长让他来,有要事跟你说。”

严智仁黑着脸说:“不见!”

昨天吴大康来野滩镇找他,把司马亮整治他的事说给了他,并要他想法替他出出这口恶气。他给表弟脸上啐了一口,骂道:“瞧你这点出息,一只鸡都眼馋!”吴大康抹了一把脸,颇受委屈地说:“表哥,他整治我,我认了。可常言说得好,打狗也要看主人的面,他司马亮明明白白知道我是你的表弟,却还要整治我。我丢人事小,我咽不下气的是他司马亮就没把你这个保安大队长往眼里搁!”这句话把严智仁肚里的火一下子撩拨起来,此时一听同永顺来了,他肚里的火又蹿了起来。

乔副官迟疑了一下,说道:“大队长,不见不妥吧,他是代表司马县长来的。”

严智仁愤声道:“他不过是司马亮身边的一条狗!”

乔副官说:“大队长说得极是。可俗话说得好,打狗要看主人的面。他的主人是县长,不能不给他面子。”

“依你这么说还得给他点面子?”

“请大队长三思。”

严智仁思忖了一下,把屁股挪到了床边,用脚在地上找鞋:“真是扫兴。他人呢?”

“在镇公所。”

严智仁下了床,收拾行头。乔副官让女人给严智仁倒一杯温茶,请他漱漱口。严智仁身上的烟味很重,乔副官都觉得有点呛鼻。

严智仁漱了口,带着乔副官和二杠来到镇公所。苏万山正陪着同永顺喝茶说闲话，看到严智仁进来，俩人都站身相迎。同永顺打了声招呼："严大队长。"

严智仁点点头，算是作答。随后一屁股坐在椅子上，掏出香烟自顾自地吸了起来。

同永顺蹙了一下眉头。他很看不惯严智仁这种妄自尊大的傲慢做派。他悻悻然落了座，开门见山地问："严大队长，司马县长让我来是问你几时撤兵回县城？"

严智仁吐了口烟，说："这个还说不准。我身体不舒服，吃了西街邓二先生几服药有点见轻，想在野滩镇再待几天，把病根挖了。"

同永顺道："司马县长的意思是，如果严大队长的身体无大碍，请严大队长回县城医治。昨晚一股土匪入了县城抢了一家珠宝店和粮店。"

严智仁道："章局长手下也有七八十号人，让他们打土匪嘛。"

"章局长的人马都出动了，但匪势很大，与章局长的人马势均力敌。双方都伤亡十几人。如果保安大队在，那就另当别论了。"

严智仁撇着嘴说："土匪已经撤了，我回去也于事无补。"

"县城重地，没有保安大队防守如何是好？如果土匪卷土重来，咋样应敌？"

严智仁不屑地说："土匪刚刚撤走，不会卷土重来。再说了，保安大队来一趟野滩镇也不易，我想把野滩镇彻底治理一下。昨日儿已经开始查烟禁烟了。"

同永顺刚才已经从苏万山嘴里知道了一些情况，佯装不知，问道："查的结果咋样？"

严智仁呷了口茶，慢腾腾地说："大街小巷都查了个遍，没有发现卖烟的吸烟的。"

同永顺是何等之人，已从严智仁身上嗅到了大烟的气味，用嘲弄的口气说："依严大队长这么说，野滩镇是渭北的禁烟模范了。"

严智仁听出弦外之音，乜了同永顺一眼："苏镇长配合了我们的行动，你可以问问苏镇长。"

苏万山笑着脸说："政府下令禁烟多年，我们野滩镇岂能例外。外边有人说我们野滩镇是个黑窝子，种烟卖烟贩烟吸烟干啥事的都有。我们野滩镇是有几个地痞街楦子逛鬼，啥瞎事都干。他们那几只老鼠硬是害了一锅汤。不瞒你说，镇上是有人倒卖烟土，可都是偷偷摸摸地干。严大队长大张旗鼓地来查烟，他们哪里还敢兴风作浪。"

同永顺没想到苏万山竟然向着严智仁说话，肚里顿时来了气，可又不好发作，他忍气道："既然野滩镇已经风平浪静，请严大队长早点回县城吧。"

严智仁很不高兴地说："啥时候回县城是我的事，用不着你来催我。"

同永顺不卑不亢地说："严大队长误会了，不是我催你，这是司马县长的意思。"

严智仁恼火了："你不用拿司马亮来压我。你称二两棉花纺一纺（访一访），我严某人怕过谁！我不是吴大康，任谁都能拿捏！"

同永顺黑了脸，憋着气说不出话来。苏万山急忙打圆场："这次严大队长亲自坐镇，指挥查烟禁烟乃是野滩镇之大幸，若是严大队长撤兵回了县城，我还真担心会死灰复燃，再者我也担心周豁子会卷土重来。"

乔副官这时也开了腔："保安大队难得来一趟野滩镇，既然来了就理应彻底整治一下野滩镇，肃清匪患，让老百姓安居乐业。"

同永顺冷冷地说:“保安大队驻在野滩镇迟迟不走,怕是醉翁之意不在酒吧?”

严智仁瞪起了眼睛:“你说这话是啥意思?”

“没啥意思。”

“没啥意思是啥意思?”

“严大队长不必心里明白装糊涂。”

严智仁青了脸,咬牙道:“你狗一样的东西竟也敢在我面前这样说话!”拂袖而去。乔副官也阴着脸不吭声地走了。

同永顺的脸变成了锅底,紧攥着拳头,把一口钢牙几乎都要咬碎。

苏万山望着严智仁的背影叹道:“你都看到了,他可是咱们渭北县的头号鬼难缠呵。”

刚才同永顺还在肚里骂苏万山是个老滑头,见人说人话,见鬼说鬼话,此时看到严智仁如此飞扬跋扈,苏万山仅是个小小的镇长,怎能不惧怕他。同永顺原谅了苏万山,咬牙道:“别看他现时闹得欢,只怕他将来要拉清单。”

苏万山又叹一声:“唉,世无英雄,竖子成名。这是国家的悲哀。”又说,“这等小人不能得罪,也不可轻视。”

同永顺定睛看着他。苏万山道:“他手中有权有枪,你若得罪了他,他就给你小鞋穿,事事拿捏你,甚至背地里给你下滥药,打你黑枪。”说着连连摇头。

同永顺不愿再提严智仁,话锋一转:“苏镇长,司马县长让我问你资金筹集得咋样?”

苏万山道:“资金筹集得差不多了,可把一大半都让姓严的搂到自个的腰包去了。”

同永顺大惊："他狗日的咋就搂到了自个的腰包？"

"他虚张声势要查烟禁烟，其实是醉翁之意不在酒，是要我给他送钱送礼。你不送钱送礼他就寻衅滋事，让你过不了平安日子。他要再在野滩镇驻下去，筹集的资金就都进了他的腰包。"苏万山说着连声叹息。"老同啊，你回去跟司马县长说，赶紧想办法把这个瘟神弄走。这个瘟神不走，我的日子难过莫要说起，到手的钱也可就全都打了水漂。"

同永顺坐不住了，忽地站起身来，说道："苏镇长你千万可要挺住，我这就回县城。"说罢拔腿走人。

第十一章

（三十二）

同永顺匆匆地回到了县城，跟司马亮详细地汇报了他与严智仁见面的经过。司马亮十分恼怒，骂道："姓严的真不是个东西，竟然如此狂妄！"

同永顺说："虽说将在外君命有所不受，可那狗日的也太张狂了，根本就把你没放在眼里。"

司马亮问："他真的查烟禁烟了？"

同永顺说："他是胡诈唬哩，想捞一把。苏镇长就投其所好，把他的毛捋顺了。可他吃饱了还不想搁碗，驻在野滩镇不想走，想把腰包往满的装，闹得苏镇长直喊头疼。"

司马亮蹙着眉，又问："苏镇长把资金筹集得咋样了？"

"苏镇长把筹到的资金一大半都贿赂了严智仁。如果严智仁再在野滩镇驻下去，别说筹措资金了，恐怕到手的资金也会让姓严的全都装进腰包。"

司马亮大口抽着香烟，脸色十分难看。他本想到渭北县好好作为一番，以此来改变上峰对他的不良印象，好为日后的升迁打下点基础。没想到渭北县的情况比三边县更复杂更麻烦，棘手的事一桩接着一桩，让他真的无所适从。时逢乱世，手中有枪说话才管用。严智仁手握兵权，桀骜不驯，处处与他作对，他还能有什么作为？他想组织起一支自己的武装，与严智仁抗衡，若有机会，就吃掉他。可谈何容易？他很是心灰意冷，真想卷铺盖回省城，帮着老婆去做生意，但他心性好胜，实在不甘心就如此败北。

“姓严的不过是一介武夫，难道真的就拿他没了办法？”司马亮紧蹙着眉头在肚里问自己。他真的没有辙。

同永顺这时开口道：“姑爷，一定要想法把姓严的调回来。他要在野滩镇再驻扎下去，自卫队扩编的事就泡汤了。”

司马亮抬眼看着同永顺。同永顺继续说道：“你想要在仕途上升迁，就要在渭北县站稳脚跟，要想在渭北县站稳脚跟，就要除掉严智仁！”

司马亮道：“你说得很对，可除掉他谈何容易！现在连他都调不动，哪里还能除掉他，难啊！”

这时，秘书进来送上一封公函。司马亮拆开一看，眼前忽地一亮，忍不住说道：“真是个好机会！”

同永顺看着他。他面泛喜色地说：“专署来了公函，后天要召开五县联防会议，要各县保安大队长务必参加。”

同永顺兴奋起来：“我马上把公函给姓严的送去！”

“不。”司马亮摆了一下手。

同永顺一怔，不解地看着司马亮。

司马亮问道：“保安大队部还有人吗？”

“有人。”

“你把公函给他们送去，让他们务必赶天黑把公函送到严大队长手中。"司马亮狡黠地笑道,"专署的五县联防会议,谅他姓严的不敢不参加。"

同永顺拿着公函立刻去保安大队。

第二天下午,司马亮正在批阅公文,同永顺匆匆进来报告:"严智仁回城了。"

司马亮抬头问道:"消息确实吗?"

同永顺说:"我刚才去街上买东西,亲眼看到了严智仁。他骑着他那匹大白马,带着队伍刚进城门。"

司马亮放下了手中的笔,笑道:"他倒是挺服从专署的命令,如此看来我这辈子说啥也要当上专员。不为别的,专为让他服从我。"

同永顺也笑了。

"他瞧见你了么?"

"可能没瞧见。他骑着高头大马眼睛只望天上瞅。就是你在大街上他也看不见。"

"狗日的,张狂得能上天了!"司马亮咬牙骂了一句,一拳砸在桌子上。茶杯一震,茶水溅在了桌面上。

司马亮正在恼恨之时,严智仁大踏步走了进来。他没有去保安大队部,也没有回家,在县衙门口下了马,来见司马亮。

"司马县长!"严智仁高喉咙大嗓门地叫了一声。

司马亮没料到严智仁会来,怔了一下,随即换上了笑脸:"哦,严大队长,几时回来的?"

"刚回来,家门都没进,下了马就上你这达来了。"严智仁一屁股坐在椅子上,伸手拿起桌上的烟盒,抽出一支就叼在了嘴上。

司马亮强压住一肚子的不高兴,示意同永顺点烟。同永顺很不情愿地给严智仁点着火。严智仁吐出一串烟圈,看着同永顺笑道:“你的腿比我的马腿还快嘛。”

同永顺不卑不亢地哼了一声,退到一旁。严智仁转过目光,对司马亮说:“没有服从县长大人的命令,你不会怪罪我吧。”

司马亮不置可否,只是默然抽烟。

严智仁又说:“不是我要抗拒你的命令,实在是我的身体不舒服。再者,野滩镇向来治安不佳,听说贩卖吸食大烟者颇多,我就想整治整治。”

司马亮这时开言问道:“整治的情况如何?”

严智仁又吐出一串烟圈:“我正要跟你说这事哩。都是野地里谝没影影的闲传哩,其实野滩镇就没有啥鸡巴毛情况。我把大街小巷像篦子篦头发似的查了一遍,没查出一个吸烟卖烟的。年年查烟年年禁烟,烟早都禁绝了,就是有那么个把胆大妄为的,看见我的保安大队来了,也吓得钻进他娘的肚里不敢出来。我一看没事了,就打算今天回来,前天老同来野滩镇,我跟他开了个玩笑,司马县长不会当真吧。”严智仁看着司马亮,哈哈笑着,像是他多年不曾见面的老朋友。

司马亮恼也不是笑也不是,一时倒不知说啥才好。严智仁又东拉西扯地谝了一阵闲传,便起身告辞。同永顺望着严智仁的背影说:“没看出这狗日的还真能演戏。”

司马亮阴着脸没吭声。他沉思着,想要治住严智仁就得用比他更厉害的人。好半天,他打定了主意,在同永顺耳边低语几句。同永顺面露喜色:“常言说得好,兵熊熊一个,将熊熊一窝。大锤是条汉子,也是个将才,用他对付姓严的没麻达(没问题)。”他又迟疑起来,“不过,用他可能会对你不利。”

司马亮问:“咋的对我不利?”

“他是个刀客,上峰会不会怪罪你用人不当?”

司马亮不以为然地说:“这个不用担心,乱世用人乱着来。不走险招就擒不住姓严的。刚才你不是也说,兵熊熊一个,将熊熊一窝。我看得出,大锤是只虎,一只虎带一群羊,羊也会变成虎。这事就这么定了。你抽空找一下大锤,让他来我这里一趟,我跟他好好谈谈。”

(三十三)

大锤在家里住了不到五天,秋月就托去县城办事的二锤捎话让他赶紧回县城。大锤问捎话的二锤有啥事。二锤说二嫂没说是啥事,他不知道。二锤把秋月称呼“二嫂”。尽管大锤对谁也没说他娶了秋月做二房,可野滩镇的人都知道大锤在县城另娶了一房女人,长得如花似玉,而且有万贯家产。其实,桃色新闻在何时何地都是传播得十分迅速,且颇有传奇色彩,甚至连当事人都感到新鲜有趣。

大锤来到娘的屋子,跟娘说他要去县城一趟。其实,这两年大锤是以县城为家的,从来都是在秋月那里住得多,而真正的家只是他的旅店,偶尔回来住一夜。但他从来都对娘说“去县城”,不说“回县城。”

娘冷着脸说:“才回来两天咋的又要走了?”

“县城有点事。”大锤赔着笑脸说,尽管娘看不见他的脸。

“是那个小妖精又勾你的魂了吧。”

麦草已经把二锤带话的事给婆母说了。大锤娘给儿子脸色看了。她一直把秋月称为“小妖精”。儿子在城里有女人的事起初她并不知道,后来镇里传得沸沸扬扬,自然也传进了麦草的耳朵,是麦草哭哭啼啼地告诉了她。她很是生气,等大锤回家来细问究竟。儿子不吭声,不吭声就是默认了。她把儿子臭骂了一顿,可木已成舟,也无可奈何。再者说,儿大不由娘,事已至此,她也只能顺其自然。她是明白人,反过来劝慰麦草,让麦草想开些:“你是娘娶的媳妇,娘眼中只有你,外边那个再能成精也不能压过你,凡事有娘给你做主哩,你就放宽心吧。”背过媳妇她又告诫儿子:“你在外边胡成精我管不了,麦草是我给你娶的媳妇,在家里你说啥也要待她好。不然的话,你就别认我这个娘。”大锤怕惹娘生气,连声答应。可他却很少回家。即使回家来,也只是跟娘说说话,不等天黑又走了。后来,他把秋月带回家一次,大锤娘虽说看不见秋月的模样,但凭听声音就猜得出秋月的模样不一般。如果是相貌平平常常的女人,儿子也不会被迷住。她在心里为麦草难过,不再奢望儿子能常常回家来,只希望儿子能给麦草一个娃娃。

大锤说:“县城当真有紧要的事要办。”

“不成,我要抱孙子。”大锤娘不容抗拒地说。

大锤和麦草圆房都好多年了,却没有娃娃。大锤娘知道这不是媳妇的错。为此,她背过媳妇骂过儿子多次。每次大锤都跟娘保证,一定要让她老人家尽快抱上孙子。可时至今日,麦草还没有怀孕的迹象。大锤娘失望之后又埋怨媳妇:“你也太没能耐了,连个男人都拴不住。”每每这时,麦草就泪水汪汪地说:“我咋拴哩?早先他还跟我那个啥哩,后来城里有了那个女人就很少回家,回来了也裹着被子睡觉,瞅睬都不瞅睬我。”大锤娘愣了一下,用教训的口气说:“你就不能脱光衣服往他被窝里钻么。”麦草哭了:“我钻过,可他那个啥也不啥……你叫我咋办?”大锤娘无话可说了,在肚里直骂儿子混蛋。她明白儿子的心拴在了那个叫秋月的女人身上,知道自己埋怨得不对,摸着麦草的头发说:“你别难过,大锤回来看我咋收拾他。我一定要他给你个娃娃。”现在好不容易盼着大锤回来了,大锤娘岂能让儿子走。

大锤娘盘腿坐在炕上,昂着头,满头的华发被从窗口扑进的风吹得微微飘动。她沉着脸说:“大锤,你是不是要做第二个白刀客?”

大锤愣住了,弄不明白娘的话是从何说起。

“你知道白刀客是咋死的?”

白刀客的故事在野滩镇是家喻户晓,妇孺皆知,大锤打小就听娘讲过,他明白了娘的意思,笑道:“娘,我不是白刀客,秋月也不是翠红。”

“我看那个小妖精就是翠红!”

“娘,你别这么说,我还分得清好坏人,秋月她也是苦出身……”

大锤娘打断了儿子的分辨,怒声说:“我不想听你给她说好话,今日儿我就问你一句话。”

“娘,你问吧。”

“你还认不认我这个娘?”

大锤惶恐地说:“娘,你咋说这话?”

“你要认我是你娘就不要走,我要抱孙子。”

大锤知道娘真是生气了,不敢再说去县城的话,惶然地退出了娘的屋。

是夜,大锤躺在被窝里闭着眼睛。他无法入睡,心里尽想着秋月那边的事。忽然,他觉得身边有啥东西在动,伸手一摸,是个光溜溜的女人。他知道是谁,缩回了手。

女人怯怯地问:“你着气啦?”

大锤不吭声。

“你怨咱娘留下你啦?”

大锤还没吭声。

女人哭了。

大锤来了气:“你哭啥哩,我还没死哩。”

女人边哭边说:“我知道你气恨我让咱娘留下了你。我也知道你的心在城里那个女人身上。我也不敢想着让你爱我喜欢我。咱娘对我有恩,留我给你做媳妇,我也情愿给你做媳妇……到了这会儿我也不再企求别的了,只想着能给你们彭家生个娃娃……”

大锤没好气地说:“谁不让你生娃娃了。”

“我睡在你身边你瞅睬都不瞅睬一眼,碰都不碰我一指头,你让我咋生哩?”女人的哭声更大了。

大锤这时才醒悟到自己刚才说了一句傻话。仔细想想,自从跟麦草圆房后,离多聚少,他跟她有那种事扳着指头能数得清。打跟秋月在一起后,他更是很少回家,即使回到家,跟娘说罢话,进了屋就倒头大睡,感觉不到身边还有个渴望得到男人性爱的女人。麦草嫁给他图啥哩?不光图吃饱饭穿暖衣吧。再想想,自己到底爱没爱过她?给她过温存没有?他心中顿时内疚不安起来。她想生个娃娃是人之常情,如果是自己不行也就罢了。现在是自己行而不愿跟她睡,这怎么不让她伤心难过?平心而论,麦草是个难得的贤惠女人,自她来到他家后,家里的里里外外全靠她支撑,特别是伺候娘,比女儿还要孝顺几分。亲戚朋友左邻右舍没有不夸她的。就凭这一点,他也不该冷落麦草。

大锤想到这里，心底生出愧疚，口气温柔起来："别哭了，让娘听见还当我欺负你哩。"

女人哭声小了，但没有止住。她心中的委屈和怨恨无法诉说，只能用泪水去冲刷消融。

"好啦好啦，别哭了。"大锤伸出胳膊搂住了女人的肩膀。

女人顺势钻进了他的怀里，泪水在他的胸脯上滚淌。大锤替女人拭去泪水，吻着她的额头，柔声说："别哭了，都是我不好，你不是要娃娃嘛，我给你……"猛一翻身，把女人压在了身下。

女人紧紧搂着他的腰，破涕为笑……

（三十四）

半月后大锤回到了县城。他没去镖局，径直去了秋月的住处。说心里话，他有点想秋月。他进了秋月的屋，秋月坐在桌前正在发呆。听见脚步声，秋月转过头来，脸上显出惊喜之色，随即又板起了脸："二锤把话给你捎到了么？"

"捎到了。"

"那咋才回来？"

大锤回野滩镇也就半个月时间，可秋月觉得他似乎走了大半年，口气中不无埋怨。她也不是离开男人就没法活的那种女人。她只是为大锤担心，大锤干的是玩命的职业，如在风浪中行舟，处处都有风险。只要大锤不在她身边，她的心就会悬起来，直到大锤回到她身边，那颗悬着的心才会落下来。

"娘不让我走。"大锤实话实说，他不愿瞒秋月。

"有啥事么？"

“没啥事。”

“那就是娘想抱孙子了。”秋月淡淡说了一句。大锤娘的这个心愿大锤早就给她说过。秋月也十分想生个孩子,只要大锤和她在一起,她就要大锤干生孩子的活,而且十分地上劲,可天不遂人心愿,至今她还没有怀上。

大锤说:“她是个好女人,对咱娘很孝顺。”

秋月说:“我没说她不好嘛。”

大锤又说:“她心里苦,有个娃娃心里会好受些。”

秋月说:“那你就让她给你生个娃娃,我又没拦着你。”

“你吃醋啦?”

“我不吃醋,爱吃盐。”

大锤笑了:“这才是我的好媳妇。”

“我不是好媳妇,你的好媳妇在野滩镇哩。”

“你看你看,又吃醋了不是。”

“谁吃醋了?你娘根本就不认我这个媳妇。”

“娘老了,你不要跟娘计较,她迟早会认你的。”

“我也不是争这个名分,只要你对我好就行了。”

“我一辈子都会对你好的。”大锤说着亲了一下秋月。

秋月攥着小拳头擂鼓似的在大锤结实的胸膛上捶着,噘着小嘴说:“你个没良心的,一走就把我给忘咧。”

大锤又亲了她一下,笑道:“我就是把我的生日忘了,也忘不了你。”

“你没糊弄我吧?”

“我没糊弄你。”

“你知道么,我天天都在想你。”

"我也想你。"

"我不信,她在你身边你还能想我?"

"甭这么说。她在我身边不假,她是娘的媳妇,你才是我的媳妇哩。"

"你说的是真心话?"

"当然是真心话。"

"我的你呀!"秋月娇叫一声,樱桃小口在大锤的面颊上胸铺上狂吻起来。

大锤心里痒痒起来,身子似雪狮子烤火,酥软了,嘴里说道:"咱娘说你是小妖精,你还真是个小妖精,勾人的魂哩。"不能自已地搂紧了秋月。

秋月呢喃道:"你知道么,你不在我身边我就觉着天塌了地陷了,把啥宝贝丢了。你睡在我身边我才觉着心里瓷实。"

大锤受了感动,把她搂得更紧了。

"大锤哥,你知道你在我心中的分量有多重么?比那泰山还要重!我觉着你比我爹我妈还亲,我真怕会失去你……"

"你别瞎说了,我这辈子都会守着你的。"

"我知道你性子野,是个闯天下的主。我也不会强拦着你,只是为你担心……"

"你再甭担心了。"

"我也知道担心没用,自己也劝自己别瞎操心了。可你一不在我身边,我就管不了自己,就为你担惊受怕……"

大锤被秋月的一片痴情感动得鼻腔直发酸。他不知说啥才好,只是紧紧地搂着怀中的女人。秋月在他耳边低语道:"我也要给你生个娃娃……"

大锤浑身的血液沸腾起来，一把抱起秋月，朝床走去……

云雨过后，秋月起身，坐在桌前对着镜子梳理乱发，忽然想起一件事来："我光顾着和你亲热了，把一件大事都忘了。"

"啥大事？"大锤也坐起了身，穿衣服。

"永顺来这达找你了。"

"永顺？哪个永顺？"

"就是新任县长身边那个背枪的。"

"哦，是他。那人我见过几面，是条汉子。他来找我干啥？"

"他说司马县长有事找你。"

大锤点着烟，抽着，半天不吭声。他在寻思：司马亮找他干啥？

秋月给他沏了一杯茶，问："你想啥哩？"

"司马亮在野滩镇找过我一回。"

"他没说找你干啥？"

"他带着严智仁和章一德，说是感谢我解了野滩镇的围。我看他还是有话没说出口。"

"你猜他要跟你说啥哩？"

"我猜不出来。"

"那你去不去见他？"

"去。我不去他还当我怕他哩。"

"你几时去呀？"

"我这会儿就去。"

"他会不会抓你？"秋月担心地问。

"不会。"大锤肯定地说。他把两把盒子枪和一把短刀都别在腰上，穿上褂子，略一思忖，又取出了刀和枪。

秋月问："咋不带上？"

大锤说："还是不带的好。他如果诚心待我，我带上家伙显得太没肚量了。"

秋月一边给他扣纽子一边再三叮咛："那你千万要当心哩。"

大锤笑着宽慰她："你就放一百二十个心吧，他把我的球咬不了。"

秋月在他胸脯上打了一下："你呀，啥时候都这么大大咧咧的。"

大锤笑道："你拾掇几样菜，我回来跟你喝上几盅。"抬腿出了屋。

第十二章

（三十五）

大锤来到县府，见到了同永顺。同永顺对他笑脸相迎，让他稍等片刻，进去禀报。

片刻工夫，同永顺出来说：“彭镖师，司马县长有请。”他虽然比大锤年长许多，但不小瞧怠慢大锤。

大锤跟着同永顺来到书房，司马亮正在看书。还是那本《资治通鉴》，被他反复地读。他念念有词：“才德全尽谓之圣人，才德兼亡谓之愚人，德胜才谓之君子，才胜德谓之小人。凡取人之术，苟不得圣人、君子而与之，与其得小人，不若得愚人。”这几句话他已烂熟于胸，倒背如流，可说实在话他还不敢自信懂得了用人之术。这几天他就为启用大锤迟迟拿不定主意。他反复权衡琢磨，但不能确定大锤到底是君子还是小人。说大锤是君子吧，他是个镖客，距土匪也就是一步之遥吧；说他是小人吧，可他的行为举止都有君子之德。思之再三，他下定决心违常规出一次牌，乱世用人乱着来。

见大锤进来，司马亮放下了手中的书，笑着起身让座：“彭镖师,请坐。"

大锤冲着司马亮一拱手:"多谢司马县长。"落了座。

同永顺送上茶水和香烟,悄然退下。

司马亮很客气地问:"彭镖师几时回到了县城?"

"刚回来。听说司马县长差人找我,我就赶紧来了。不知县长找我有啥事?"

司马亮略一思忖,说道:"彭镖师是本县人,常在江湖行走,你认为要治理好渭北县应该先从啥地方着手?"

大锤毫不迟疑地答道:"渭北县地处偏僻,匪患成灾。要想治理好渭北县,必须消除匪患。消除了匪患,百姓才能安居乐业。"

司马亮击掌道:"彭镖师果然目光敏锐,见解极是。"

大锤摆手说:"司马县长谬奖了。咱们渭北县土匪多如牛毛,老百姓提起土匪又恨又怕。"

司马亮呷了一口茶,说:"是啊,我虽说刚到渭北县,可也看出了一些问题。咱们渭北县的治安情况很差劲,王县长被刺杀的案子至今未破,挂在城门楼上的人头都丢了;前些日子周豁子围打野滩镇,又有小股土匪入城抢劫珠宝店粮店,一波未平一波又起。真让人头痛啊。"

大锤点燃一支烟,听着司马亮诉苦。

"彭镖师,我想扩编野滩镇的自卫队,加强自卫力量,想让你出任自卫队队长。你意下如何?"

这事出乎大锤所料,他思忖半晌,缓缓吐了口烟,说道:"多谢司马县长的美意,这些年我懒散惯了,自卫队虽说算不上政府的军队,可咋的也要归政府管辖,我受不了那些管辖约束。"

司马亮没想到大锤会拒绝,迟疑了一下,又道:"彭镖师,这次自卫队扩编不仅仅局限在野滩镇，而是在全县范围招募团丁。它的力量将不在保安大队之下。”他以为大锤不愿出任自卫队队长是嫌没有名分，又说道，“自卫队队长的职位与保安大队队长的职位是平起平坐的。”

大锤笑了一下，说：“司马县长，我不是嫌官小。”

“那是嫌啥呢？”

“我当自卫队队长，镖局就散伙了，那帮弟兄也就没饭吃了。”

“你可以让镖局的弟兄们到自卫队干嘛，不会让他们饿肚子的。”

大锤迟疑了一下，又说：“我还有生意要做哩。”

司马亮笑道：“你说的是京货铺的生意吧，让你二姨太去做吧。再说了，你也不是做生意的人。”

大锤不吭声了，低头大口抽烟。看来司马亮对他已做了详细了解。他对做生意很不感兴趣，京货铺的生意基本是大伙计来祥在帮秋月做。司马亮看了他一眼，又说：“彭镖师，渭北县是你的桑梓之地，父老乡亲不堪匪患之苦，你不能袖手旁观吧。我看得出，你是个胸怀大志的人，难道甘心只做个绿林豪杰？如果能出任此职，凭你的本事一定会平步青云，一来能为民众做点好事，二来也可光宗耀祖福荫子孙，你何乐而不为呢？”

司马亮这番话打动了大锤的心，他抬起了头说：“我没有袖手旁观，我彭大锤没有多大能耐，整个渭北县我管不了，可野滩镇生了我养了我，谁要敢到野滩镇来打劫，我就对谁不客气。”

司马亮道：“我早就看出你是条汉子，你有能力当好自卫队队长。你先别回绝我，回去再好好想想。到时候咱俩再好好谈谈。”

（三十六）

大锤回到秋月的屋子，秋月果然拾掇了几样凉菜等着他。秋月一边给他倒酒一边问："县长找你做啥哩？"

大锤没吱声，端起酒盅仰脸喝干了。秋月又倒满一盅，他又喝干了。一连喝了三盅，秋月柔声说道："干喝上头哩，吃点菜吧。"把他最爱吃的蒜泥拌牛肉往他面前推了推。

大锤拿起筷子，大口吃了起来，并用目光示意秋月再倒酒。秋月倒着酒嘟哝道："他到底找你做啥哩？快点说嘛，把人都急死咧。"

大锤喝干了酒，抹了一下下巴上的酒珠，这才开了腔："他给了个官让我当。"

"当啥官？"

"自卫队队长。"

大锤便把司马亮找他的意思给秋月说了说。秋月喜滋滋地说："这是好事么，我看你咋不高兴？"

大锤说："我高兴啥哩，我不想当那个烂球官。"

秋月不解地问："为啥？"

"你说说，现在当官的有几个好熊？严智仁、章一德都是大瞎熊，谁提起他们谁就骂。我要当了官也要遭人唾骂。"

秋月说："也不尽然，也有好官哩。再说了，他们是他们，你是你。咱只做好事不做瞎事，不会遭人唾骂的。"

大锤说："当了官就身不由己了，好比你和贼钻在了一搭，你不偷人，别人也说你是贼哩。"

“你这话也有理,可谁人背后没闲言?就说你现在吧,你开镖局当镖师,可许多人都说你是刀客是土匪。”

大锤不吭声了,自斟自饮。

“咋的,你又不高兴了?”秋月看着大锤的脸色,“要我看,当自卫队队长比你当镖师强。当镖师是把脑袋拴在裤带上过日子,我一天到晚都为你提心吊胆。”

大锤说:“当自卫队队长也是耍枪弄棒哩。”

秋月说:“那个耍枪弄棒可要比你现在耍枪弄棒强得多。就拿严智仁说吧,他也是耍枪弄棒的,可他比县长都牛逼,一跺脚,全县的地皮都乱颤哩。”

大锤不屑地说:“他严智仁算个锤子,我就不尿他!”又说,“我看得出来,司马亮要我当自卫队队长,就是想对付严智仁。说白了,就是拿我当枪使。”

“这话是咋说的?”秋月疑惑地看着大锤。

大锤喝了一盅酒,说道:“严智仁是头野驴,胡踢乱咬,向来不肯服人管。司马亮初来乍到,年纪又轻,严智仁哪里肯听他的。”

秋月说:“常言说,官大一级压死人。司马亮年纪再轻,也是县长,县长在咱这个旮旯里可就是皇上,他严智仁再牛逼也得听县长的吆喝。”

大锤说:“理倒是这么个理,可严智仁那个驴不日的经常不按路数来。他握着兵权,手中有枪哩。”

“有枪能咋?难道他能毙了县长?”

“明着他是不敢,可暗里他啥事都敢干。你知道么,王县长就是让严智仁差人打了黑枪。”

秋月一惊,忙问:“你咋知道的?”

大锤吃了口菜,说:“镖局的冯大顺你知道吧。”

秋月点点头。

“冯大顺有个表叔在县府当秘书,那人城府很深,口也很紧,想从他嘴里打探点事,是石狮娃的屁眼,没门。那人有个嗜好,就是爱喝两口,喝高了就管不住嘴了。前几天大顺请他喝酒,他喝高了就把那事抖落了出来。我也曾琢磨过这件事,打王县长黑枪的十有八九是严智仁干的。他与王县长的矛盾很深,外边的人不知道,可县府里的人个个心里明镜似的。”

“依你这么说,司马亮让你当自卫队队长是有目的的?”

大锤喝了一盅酒,肯定地点点头:“天上没有掉馅饼的好事,他想把我拉到他身边,一来当枪使,二来做挡箭牌。”

“他怕严智仁也打他的黑枪?”

“谁不怕死?”

秋月不吭声了。大锤看了她一眼,问道:“你说说,那个烂球官我是当,还是不当?”

秋月端着酒壶给大锤慢慢斟酒。酒盅斟满了,她抬起眼说:“依我说当。俗话说得好,瞎好当个官,强如给人装水烟。咱不说为他司马亮,就是为自个也要当这个官。”

大锤夹了颗花生米扔进阔嘴里,咬了个嘎嘣脆,随后又端起了酒盅,笑道:“把你的话往完地说。”

秋月接着说:“现如今这社会我算是看透了,当官比不当官好。咱不说当官威风排场,至少没人敢欺负你,小瞧你。再说了,与其你当镖客走江湖,让我提心吊胆,不如你当官光宗耀祖,还能让我跟着沾沾光。这样的好事咱为啥不干呢?!还有,严智仁那个驴不日的东西,老找你的事;再加上章一德暗地里给你使坏,让我一天到晚为你提心吊胆。你当了自卫队队长,跟他们平起平坐,他们还敢再给你找事么?我看他们会怕你哩。”

“说得好,我也是这么想的。”大锤一仰脖子把酒喝干了……

隔了一天,司马亮让同永顺请大锤来县府一趟。大锤见到司马亮,司马亮没有客套,开口就问:“你考虑得怎么样?”

大锤客气道:“我担心自己能力有限,不能胜任,让司马县长失望。”

司马亮笑道:“你过谦了。你的能力我不光听说了,而且亲眼目睹了。别说自卫队队长,就是让你去当国军的团长,你也完全能够胜任的。”

“司马县长过奖了。”

“你答应了?”

大锤沉吟一下,道:“我是个镖客,在官府眼里我是个刀客,是个土匪,是通缉抓捕的对象,你让我当自卫队大队长就不怕别人说闲话么?”

司马亮笑道:“我不管别人咋看待你,在我眼里你是条汉子,是条响当当硬邦邦的好汉。至于别人的闲话我懒得去理会,谁人背后无闲言?如今骂蒋委员长的可大有人在。”

大锤又道:“如果我当了自卫队大队长,可要我那帮镖局的兄弟都来吃粮。”

“我答应你。”

“他们都是一伙刀客。”

“你要约束他们,不能让他们祸害百姓。”

“他们都听我的,谁要敢祸害乡里乡亲,我拧下他的𩠐当球踢。”

“这就好。”

“司马县长,我还有个要求。”

“啥要求? 你说吧。”

“当兵吃粮,一不能饿着弟兄们,二不能少了饷钱。”

“粮饷不会少了弟兄们的。你还有啥要求?”

“没了。”

“这下你答应了吧?”

“恭敬不如从命。”

“彭大队长。”司马亮含笑叫了一声。

大锤没有反应过来,茫然地看着司马亮。

“彭大队长。”司马亮又叫了一声。

大锤这下醒悟过来了,应声道:“有。”

俩人相对而视,都大笑起来。司马亮拿过烟盒,抽出两支烟,递给大锤一支,给自己嘴角叼上一支。大锤不失时机地划着火柴,给司马亮点着烟,随后点着自个的烟。司马亮吐了口烟,笑了一下,说道:“我打算在全县招募自卫队队员,再开一个成立大会,给你壮壮声威。”

大锤说:“一切听从司马县长的安排。”

司马亮又道:“自卫队扩编至四个中队,一个中队常年驻守在野滩镇,保卫野滩镇的安全。大队部设在县府,凡事我和你也好商量。自卫队不光是自卫,还要协助保安大队抓好全县的治安。不,不是协助,是要独当一面,你明白吗?”

大锤点点头。司马亮思忖一下,又说:“咱们渭北县的治安情况实在糟透了,上峰已多次训斥。前任王县长被打黑枪,挂在城门楼上的人头丢失了,周豁子围打野滩镇,土匪入城抢珠宝店,棘手事一桩连着一桩,闹得我寝食难安。保安大队又不作为,使我一筹莫展。你说说看,咱们的棋该咋走?”

大锤徐徐吐了口烟,反问道:“司马县长想咋走?”

“我想先从人头丢失查起。”

大锤说:“那是周豁子的人干的。”

司马亮惊愕道:“你咋知道的?”

“那人头是个囚犯的吧?”

“严、章二人说是个囚犯的。”

“那个囚犯是周豁子手下的头目。周豁子为人很讲义气,他差人偷走了人头。”

“你咋知道的?”

“严、章二人说那人头是我的,我的族人乡邻把那无头尸首拉回去葬埋了。后来才知道弄错了。再后来周豁子的人来野滩镇找我,说是想把那无头尸首拉回终南山去。我说那尸首与我无关,你们爱拉哪达就拉哪达去。他们就起走了那具无头尸首。我寻思,那人头一定是周豁子的人取走的。”

司马亮恍然大悟,半晌,道:“那就追查打王县长黑枪的凶手吧。”

大锤说:“这事有点难办。”

司马亮道:“再难办也要查。县长被人暗杀了,不找出凶手咋向上峰交代。”

大锤说:“找出凶手并不难。”

司马亮定睛看着大锤:“那难在哪达?”

“凶手幕后的指使人非同寻常。”

司马亮一怔,随即忙问:“这么说你知道是谁刺杀了王县长?”

大锤说:“现在我还不清楚,只是有一点线索。”

“啥线索。”

“凶手很可能是保安大队内部的人。”

“保安大队内部的人?”司马亮吃了一惊,略一思忖,疑惑道,“哪个团丁能有这么大的胆?”

大锤说:“哪个团丁都没胆敢去杀县长,可他背后有指使人。就好比一条狗,它可能不敢去咬人,可拴它的铁链一粗,它就仗势敢咬人。”

“你是说狗不见得厉害,可狗的主人厉害?”

“司马县长说得极是。”

“狗的主人会是谁呢?”司马亮的脸色沉了下来,大口抽着烟。烟雾袅袅升腾飘浮,把他的面部弥漫得一片模糊。好半天,他把半截香烟按灭在桌上:“不管是谁,都要查个水落石出!”

大锤捏灭了烟,站直身子:“是。”

司马亮又说:“你亲自去查,行事要机密,不要打草惊蛇。”

“是!”

第十三章

（三十七）

渭北县自卫大队开始组建了，在全县招募团丁。

常言说得好，插起招兵旗，自有吃粮人。前来应招的青壮汉子不少，没出三天工夫就招到了两百多名团丁。

这天大锤回到野滩镇，只见镇公所门前摆着一张桌子，铁锁坐在桌后，桌前挤着一伙人嚷嚷着什么。大锤信步走了过去。

挤在桌前的雷娃嬉皮笑脸地对铁锁说："铁锁兄弟，不，胡中队长，把我的名字也写上。"

铁锁已被任命为自卫大队第一中队队长，负责野滩镇募招团丁的事务。雷娃是他的堂兄，可此时他板着脸，一副公事公办的神态。他冷着脸道："你不是给苏镇长跑腿哩么？"

雷娃说："我参加了自卫队照样给苏镇长跑腿，误不了事。"他一双眼睛盯着铁锁腰间的盒子枪，流露出羡慕的神情。他听说参加了自卫队就给发饷银发枪。他现时给苏万山跑腿，吃的是眼角食，如果参加了自卫队，就能拿上饷银背上枪。他是奔着饷银和枪来的。兜里揣上饷银腰上挂着盒子枪，他在野滩镇游游逛逛可就神气多了。

铁锁看出他的心思，冷笑道："你会玩枪么？"

雷娃来了精神："会玩。虽说不敢跟你比，可打个野兔狐狸的我是百发百中。"

铁锁知道他在吹牛，拔出盒子枪放在桌上："你玩两下让我看看。"

雷娃拿过盒子枪只觉得沉甸甸的。他虽说给土匪做过眼线，可还真没摸过枪。刚才他吹了牛，现在拿枪在手不会使，神情不免有点尴尬，可他还装模作样地看看枪口摸摸弹匣，嘴里说道："有子弹么？"

"有，你当心点，小心走火打瞎你的眼窝。"

雷娃吃了一惊，赶紧把盒子枪放在桌上，自我解嘲道："盒子枪我没玩过，我玩过的是猎枪。"

周围的人都哈哈大笑起来。

铁锁收起枪，说道："雷娃哥，别怨我说话不好听，周豁子的人若是打过来，就你这个熊样别说上阵打仗，怕是连命都保不住。这碗饭你吃不了。你赶紧走吧。别耽误了我的正经事。"

雷娃悻悻地走了。

这时二锤走上前说："铁锁哥，把我的名字写上。"

铁锁打量了他一眼："你不是给山虎当伙计么，咋的也要参加自卫队？"

铁锁说的"山虎"就是当年给大锤寻事生非的王山虎。王山虎这几年大发了，他开了好几家店铺，雇了七八个伙计，姨太太也娶了三房。二锤在王山虎的绸布店当伙计。小伙子长得精神，眉清目秀，不像是庄稼汉的后人，倒像是个读书人。

二锤听出铁锁的话味有点瞧不起他，便说："铁锁哥，要不要我玩两把枪让你看看。"他经常去大锤的镖局玩，在镖局他学会了玩枪。他真想露两手让铁锁看看。

铁锁还真有点儿看不起二锤，他把手中的盒子枪拆了个七零八落，对二锤说："你能不能装上？"

二锤说："我闭着眼都能装上。"

铁锁说："先别吹牛，你装装看。"

二锤闭住眼睛，伸手就摸零件。不大的工夫还真的把枪装好了。铁锁在他肩膀拍了一巴掌，笑赞道："红萝卜调辣子，吃出没看出，我还真是把你小瞧了。"

二锤说："这下你相信我会玩枪了吧？"

铁锁说："可我还是不能收下你。"

"为啥？"

铁锁笑道："我怕你掌柜的三婆娘找上门来骂我。"

原来王山虎的三姨太经管着绸布店，二锤在绸布店当伙计，俩人时常厮守在一起。三姨太本是青楼出身，水性杨花，二锤二十啷当岁，长得眉清目秀，他们在一起免不了说说笑笑，加之三姨太对二锤青睐有加，街上便有闲言碎语传起，闹得一片风声。此时铁琐便拿这事和二锤开玩笑。二锤的小白脸涨得血红，急道："我参加自卫队，她骂你干啥。"

"她骂我抢了她的伙计嘛。"

周围的人都哈哈笑了起来。

二锤的脸赛过了关公："铁锁哥，你可别酿治我。"

铁锁还想说啥，忽然瞧见了站在一旁的大锤，急忙站起身打招呼。二锤看见大锤，笑声叫道："大哥，我想参加自卫队，你给铁锁哥说说情吧。"

大锤说:"你不给山虎当伙计了?"

二锤说:"那熊是个驴不日,我早就不想干了。"原来王山虎近日也听到了街上的闲言碎语,黑丧着脸看二锤,有事没事地给他鸡蛋里挑骨头,闹得他憋了一肚子的窝囊气。今日儿听说自卫队招团丁,他就急匆匆地赶来报名。他想当上了团丁,王山虎就不敢把他怎么样。

大锤又问:"你跟五爸说了么?"

"说了。"

"他要你参加么?"

"要哩。他说我不戳撑(关中方言:没骨气),让我在队伍上历练历练,将来能跟你一样硬邦。"

大锤对铁锁说:"把二锤的名字写上。"又在二锤的肩膀上拍了一巴掌:"要好好干,可不能给咱老彭家丢脸。"

二锤笑着说:"哥,你放心,我不会给咱老彭家丢脸的。"随后又问,"哥,几时发枪发衣裳?"

大锤说:"要不了几天。到时还要开会唱戏哩。"

(三十八)

几天后,渭北县自卫大队正式挂牌成立了。

司马亮果然开了一个盛大的成立大会。所谓"盛大",就是对自卫大队的官兵发放军装和枪支,并进行检阅,同时请了一个戏班唱大戏助兴。这是前所未有的事。

检阅台搭在东门外保安大队的操练场上。司马亮站在检阅台中央，亮着嗓子讲成立自卫大队的缘由和益处。台下右边是自卫大队的方阵，自卫队的团丁刚换上新军装，个个脸上挂着笑精神焕发；左边是保安大队的方阵，都是一伙兵痞，脸上都是满不在乎的神气，因而看着比自卫大队缺少了生气。四周围满了十村八寨的乡亲，闹哄哄的一片。没有几个人用心去听县长的讲话，大伙是冲着大戏来的。司马亮也知道台下没人用心听他的讲话，可他还得用心讲话。他不讲话他就不是县长了。

司马亮身后摆着一溜桌子，桌子后面坐着渭北县的头头脑脑。自卫大队和保安大队的服装是一样的。大锤和严智仁并肩坐着。大锤穿一身崭新的军装。他身坯壮实，很架衣服。那军装把他打扮得十分剽悍英武。他腰扎武装带，挂着盒子枪，腰板挺得笔直，加之年轻，更显得英武出众。身旁的严智仁虽然也是一身军装，却因酒色烟过度，加之身材矮胖，相形见绌，露出了猥琐之相。坐在大锤右边的章一德着一身警服，精神比严智仁好一些，但让大锤一比，也显得毫无生气。

严、章二人此时把司马亮的讲话一句都没听进去。成立自卫大队的事司马亮跟他们说过，他们都认为司马亮只是说说而已，成立一支三百多人的自卫大队谈何容易！粮饷军需等开支从何而来？没有料到司马亮竟然把这事办成了，而且还大张旗鼓地召开了这样一个盛大的成立大会。更让他们没有料到的是司马亮竟然让大锤出任大队长，事前他们丝毫不知，这实在太出他们的意料之外了。严智仁首先想到的是，一个镖客竟然跟他平起平坐了，真他妈的让大锤这狗日的捡了个大便宜。又想，这么大的事司马亮竟然不征求他的意见，看来没把他放在眼里。“狗日的，咱们骑驴看唱本，走着瞧！”他在肚里愤愤地骂，脸色青了起来。

章一德也在想，司马亮怎么让大锤当自卫队大队长？他是个有心智的人，免不了想得多。司马某人启用大锤难道是为了对付他？他禁不住用目光往大锤身上扫，大锤正襟危坐，目不斜视。他的目光移到了严智仁脸上，见严的脸色很不好看，幡然醒悟。司马亮不是拿大锤对付他，而是对付严智仁的，心里顿时释然了许多。

司马亮讲完话，检阅仪式开始。大锤站起身准备去集合队伍，被严智仁拦住了："慢着！"

大锤的目光停在了严智仁身上，不知道他有什么事。

"我们保安大队先来。"严智仁不容大锤和司马亮开口，转脸命令站在身后的乔大年，"乔副官，你去集合队伍。让弟兄们抖起精神，别给我们保安大队丢脸！"

"是！"乔大年转身而去。

原本安排好的，今日的检阅仪式以自卫大队为主，保安大队只是作为陪衬助兴。没料到严智仁此时却来了这一招，斜插一杠子，显然是要抢风头。大锤当下心头就蹿起了一股火，他刚想开口说什么，被司马亮拦住了。司马亮肚里也有火，但他不动声色，淡淡一笑："彭大队长，就让保安大队先来吧。"

保安大队的队伍排成四路纵队，由乔大年带队从检阅台前走过，步伐虽不怎么整齐，但有劲，踢腾得尘土乱飞。严智仁叉着腿双肘抱在胸前，冲着台下猛地喊了一嗓子："把号子喊起来！"

团丁们喊起了号子："保家卫国，军人天职！"声如雷吼。

"我的保安大队咋样？"严智仁问司马亮，面露骄横之色。

司马亮没吭声，只是点了一下头。

保安大队的队伍走完了，严智仁皮笑肉不笑地对大锤说："彭大队长，下来该你的自卫大队了，是骡子是马拉出来遛一遛吧。"

大锤原本安排亲自带队接受检阅，此时他改变了主意。他招了一下手，冯大顺来到他的跟前。在镖局时冯大顺是他的左膀右臂，现在被任命为他的副官兼二中队的队长。他让冯大顺去带队伍接受检阅。他看出严智仁今日儿是成心跟他较劲，想出一出自卫大队的洋相，他不能在气势上输给严智仁。他必须站在检阅台上压一压严智仁的嚣张气焰。

此前大锤曾带着自卫大队练过几天走步，为的就是在今天检阅时不露丑。但忙和尚干不下好道场，自卫大队的团丁都是刚招募来的农家子弟，几天的训练时间太仓促，走在台下的队伍步伐不整齐也疲软，口号更是喊得有气无力，比保安大队逊色了好多。

严智仁哈哈笑道："彭大队长，你们自卫大队不像是一伙兵，倒像是一群羊。"

大锤笑了一下："严大队长，走步我们自卫大队不胜你们保安大队，别的可就难说了。"

严智仁沉下了脸："你想比什么？"

没等大锤开口，站在一旁的同永顺说："严大队长，你敢跟彭大队长比枪法吗？"他早就对严智仁飞扬跋扈的嚣张气焰有气，此时再也忍耐不住，想煞一煞严智仁的威风。

司马亮原本让同永顺出任自卫大队的副大队长，他对大锤还怀有疑虑，想让同永顺去辖制大锤。同永顺却另有见解，提醒他疑人不用，用人不疑，如果让自己出任副大队长，反而会让大锤生出异心。又说，大锤是个义气之士，若是坦诚相待，大锤一定会忠心事主。他深思半天觉得同永顺说得有理，便没有坚持己见。

严智仁瞪眼看着同永顺。他很清楚同永顺在将他的军，冷笑道："我想跟你比比枪法，咋样？"

同永顺不卑不亢地说:“行,咱们去靶场。”

“不用去靶场。”严智仁掏出了枪,指着检阅台右边的一溜串红灯笼,“那串灯笼就是靶子。”那串红灯笼是为了营造喜庆的气氛特意摆设的,拴在一条长绳上,一字排开,有二十多个,距检阅台有五十多步,在风中摆动,十分地耀眼好看。

严智仁举起枪,台上的人都瞪着眼看那串红灯笼。半天,他却收回了枪插进枪套,看了同永顺一眼,冷冷地在笑。台上的人面面相觑,不明白他这是啥意思。这时回到检阅台的乔大年明白了严智仁的意思,上前拔出了枪,不料被严智仁拦住了。

“二杠,你来。”严智仁把他的马弁叫上了场。

众人这时才明白过来,严智仁是嫌和同永顺比枪法有失身份,叫自己的马弁与同永顺对阵。他把自个的位子和司马亮摆在了一起。

二杠拔出枪,瞄了瞄,只听三声枪响,有两盏灯笼被打掉了。二杠吹了一下枪口冒出的青烟,洋洋得意。有人喝起彩来。

同永顺冷笑了一下,拔出枪,瞄都没瞄就开了枪。三声脆响,三盏灯笼应声落地。

喝彩声一片。

乔大年按捺不住,拔出了枪,也是三响,三盏灯笼落了地。

又赢得了一片喝彩声。

大锤走到乔大年身边,笑道:“乔副官,枪法不错么。”

乔大年也笑道:“让彭大队长见笑了。”

大锤双手一掣,两把盒子枪已在手中。他双手一扬,两把枪同时开火,眨眼间,那串灯笼一盏不剩地被打飞了。台上的人先是一阵惊愕,随即响起一片掌声。司马亮拍着巴掌,笑脸盈盈地对严智仁说:“严大队长,你也露一手吧。”

严智仁黑丧着脸,瞪了司马亮一眼,一声没吭,扭头走了。司马亮望着他的背影,嘴角挂上了一丝阴鸷的冷笑。

(三十九)

大锤上任伊始,就抓军事训练。那天在检阅仪式上他虽然在气势上镇住了严智仁,可心里清楚,自卫大队的作战实力无法与保安大队相比。把一伙乌合之众训练成一支能打仗的军队是当务之急,否则别说上阵剿匪,恐怕连窝都守不住。他征得司马亮同意,把自卫大队带到了野滩镇,在野河滩上辟出一块训练场,让冯大顺做训练教官。

冯大顺曾在西北军当过连长,一次跟阎锡山的晋军作战,队伍打散了,只剩下他光杆一人,他心灰意冷,便回到了家,再后来就到大锤的镖局当了镖客,大锤对他信任有加。

重新穿上军装的冯大顺很快就找回了当年当连长的感觉,他腰扎武装带,腰板挺得笔直,站在队列前嗓音洪亮地喊着口号。大锤站在一旁看着大有进步的队伍,板了多日的脸上有了几丝笑纹。

一中队排成四列横队,步伐整齐,铿锵有力地从大锤身边走过。大锤身后是杂草丛生的河滩,冯大顺没有喊立定,前排的士兵都相互而视,停下了脚步,随即整个队伍都停止了前进,把目光投回教官。

冯大顺厉声喝道:“为啥停止前进?”

有人回答:“前边是河。”

“我喊立定了么?”

“没有。”

“我没喊立定，别说前边是河，就是崖也要往下跳！”冯大顺铁青着脸，声色俱厉，“听明白了没有？”

“听明白了。”声音不怎么齐整。

“大声点！听明白了没有？”

“听明白了！”声如雷吼。

“统统都有，齐步走！”冯大顺发出前进的命令。

士兵们走进了河水，但有一人站着未动。冯大顺命令队伍停止前进，走到那个不服从命令的士兵跟前：“彭二锤，你为啥不服从命令？”

二锤常去大锤的镖局，跟冯大顺关系很好，他笑着说：“我刚换了双新鞋，就不下河了吧。”

冯大顺板着脸说：“谁也不能例外！”

二锤依然笑嘻嘻地说：“这是训练，又不是打仗，你也别太认真了。”

大锤把这一幕全瞧在眼里，他脸上顿时不是颜色了，顺手在旁边的柳树上折了一根枝条，走过去朝二锤的屁股就抽了一下。二锤跳了起来，惊叫道：“大哥，你打我干啥？”

“打你不服从命令！”

“大哥，如果打仗我一定冲在最前头，现在是训练，又不当真。”

“你还敢顶嘴！”

“我不是顶嘴，我说的是实在话。”

团丁们都看着这一幕，有人嬉笑起来。大锤的脸青了，声音也变了调：“彭二锤，今日儿不教训教训你，你还不懂得啥叫军纪！”说着扬起了手中的柳条又要打。二锤撒腿就跑，大锤厉声喊道：“你给我站住！”

二锤嘴里嘟哝着：“我怕你打我。”可还是站住了脚。

“过来！”

二锤知道大锤的脾气，不敢不过去。

“趴下！”

“大哥……”二锤可怜兮兮地看着大锤，不肯趴下。

大锤黑丧着脸：“这里没有大哥！趴下！”

二锤无奈，只好趴在地上。大锤唤出一个团丁，把手中的柳条扔过去，命令道：“彭二锤违抗军令，重责二十，以儆效尤！”

那个团丁把柳条拿在手中，却迟迟不肯动手。

“咋的，没听清我的命令？！”大锤瞪起了眼睛。

团丁怯怯地问：“真打？”

“你以为我跟你闹着玩！”

那个团丁这才动起手来，打得二锤杀猪似的号叫起来。队伍里再没有笑声了，团丁们肃然而立，都瘆出了一身鸡皮疙瘩。大锤走到队列前，目光威严地扫射了一下队伍，说道：“弟兄们，你们不再是庄稼汉了，是军人！军人以服从为天职，以后谁再敢违抗军令，以彭二锤为戒！”

（四十）

自卫大队经过一个月的训练，军事素质有了很大的提高。大锤很是高兴。这天中午，司马亮差人送来一封信，让大锤速回县城，有要事相商。他正准备去找冯大顺，把下一步训练的工作安排一下。还未动身，冯大顺却匆匆来找他。

“大队长，抓了一个土匪的探子。”冯大顺向他报告。

“在哪达？”大锤急忙问。

“带进来！”冯大顺朝门外喊了一嗓子，两个团丁押着一个中年汉子进了屋。大锤仔细打量中年汉子，有四十出头年纪，一身山民打扮，背着一个小背篓，个头不高，胡子拉碴的，一双眼珠子黑亮黑亮的，透着一股狡黠。他问冯大顺：“在哪达抓到的？”

“在训练场旁边的小树林里。哨兵发现他在树林里鬼头鬼脑地看我们训练，就把他抓住了。”

大锤犀利的目光转向中年汉子，刀子似的在他身上上下游动，少顷，猛地喝道：“老实说，周豁子让你来干啥？！”

中年汉子并没有被他吓住，不卑不亢地说：“我不是土匪的探子，是来赶集的。”

“赶集的？那为啥偷看队伍训练？”

“我路过那里，听到喊杀声，瞧了瞧，就被老总们抓来了。”中年汉子分辩说。

“这么说是冤枉了你。”

“是老总们抓错了。”

冯大顺这时开了口：“大队长，这家伙一看就不是好熊，你看他那对眼珠子，好像膏了油，骨碌碌地乱转，跟贼似的。”

中年汉子叫起屈来：“我这眼珠子是爹妈生出来的，打小就这样，咋能凭这就说我是土匪哩。”

大锤忽然想到章一德错抓他时的情景，脸色变得柔和了，有心放了中年汉子。冯大顺在他耳边说：“不能放，万一他是土匪的探子呢。”

大锤说：“抓他的证据不足，还是放了吧。”

冯大顺说:“先别急着放,把他关起来再审审。咱们自卫大队刚刚成立,在这节骨眼上可不能大意失荆州。”

大锤觉得他的话有道理,点头道:“那你就再审审。不要严刑逼供。”

冯大顺正要把中年汉子带走,同永顺骑着马飞驰而至,在大锤面前翻身下马。大锤笑脸打招呼:“老同,你咋来了?”

同永顺笑道:“咋的,不欢迎我来?”

“看你说的,请都请不来的稀客。”

忽然,中年汉子惊喜地叫了起来:“永顺!”

同永顺转目一看,面现惊喜之色:“表哥!”疾步过去拉住了中年汉子的手。“你不是去陕北了么,几时回来的?”

中年汉子给同永顺了一个眼色,打了个哈哈,岔开了话。

“老同,你认得他?”大锤问。

同永顺给大锤介绍:“这是我表哥刘永福。表哥,你咋在这达?”

刘永福说:“我让他们抓了起来。”

“为啥?”同大顺大吃一惊。

“他们说我是土匪的探子。”

同永顺笑了:“彭大队长,你这回看走眼了。我舅是让土匪烧死的,我表哥最恨的就是土匪,他咋能是土匪的探子,你一定是弄错了。”

大锤说:“我不知道他是你表哥,冯大顺说他鬼头鬼脑地偷看队伍训练,就把他当土匪的探子抓了起来。”又笑着对刘永福道歉:“对不住你了,走,我请喝酒。”

刘永福也笑着说:“谢彭大队长了,我还有事,酒就不喝了。”转脸对同永顺说:“表弟,有空来我家喝酒。”

同永顺说:“我一定去。”

刘永福冲他们一拱手,转身走了。冯大顺心有不甘,想上前拦住刘永福,被大锤的眼色阻止住了。他只好眼睁睁地看着刘永福大模大样地走远了。

(四十一)

同永顺飞马来野滩镇找大锤是有急事的。省府和专署多次来函催促司马亮尽快侦破刺杀王县长一案,为此司马亮食不甘味夜不能眠。他思之再三,要破此案还得依赖大锤。于是他写了一封信派人给大锤送去,又怕大锤见信后不能立刻回县城,就又差同永顺亲自来野滩镇召回大锤。

当天下午同永顺和大锤回到县城。司马亮一脸愁容地拿出省府和专署的公函让大锤看。大锤看罢公函心里也是一沉;“这不是逼命么,案子不是说破就能破的。”

司马亮叹了口气:“唉,谁说不是呢。彭大队长,严智仁和章一德我看是指靠不住了,我只有仰仗你了。”他在大锤的肩膀上拍了两下。

大锤挺直腰杆说:“我一定竭尽全力。”

出了县府已是黄昏时分,大锤想着案子的事,只觉得心里空落落的,没有一点底。他吸着烟,压压心里的瞀乱。说来也是怪,他一瞀乱,就想秋月。好多日子没和秋月在一起了,他真想去和秋月亲热亲热。忽然,他瞧见了一个人,心里豁然一亮,打消了去和秋月亲热的念头,拔腿去追那个人。

那人是冯大顺的表叔，曾是王县长的秘书，装了一肚子墨水，笔头很有功夫。王县长生前他是红人，王县长死后，他便落魄了。大锤听冯大顺说李秘书嗜酒，便请他到北国春酒楼去喝酒。李秘书愕然地看着大锤，以为听错了："你请我喝酒？"

大锤笑着点头。

"为啥？"李秘书一脸的狐疑。

"不为啥，就图个高兴。走吧。"大锤拽着李秘书的胳膊，把他拉进了酒楼。

李秘书坐在酒桌前，十分高兴："彭大队长，我叫你小老弟你不见怪吧。"

大锤笑道："我和大顺称兄道弟，是你的晚辈，我应该叫你叔。"

"岂敢，岂敢。你今日儿请我喝酒，有啥说道没有？"

"没啥说道，就图个高兴。"

"这就好，这就好。"李秘书喝干大锤递上的酒，感慨道，"在别人眼里我是老朽了，只有你还瞧得起我。"

"你老叔曾是县府的第一红人呢，谁见了不点头哈腰的。"

"谁说不是呢？自打王县长死后我也就是脱了毛的凤凰不如鸡了。"李秘书喝干了第二杯酒，叹道，"此一时，彼一时。世态炎凉，人心不古啊。唉，这些不说也罢，喝酒。"又喝干了一杯。

一瓶酒见了底，李秘书的话稠了起来。两瓶酒喝光了，他给大锤道出了一个秘密：严智仁一直在偷偷做贩卖烟土的生意，一次不慎被王县长发觉了。王县长在官场混迹多年，城府极深，藏而不露。严智仁不知王县长的葫芦里到底装的什么药，很是慌恐，深怕王县长告他的状，到时别说乌纱帽要丢，恐怕吃饭的家伙都难保住。他想堵住王县长的嘴，思之再三，备了一份厚礼亲自送去，却被王县长婉拒了。他十分恼怒,但又无可奈何。若是把王县长摆不平后果将不堪设想。这时又有传闻,王县长要调到专署去当副专员。严智仁得知此消息更加惊恐,遂生出一个恶念,堵不住姓王的嘴,那就干脆让他永远不要张嘴。不几天,王县长就挨了黑枪。

大锤问道:“是严智仁亲自下的手?”

李秘书喝干一杯酒,道:“他哪能亲自下手。是他指使身边的人下的手。”

大锤又问:“是谁?”

李秘书看了他一眼:“你问这个干啥?”

大锤给他斟满一杯酒,笑着说:“随便问问。”

李秘书喝干了那杯酒,抹了一下嘴:“我说了你可不能传出去。”

“不会的,不会的。”

“是严智仁的贴身马弁二杠,那家伙可是个残火手!”

李秘书又喝了两杯,管不住自个的嘴了,大锤不问他自个往外倒:“彭大队长,你可知道严大队长送给王县长啥厚礼么?”

“啥厚礼?”

“金貔貅!”

大锤没听明白,追问道:“金貔貅是个啥东西?”

李秘书说:“貔貅是个怪兽,独角、龙头、马身、麟脚,形似狮子,有嘴没屁眼。”

大锤惊奇地问:“咋的有嘴没屁眼?”

李秘书说:“传说它以四方财宝为食,只吃不拉。它纳财旺财催官运,是个吉祥之物,又是纯金打造的,价值连城哩。”

大锤点点头,又问:“你见过那东西么?”

“见过。”

“在哪达见的?”

“在王县长的办公室里。当时我去给王县长送一封公文,严大队长恰好也在那里,桌上放着金貔貅,俩人相互推让着,似乎是严大队长给王县长,王县长见我进来了,就收了起来。”

“后来呢?”大锤问。

“我放下公文就走了,后来的事就不知道了。”

“来来来,我们再喝一杯。”大锤又给李秘书斟满一杯酒。

李秘书一饮而尽,抹了一把嘴,诡笑道:“后来的事我还是知道一点的……”

大锤又急忙斟酒,酒瓶已空。他喊来跑堂:“再拿两瓶酒来!”

跑堂拿来两瓶酒,大锤给李秘书斟满酒。李秘书笑得不见了眼睛:“彭大队长真够朋友。”又是一饮而尽。他放下酒杯,舌头有点大了,“我给你说,我跟王县长的两个保镖很熟,关系也不错,经常开玩笑。有一次,我问他俩腰里别的是啥,他俩说是盒子枪。我说,我看像是个笤帚疙瘩。那狗日的张三抽出盒子枪,瞄都没瞄开了一枪,屋脊上的灰鹁鸪就掉了下来。就是这样的好身手被人用利刃割断了喉咙,连声都没出一声。你说那刺客厉害不厉害?第二天警察局的人来破案,啥都没查出来。后来有传言,说王县长有个价值连城的宝物,刺客是劫取那宝物才杀了王县长。”

“啥宝物?”

“就是那个金貔貅。你知道吗?那宝物原是兴盛钱庄的镇店之宝。前年兴盛钱庄被土匪曹老二打劫了,钱庄老板一家被杀害,那宝物落在了曹老二手中。再后来,曹老二被保安大队端了窝,那宝物又落在了严智仁手中……”

“这么说，严智仁杀害了王县长？”

“小老弟，可不敢这么说，这话要传到严大队长耳朵里你就活到头了。”

大锤赔着小心，又给李秘书斟满了一杯酒。李秘书喝干了酒，抹了一把嘴，大着舌头说：“小老弟，常言说得好，捉贼捉赃，你凭啥说王县长就是严大队长杀害的？千万不敢乱说！”

“我不乱说，不乱说。”大锤又给他斟了一杯酒。

那一顿酒喝得很痛快，最终大锤把县府秘书搀回到他的住处。

（四十二）

第二天，大锤把从李秘书口中得到的情况告知了司马亮。司马亮从书柜中拿出一件物品让大锤看：“李秘书说严智仁送给王县长的可是此物？”

大锤把那物品看了半天：“这就是金貔貅？”

司马亮点点头。

“这是从哪里来的？”

“牛县长告老还乡时给我的，说是王县长临咽气时给他的。”

“我是头一回见到世上还有这么个怪兽。”大锤略一思忖，说，“把李秘书找来，让他看看。”

司马亮急唤同永顺，让他马上去找李秘书。时辰不大，同永顺匆匆地回来了，说是四处找不着李秘书的踪影。

“你去过他的住处没有？”大锤问。

“去过了，屋里没人。”同永顺说。

“这可就奇了怪了。”大锤说，“昨晚他喝醉了，是我把他搀回去的。睡了一夜不见他的人影了,难道他飞了不成?”

司马亮蹙眉道:“彭大队长,你马上查找李秘书,活要见人,死要见尸!”

三天过去了,大锤既没找到李秘书的活人,也没找到死尸。李秘书神秘地消失了。大锤情知不妙,猜测十有八九李秘书遭了毒手。他也暗暗责怪自己做事不密,连累了李秘书。他十分懊丧地跟司马亮汇报了情况。司马亮自语道:“这步棋又让人抢了先。”

大锤咬牙说:“还有一步棋哩。”

“哪一步棋?”

“二杠!”

“你是说把二杠抓起来?”

大锤使劲点了一下头。

司马亮沉默起来。

大锤又道:“晚了又会被人家抢了先。”

司马亮沉吟道:“这是步险棋,走不好会伤自个。”

大锤道:“不入虎穴,焉得虎子。”

司马亮大口抽着烟。他心里已经明白了刺杀王县长的幕后指使人是谁。他推测,他的前任一念之差,收了严智仁的贿物,埋下了祸根。尽管严智仁看到事情有了转机,可还是怕王县长一旦升迁罢了他的官要了他的命,干脆一不做二不休,狠下杀手结果了王县长的性命。唉,贪字害死人啊!他在心中喟然长叹。严智仁是门背后的蝎子,蜇人不现身。此人不除,渭北县无宁日。

司马亮一甩烟蒂,恨声说道:“量小非君子,无毒不丈夫。作恶者不除,吾心难安!”

大锤说:“县长如果下了决心,就赶紧通知章局长去抓凶手,免得夜长梦多。”

“不,你亲自去抓凶手。”

大锤一怔,说:“这是警察局的事,我去恐怕不合适。”

“我信不过章一德。”司马亮摇了一下头,“你要秘密地抓捕,要活口。你明白吗?”

“明白。”大锤点点头。

“事情成败在此一举,你可要千万当心。”

“请县长放心。”大锤起身告辞。

大锤没有回大队部,径直去了秋月的屋。秋月看到他面泛忧色,送上茶水。他推开茶水,低头抽闷烟。秋月这才看见他紧锁着眉头,忙问:“你咋啦?”

“没咋。”

“没咋你咋不高兴?”

大锤说:“我琢磨点事。”

“琢磨啥事? 跟我说说,我帮你琢磨琢磨。”秋月说着,挨着大锤的身子坐下。

大锤徐徐吐了口烟,说:“司马县长让我去抓刺杀王县长的凶手。”

“凶手是谁?”

“是给严智仁背枪的二杠干的。”

“这么说他要动真格的了。可这是警察局的事,咋让你去? 这不是把屎盆子往你头上扣嘛,你不去!”

大锤摇摇头:“他是下了决心,要连祸根一起拔掉。严智仁那狗日的是渭北县的一个大恶物,收拾了他是为渭北县的老百姓除了一个祸害。再说了,司马县长对我有知遇之恩,而且把我当心腹看待，我不去就有点对不住他了。”

秋月说：“听说那个二杠是个残火手，本事不比你差。还有严智仁给他撑腰，不好对付哩。”

大锤呷了口茶，淡淡一笑说：“我就是爱吃硬核桃，他要是个软蛋柿我还不愿吃哩。”

“你呀，就是爱逞强。”秋月温软的身子紧紧偎在大锤的身体上，在他耳边呢喃低语：“听说你要耍刀弄枪我就心惊肉跳，吃不下饭睡不着觉地为你揪心，真怕你有个啥闪失。”

大锤搂住她的腰，笑道：“你是瞎操心哩。不是我吹牛皮说大话，耍刀弄枪的事在这一方黄土上，我是蝎子尾巴毒(独)一份，能胜我的人还在他娘的肚里没生出来哩。”

“你的本事我知道。可人常说，瓦罐不离井边破，将军难免阵上亡。淹死的都是会水的……”

大锤笑着打断秋月的话：“你这话就说错了，淹死不会水的比会水的多得多。”

秋月在他额颅上戳了一指头：“你呀，叫我咋说你哩。那个二杠是个吃生谷的，把他丈人爸都拿枪打了，是个残火手哩。”

二杠也是野滩镇人，生性爱嫖。仗着一身好武功，还有严智仁给他撑腰，他把谁都不放在眼里。媳妇因为他爱嫖，经常数说他，他就动手打媳妇，常常把媳妇打得鼻青脸肿。一次媳妇挨了打跑到娘家跟父亲哭诉。老汉见女儿被打得鼻青脸肿，一气之下跑到县城找二杠，二杠正和一伙弟兄们打牌。那天二杠手气很背，兜里的银洋输光了，脸都成了绿的。他丈人爸找到他当众数落了几句。二杠冒火说这是他小两口的事，让他丈人爸别瞎掺和，还说丈人爸管得也太宽了，管到他的炕头上来了。他丈人爸见二杠油盐不入，气急了扇了他几个耳光，二杠很恼火丈人爸当众丢他的人，竟然拔枪打死了丈人爸。后来是严智仁出面把大事化小，小事化了了。这事在渭北县传得沸沸扬扬，没有人不知道。

大锤不屑地说："他二杠算个锤子，就他那德行我拿眼角都不夹他。"

秋月更加担心地说："我就担心你这硬脾气，把啥人都不往眼里搁。就算你能收拾了二杠，可还有严智仁哩。"

大锤又是哈哈一笑："严智仁就算是个锤子吧，可锤子上也没长几根屌毛，我一使劲就能把他拔掉。"

秋月又在他额颅上戳了一指头："你呀，把玩命的事也当打耍耍哩。万一你要有个啥闪失，让我依靠谁呀。"

大锤笑着说："你另找男人呀。"

"不许你胡说八道。"秋月捂住了他的嘴。

大锤深受感动，搂紧了秋月，在她耳边说："你真是个好女人，我想吃了你。"

秋月在他怀中扭动着身子，轻笑道："你想吃就吃吧，我这一身肉都是你的。"

"我要吃肉咧。"大锤抱起了秋月，秋月捏着拳头捶打着大锤结实的胸脯。俩人笑着在床上滚成了一团……

（四十三）

大锤睡了一觉，醒来时，秋月把饭菜摆上了桌，是他最爱吃的扯面。饭罢，他取出盒子枪仔细地擦拭。秋月坐在他身边看他擦枪，半晌，问："你几时去抓二杠？"

大锤说:“这事宜早不宜迟,今晚夕就动手。”

大锤和二杠是同龄人,又同是野滩镇的人,虽然交往不多,但他对二杠的脾性很是了解。这几天他一直盯着二杠,又知道二杠除了嫖外又嗜上了赌,几乎每晚都要去西街的赌馆赌上一把,赢了钱便去逛窑子。他已思谋好,到赌馆去抓二杠是最好的时机。赌馆是个混乱的场所,人声嘈杂,常有人打架斗殴,到时把二杠骗出来,抓他犹如在裤裆里抓鸡巴,手到擒来。

秋月说:“你带上两个帮手吧。”

大锤瞪起了眼睛:“你说我对付不了二杠?”

秋月柔声道:“不是的。我是说你现在好歹是自卫队的大队长了,用不着亲自去动手。你带上两个人,让他们去动手,你放放风就行了。”她知道不能跟大锤说硬话,越说硬话大锤越人来疯,因此硬话巧着说。

大锤思忖了一下,说:“人多目标大,反而不好。司马县长再三叮咛行事要机密,不要打草惊蛇。还是我一个去的好。”他撩起衣襟,把盒子枪插在腰间,再后又把匕首插在裹腿上。

秋月过来给他扣衣扣,再三叮咛:“千万要当心。”

“你放心。把床收拾好,我回来还要吃你的肉哩。”大锤捏了捏秋月的脸蛋,这才出了门。

大锤走后,秋月坐在窗前发呆。夕阳从窗棂射进来,照着她俊俏而又忧郁的脸。常言道,红颜多薄命。她新婚不到半年丈夫就死了。父母闻讯接她来渭北县,是希望她择婿再嫁能过上好日子。没想到在来渭北县的途中遭遇匪劫,父母双双丧命。她虽然活了下来,可一个单身女子在他乡异地依靠何人?尽管父母给她留下了万贯家产,可在这个乱世那万贯家产只是豺狼口中的一块肥肉而已。她虽说年纪轻轻,却对这个世道看得很透。她看出大锤是个顶天立地的男人,便毫不犹豫地把自己的一切献给了这个男人。有了大锤,她感到有了踏实的依靠,可时时刻刻又觉得这个“踏实的依靠”建立在沙滩之上。每每大锤外出,她都提心吊胆地为大锤捏一把汗。她十分明白,大锤干的事都是玩命的事,抬脚出了门还不知道能不能回来。大锤进门叫一声“秋月”,她悬着的心才能放下来。经历了一场变故,她十分渴望过平安祥和的日子。她好多次劝大锤不要再当镖客了,来当京货铺的掌柜。可大锤却说,走了这条路就回不了头了,在江湖上行走,交了朋友也结下了仇家,仇家一直盯着你,如果你放下了手中的刀和枪就等于把命给了仇家。她听了这话,仔细一想,还真是这么回事,就不再劝大锤了。她认命了,这辈子就跟上大锤过提心吊胆的日子吧。山不转水转,没想到新任的县长请大锤去当自卫队大队长,她大喜过望,都是耍刀弄枪,当官当然比不当好多了。她力劝大锤去当这个官,不求以权弄势,只求平安吉祥。可刚刚上任,大锤就揽上这瓷器活,不能不让她愁锁眉头。

夕阳落了山,屋里一下子暗淡了许多。夜幕就要拉开了,秋月的心更加沉重了。厮杀的勾当几乎都是在黑夜里行动,今夜晚她将又是一个不眠之夜。她对黑暗有一种难以名状的恐惧,起身点亮了灯。

忽然,屋外响起了沉重的脚步声。秋月刚想出去看看,门帘一挑,大锤进了屋。她惊问道:“你咋回来了?”

“二杠死咧。”大锤的脸色很不好看。

秋月一怔:“咋死咧?”

“被人打了黑枪。”

“被人打了黑枪?”秋月惊诧不已。

大锤坐在桌前,点着一支烟,说道:“我刚走到保安大队门口,就见几个团丁抬回了一具尸首。我上前问是谁,他们说是二杠。我当时心里就吃了一惊。”

秋月问:“真是二杠么?”

“我看了尸首,真的是二杠。我问是咋回事,他们说二杠昨晚回了趟野滩镇,被人打死在河滩上。我仔细看过尸体,子弹是从后心打进去的。”

“这么说是从背后开的枪?”

大锤点头。

“会是谁下的手?”

大锤吐了口烟,说:“还能是谁?肯定是严智仁下的手。”

秋月有点不相信:“不会吧,二杠是他的亲随马弁,给他出了不少的力,他咋能打二杠的黑枪呢?”

大锤说:“你知道个啥,这里头肯定有蹊跷。我估摸严智仁是看出司马亮想要收拾他,而且也得到了司马县长要拿二杠开刀的风声。他的所作所为二杠都知道得一清二楚,有许多事都是他指使二杠干的。若是我抓了二杠,就要严刑审问。如果二杠顶不住就会把啥实话都吐出来,那他就全完了。他干脆一不做二不休先杀人灭口,这叫丢卒保车。”

秋月连连点头,认为大锤说得在理。少顷,她叹道:“依你这么说,姓严的也太残了。”

大锤说:“他不残就不是三阎王了。”又说,“又让姓严的抢了先。前几天李秘书突然失踪了,现在又打死了二杠,狗日的干得真绝哩。”

秋月忽然一脸的紧张不安:"姓严的会不会也打你的黑枪?"

大锤冷笑一声:"哼,只怕他牙口不好,崩了他的牙!"

"防人之心不可无,你可千万要当心。晚上我不许你再出去。"秋月伸出胳膊搂住大锤的脖项,似乎当真有人要来枪杀大锤。

大锤笑着打趣说:"往后你把我拴在你的裤带上,啥事就都不会有了。"

秋月笑了,佯嗔道:"人家为你揪心揪肺的,你还笑话人家。真个是狗咬吕洞宾,不识好人心。"

"我跟你说过多少回,能杀我的人还没生出来哩。就算生出来了,还得长到十八、二十吧,还得好好练练武功枪法吧。你这会儿怕啥。"大锤在秋月额头亲了一下,柔声说,"你在屋里好好待着,我要去跟司马县长说说这事。"

秋月呢喃道:"你可要早点回来。"

"放心吧,回来我还要吃你的肉哩。"大锤又亲了她一下,这才出了屋。

(四十四)

大锤踏进司马亮的客厅,第一眼看到的是严智仁。他没料到严智仁会在这里,愣了一下,随即打了个招呼。严智仁点了一下头,面无表情地说:"你来咧。"似乎已料到他要来这里。

司马亮点头示意他坐下。大锤坐在司马亮的另一侧。司马亮递给他一支烟。三人大口抽着烟。客厅里烟雾腾腾的,似乎着了火。

良久,司马亮看了大锤一眼,开了口:"刚才严大队长带来了一个不好的消息，二杠被人打死在渭河滩上。”

大锤点了一下头，表示已经知道了。

司马亮又道：“你们说说，这是谁干的？”

大锤把目光投向严智仁，恰好严智仁也把目光投向他。两双目光对峙着，撞击着，谁也不肯相让。司马亮把这一切瞧在眼里，干咳了一声，说道：“严大队长，二杠是你的卫兵，整天价在你身边，你认为是谁枪杀了他？”

严智仁这才收回了目光，吸了口烟，说：“二杠给我背枪不假，整天价在我身边也不假，可是谁打他的黑枪我还真是摸不着门。昨日儿下午他跟我说他家里有事，想回家一趟。我就准了他的假，没想到他会出事。”少顷，又说，“这几年他得罪了不少人，仇家不少。我当时也想到了这一层，可又一想，二杠的武功很不错，手里又有枪，四五个汉子近不了他的身，不会出啥事的。可偏偏就出了事。唉，可惜了一条汉子。”说罢，又把目光射向大锤。

大锤迎着他的目光，悠悠地抽着烟。

严智仁道：“彭大队长，你认为凶手会是谁？”

大锤笑了一下，说：“严大队长都摸不着门，我又能知道个啥呢。”

严智仁说：“会不会是周豁子的人下的手？”

大锤说：“有可能。”

严智仁又说：“会不会是野滩镇的人干的？”

大锤说：“也有可能。”

“如果凶手是野滩镇的人，你估计会是谁呢？”

大锤没有避开严智仁的目光，冷笑道：“听严大队长的口气，是怀疑我打死了二杠？跟你说实在话，我要想打他绝不打他的黑枪。

我要明着干,让他死得心服口服。他现在这么被人不明不白地打了黑枪,我想他做鬼都感到憋屈。”

严智仁尴尬地笑了一下:“你误会了。我是说,你和二杠都是野滩镇的人,二杠在野滩镇有啥仇家你一定知底。”

大锤说:“凭啥说二杠一定是野滩镇的人打死的?别处的仇家就不能对他下手吗?”

严智仁碰了个软钉子,转开了话锋:“会不会是周豁子的人干的?”

大锤说:“你刚才问过这话了。有可能是周豁子的人干的,也有可能是过路的刀客干的,还有可能是摆渡的干的。”

严智仁一怔,随即阴了脸:“你这话是啥意思?”

大锤徐徐吐了口烟,说:“没啥意思。凶手没抓住前,怀疑谁都行,包括你和我。”

严智仁恼了,以牙还牙地说:“听你这话的意思,是我打死了二杠?”

大锤没恼,反而笑了:“严大队长,你别上火嘛。二杠是你的亲随护兵,你咋能打他的黑枪呢?我只是说说案情,没抓住凶手,怀疑谁都行。”

严智仁还想说啥,被司马亮拦住了:“事情已经发生了,争争吵吵又能解决啥问题?你俩一个是保安队大队长,一个是自卫队大队长,你们说说该咋办?”

严智仁吸了几口烟,说:“咋办啥,想法抓凶手嘛。”

司马亮问:“咋个抓法?”

“把和二杠结冤的仇家抓来一一审讯。”严智仁似乎胸有成竹,猛地甩掉烟头,一脚踩灭,发狠地说:“我就不信查不出凶手!”

司马亮大口抽着烟,半晌不语。

“咋的,我这个办法不行?”严智仁不高兴地问。

司马亮还是没吭声。大锤瞥了严智仁一眼,说道:“如果不是二杠的仇家干的呢?”

严智仁说:“肯定是仇家干的,没冤没仇的人不可能下那样的黑手。”

大锤道:“按理是这样的,可也有出乎意料的事会发生。”

严智仁又瞪起了眼睛:“你是说这是出乎意料的事?”

大锤不卑不亢地说:“现在出乎意料的事太多了,譬如王县长的死,譬如城门楼上的人头,都太出乎意料了。”

“你这话是啥意思?”严智仁的脸黑了。

大锤还想说啥,被司马亮拦住了:“你俩别争执了。严大队长说的办法也是个办法,可行不通。”

严智仁问道:“咋行不通?”

司马亮吐了口烟,道:“二杠的仇家有多少?谁能说得清?就算能说清,无凭无据地抓人岂不是滥抓无辜么?”

“那咋办?”

“你们都派些人暗里追查,一定要尽快破案!”司马亮把烟头狠狠地摁在桌上。

第十四章

（四十五）

半个月过去了，案子还没有一点进展。大锤虽然认定杀二杠的指使人是严智仁，可找不到证据。他一筹莫展。

这天傍晚他心里十分瞀乱，独自去一个小酒馆喝闷酒。忽然有人跟他打招呼。他抬头一看，是严智仁的副官乔大年。当年他和乔大年在保安大队同过事，都在严智仁手下当小队长。乔大年年长他十多岁，跟他几乎没有什么交往，见面只是打打招呼而已。但他对乔大年的印象还是不错的，这人言语不多，城府极深，藏而不露，可武功和枪法都不错，在保安大队数一数二。自卫大队成立那天乔大年露了一手，枪法远在二杠之上。惺惺惜惺惺，他喜爱身手不凡的汉子。乔大年对他也很敬重，每每见到他都是笑容满面，客客气气地和他打招呼。

“彭大队长，喝酒呢。”乔大年笑着脸，在他身边坐下，看了一眼桌上的空瓶，唤来跑堂的：“再来两瓶西凤酒，加几个拿手的菜。”

时辰不大，酒菜上来了。乔大年给大锤面前的杯子斟满了酒，又给自个倒了一杯，端起酒杯笑道：“彭大队长，我敬你一杯。”一仰头,喝干了酒。

大锤的酒量很大,可今晚夕喝的是闷酒,加之已喝得不少,脸色很重了。他二话没说,也干了酒。乔大年边斟酒边看着他的脸色说:“彭大队长遇上了烦心的事?”

大锤说:“还不是让你们的二杠闹得了么。”

乔大年道:“严大队长这些天脸色也十分难看,动不动就发脾气骂人,闹得我都怕见到他。到底是哪个狗日的给二杠下了黑手?”

大锤又喝了一杯酒,看着乔大年说:“你看会是谁呢?”

乔大年一怔,随即笑道:“我哪能看得出来?”

大锤说:“你和二杠都在严大队长身边,是严大队长的左膀右臂。严大队长说是二杠的仇家下的手。我觉得他说得在理,不是仇家咋能下那么黑的手?可二杠跟谁都有仇?你给我说说看。”

乔大年沉吟道:“二杠的仇家还真不少。最大的仇家有两个。”

“哪两个?”

“一个是终南黑熊沟的周豁子,他打死了周豁子好几个人。挂在城门楼上的那颗人头是周豁子手下一个头目的,那个头目是二杠抓住的,头也是二杠割下来的。另一个是他丈人家,他把他丈人爸打死了。他小舅子说过,他要有了枪非毙了二杠不可。”

大锤乜了他一眼:“依你这么说,是他小舅子下的手?”

乔大年笑道:“我是瞎说哩。依我看很可能是周豁子的人干的。他小舅子是个庄稼汉,嘴上撒撒歪能行,动真格的就熊了,你就是给他杆枪,他也没那个杀人的胆。彭大队长,你说呢?”

大锤吃了口菜,说:“要我看也是周豁子的人干的。二杠的能耐不小,一般人近不了他的身。”

乔大年道:“我也这么跟严大队长说,可严大队长跟我瞪眼睛,说万一要不是周豁子的人干的呢,那可就让真凶漏了网。他严令我一定要追捕到真凶,真凶又不是傻子,待在那儿等着让我去抓。他早就跑得没影了,我上哪儿追捕去?唉!”他仰头喝了一杯酒。

少顷,乔大年俯过身来说道:“彭大队长,你摸出啥线索了么?”

大锤摇头。

“彭大队长,你若是有了线索可得给我透个风。我们那边严大队长把这个案子交给我办,破不了案我不好交差。你可别抢了头功,让我坐蜡呀。”

大锤笑道:“你放心,有了线索我一定会给你透风的。咱俩现在是难兄难弟了。”

乔大年说:“那我可就高攀了。”喝了一杯酒,感叹道,“老弟,你可真是个随和人。严大队长可比不了你,动不动就吹胡子瞪眼睛,闹得人一天到晚受窝囊气。”

大锤也喝了一杯酒。他有了几分醉意,说话舌头也有点发硬:“这也怨不得严大队长,是司马县长限期要破案。我和他都为这事熬煎哩。来,咱俩碰一下。”他端起了酒杯。

乔大年端起了酒杯,跟大锤碰了一下。大锤又一饮而尽,说道:“我这会儿不熬煎咧,案子破咧。”

“案子破咧?”乔大年诧异地看着大锤。

“破咧,破咧。”

“几时破的?”

“刚才破的。”

“刚才破的?”乔大年更是惊诧不已。

“刚才你不是说周豁子的人下的黑手么?”

“我那是瞎说哩。”

“不,你没有瞎说。二杠就是让周豁子的人打死的。严大队长这么说,我也这么说,你也这么说,司马县长要捉拿凶手,那就找周豁子去要。你说对不对?”

“对,对。”乔大年醒悟了,连连点头。

“乔副官,谢谢你的酒。”大锤举起了酒杯。

乔大年跟大锤又碰了一下杯:“彭大队长果然机智过人,乔某十分佩服。这杯酒我先干了。”

大锤也一饮而尽。

乔大年起身道:“我还有点事先走一步,恕不奉陪。彭大队长慢慢喝吧。”

大锤拱手道:“乔副官,谢你的酒了。”

“彭大队长太客气了。”乔大年拱手还礼,抬脚走了。

大锤冲着他的背影冷笑几声,喝干了瓶中的残酒。

(四十六)

出了酒馆,大锤深一脚浅一脚地朝秋月的住处走去。四周黑乎乎的一片,似乎埋伏着什么。大锤今晚夕实在是喝多了,头有些重,晕晕乎乎的。好在道熟,不会走岔的。拐到一条小巷,没有了酒馆的灯光,巷子似一个深不见底的黑洞。一阵夜风迎面扑来,他禁不住打了个冷战,头脑也清醒了几分。

忽然,巷子里蹿出一个人来,拦住了大锤的去路。大锤惊出了一身的冷汗,伸手就拔腰中的盒子枪。那人似乎早就料到了,一把攥住了他的手腕,低声道:“彭大队长,是我!”

大锤听着声音十分耳熟,可看不清他的眉目,厉声喝问:"你是谁?"

"同永顺。"

"你要干啥?"大锤没松手中的枪。

"司马县长让你去一趟。"同永顺松开了手。"你跑到哪达去了?我满世界寻不着你。"

"我在麻老五的酒馆喝酒哩。"

"跟谁喝?"

"乔大年乔副官。"

"他人呢?"

"走咧。"

"上哪达去咧?"

"这么晚了,他能上哪达去,回去睡觉了吧。"大锤打了个酒嗝,酒气直往同永顺的脸上喷。

同永顺怔了一下,失声叫道:"不好!"

大锤晕晕乎乎地问:"咋的不好?"

"快跟我走!"同永顺拽住大锤的胳膊就走。

"去哪达?"大锤的脚步趔趔趄趄的。

"县府。"同永顺拽住大锤的胳膊不松手,大步流星地往县府赶。

俩人到了县府,县府被夜幕遮掩得黑乎乎一片,只有几个窗口亮着灯光。两个自卫队队员在门口持枪站岗,看见大锤和同永顺,挺起胸脯敬了个礼。同永顺急问道:"有人进去么?"岗哨说没有。

县府的院子很宽敞,中间有个花坛,两边各有一条甬道,甬道两边植着松柏,树冠挨着树冠,把院子遮掩得一片模糊。模糊之中有一幢古老的建筑默然地耸立着,那便是司马亮的书房兼办公室。

同永顺带着大锤直奔司马亮的书房。远远看去司马亮书房的灯光十分明亮。被夜风吹了一阵,大锤清醒了许多,说道:“你担心啥哩,不会出事的。”话音刚落,就听司马亮大声疾呼:“抓刺客!”

“出事了!”同永顺急奔过去。

这时就见一个黑影从书房窗口一闪而过。大锤惊出了一身冷汗,酒也醒了八九分。他冲同永顺喊:“你保护好司马县长,我去抓刺客!”拔腿直追那黑影。

黑影往后院跑去,大锤紧追不舍。黑影对县府的通道显然十分熟悉,且身体灵活迅捷,三拐五拐就到了后院围墙。大锤拔出了枪,可他想抓个活口,没有开枪。等他追到围墙跟前时,黑影已上了墙,他急了眼,使出看家的本事,腾身一跃,伸手去抓黑影的脚腕。一是距离太远,二是他的酒劲还没散尽,手只抓住了墙头的砖。黑影不是等闲之辈,在他手上猛踩了一脚。他没有防备,痛叫一声,手一松,跌倒在墙根。等他重新攀上墙头时,黑影早已跑得无影无踪了。

这时同永顺赶了过来,疾问:“抓住了么?”

大锤跳下墙头,沮丧地说:“狗日的跑了。”

“没看清是谁?”

大锤摇头:“黑灯瞎火的看不清。司马县长没事吧?”

“没事。”

“没事就好。”

俩人来到书房,司马亮大口地抽着烟,他是以此来稳定自己惊慌失措的情绪。俩人垂手立在一旁,一时不知该说啥才好。少顷,同永顺开口询问刚才发生的事。

司马亮这时心神也安定了下来。他说他正在批阅公文，忽然听见窗外有响动声，以为是同永顺回来了，随口喊了一声“老同!”但没人应声。他又喊了一声，还是没应声。他警觉起来，起身拉开门想看个究竟。他刚出了屋，就见一个黑衣人朝他扑来。他大吃一惊，喝问道:“谁?!”黑衣人并不答话，手中的匕首直刺他的胸膛。他情知不好，急忙闪身躲过。所幸他跟同永顺学过一点武功，一边招架黑衣人一边大喊:“抓刺客!”恰好同永顺和大锤这时赶到，刺客不敢恋战，撒腿就跑。

大锤和同永顺都在心中暗暗庆幸，看来刺客是想悄没声息地杀害司马亮，若是动枪，有十个司马亮也都一命呜呼了。大锤还在心里想，刺杀王县长的凶手还没抓住，如果司马县长今晚夕再被刺杀了，那就成了天大的新闻。

司马亮忽然发现大锤的手受了伤，问道:“彭大队长挂了彩?”

大锤说:“让狗日的踩了一脚。”

司马亮道:“能从彭大队长手中逃脱，可见这个刺客不是等闲之辈。”

“狗日的脚手很利索，功夫不浅。”大锤说。

同永顺说:“我咋觉得刺客的身影有点眼熟，可想不起在哪达见过。”

同永顺这么一说，大锤也觉得刺客的身影眼熟。他拍着脑袋想了半天也没想起是谁。

“会不会是乔大年?”同永顺提出了疑问，最近他一直盯着严智仁身边的人，怕的是严智仁对司马亮也下黑手。

司马亮问道:“你是说严智仁的副官?”

同永顺点头。

大锤心中豁然一亮，嘴里却说：“他刚才还和我在一搭喝酒，不可能是他吧。”

同永顺思忖半晌，说道：“我老觉得那刺客的身影像是乔大年。”

司马亮蹙着眉着说：“不管是不是他，都要严密地监视他。彭大队长，这个任务就交给你了。”

“是！”

司马亮又说：“今晚发生的事不要张扬，免得又闹得人心惶惶，也免得打草惊蛇。”

大锤和同永顺一同点头称是。大锤忽然想到什么，问道：“司马县长找我有啥事？”

“想问问你案子查得咋样了。”

就在这时门外响起一阵脚步声，大锤欲言又止。同永顺疾步出了书房，来人是警察局局长章一德。他进了书房看见大锤，便笑脸打招呼：“彭大队长在呢。”

大锤面无表情地点了点头。他对章一德很不感冒，因此不愿搭理他。原来章一德也是司马亮传唤来的，他有事迟到了一步。司马亮冲他点点头，示意他坐下。

章一德落了座，同永顺送上一杯茶水给他。他冲着同永顺很友好地笑了笑。他城府颇深，知道同永顺是个很不一般的下人，因此一直对同永顺十分友好。

司马亮呷了口茶，道：“彭大队长，你接着说吧。”

大锤瞥了章一德一眼，欲言又止。

司马亮道：“我让章局长也破这个案子。你说吧，我们都听听。”

大锤迟疑了一下，说道："十有八九是周豁子的人干的。"

"这么说还不能完全肯定？"司马亮问。

大锤又瞥了章一德一眼。章一德吸着烟，眯着眼正在看他。他心里警觉起来，难道章一德查出了凶手？他怔了一下，冲司马亮点了一下头。

司马亮转过目光："章局长，你把情况说说吧。"

章一德捏灭了烟头，开了口："这几天我仔细查过了，打二杠黑枪的不是周豁子的人，而是另有其人。"

大锤心里一震，脸上却波澜不起，冷冷地问："是谁？"

"乔大年。"

大锤心里又是一震，看似不屑地说："不会是他吧。他和二杠是严大队长的左膀右臂，热乎得都能穿一条裤子，这谁不知道。你说他打二杠的黑枪，不等于说是严大队长打死了二杠？不可能，不可能。"说着连连摇头。

章一德涨了红了脸，急道："彭大队长，我就知道你不会相信我的话。在你眼里，我和严大队长也穿着一条裤子。今晚夕当着司马县长的面我跟你说句掏心窝子的话，在外人眼里严大队长跟我关系很密切，实际上不是那么回事。他那人桀骜不驯，把谁都不放在眼里。他跟我好，是因为警察局也有几十杆枪。他曾经跟我说过，在这个世道有枪就是草头王。他是咋么个人品我心中十分亮清。他是不是打死二杠的指使人我还没摸清，可乔大年打死二杠我可不是瞎说的。"

大锤并不为他的表白所动，不冷不热地说："你亲眼看见乔大年打死了二杠？"

章一德忽地站起身来，青着脸说："彭大队长说这话还是不肯相信我。”

司马亮把他按在椅子上:“章局长,别激动,坐下慢慢地说。”说着,递给章一德一支烟。

章一德吸着烟,平静了一下心情,这才开口讲叙事情的经过……

那天下午章一德了结了一个案子,想去茶馆喝壶茶消停消停,恰好在街上遇到了二杠。二杠见面就说:“章局长,我正满世界找你哩。”

章一德跟二杠很熟,经常开玩笑,便笑道:“找我做啥哩?是谁胆大包天摸了老虎的屁股?我收拾他去!”

二杠笑道:“敢摸我屁股的人还在他娘肚子里没生出来哩。我想跟你借点钱。”

章一德问:“多少?”

“五十块。如果你手头活便就再多借我点。”

“你要这么多钱干啥?”章一德嘴里虽然这么问,可伸手掏衣袋。二杠经常向他借钱,但从没赖过账,这是其一;再者,二杠是严智仁的红人,他不想得罪。他掏出了三十二块大洋,给自己留了两块茶钱,剩下全给了二杠。

二杠把钱装进了衣兜:“章局长,谢你了,过几天我就还你。”抽身欲走。

章一德问道:“你急急忙忙的,干啥去?是不是又去逛窑子?”

二杠笑道:“今日儿没那个兴头。”

“那你干啥去?”

“我回野滩镇一趟。”

“你狗日的是不是又去倒腾黑货?”章一德笑骂道。他早就知道二杠在贩卖烟土，因碍着严智仁的脸面，睁一只眼闭一只眼佯装不知。

二杠压低声说："章局长，你可不能怀疑好人呀。"

章一德又笑骂道："你狗日的也算好人？那你说说，天底下谁是坏人？"

二杠嘻嘻笑道："坏人还没生出来哩。"又说，"章局长，你要不要黑货？我给你弄点回来。"

章一德说："你狗日的别把我往烂泥坑里拉。"

二杠嬉皮笑脸地说："我哪敢哩？我知道章局长是个大清官，色、酒、烟、财都不染。"

章一德笑骂道："你狗日的又油嘴滑舌地胡说哩，当心走到野滩镇让人打了黑枪。"

二杠说："谁敢打我的黑枪！就算我二杠的本事不行，乔副官手中的枪可是百步穿杨哩。"

章一德问道："乔副官也去野滩镇？"

二杠说："我俩一搭去。明日儿回来咱俩再谝。"转身走了。

二杠和乔大年一同去了野滩镇，一个被打死了，一个却安然无恙。这其中必有蹊跷。

章一德说完了，大锤已经心明如镜了。在酒馆喝酒时，他已经开始怀疑乔大年了。他故意用话勾乔大年，乔大年虽然没说什么，但已露出了蛛丝马迹。现在章一德又说出这么一番话来，种种迹象表明，乔大年不仅打了二杠的黑枪，而且刚才的刺客无疑也是他。大锤还摸不准章一德的脉搏，佯装糊涂，故意说道："这也不能说二杠就是乔大年打死的。"

章一德说："还有件蹊跷事！"

“啥蹊跷事?”大锤问。

“安葬二杠那天,我见到了乔大年。我装作啥也不知道,问他这几天上哪里去了,咋不见他的人影。你猜他是咋说的。”

“他是咋说的?”

“他说他老爹病了,他回了一趟家,今日儿才回来。他为啥要撒谎? 肯定是做贼心虚!”

大锤不再说啥,默默抽烟。

沉默良久,司马亮先开了腔:“彭大队长,你还有啥想法和看法?”

大锤掸了一下烟灰说:“听章局长这么一说,凶手无疑就是乔大年了。可他为啥要打二杠的黑枪呢? 背后一定有指使人。”说着把目光转向章一德,“不知章局长是咋看的?”

章一德说:“我同意你的看法。”

大锤又说:“能指使乔大年的恐怕只有严智仁了。”

章一德说:“你说得对,乔大年只听严智仁的。”

司马亮道:“你俩说得在理。常言说得好,捉奸捉双,捉贼捉赃。这个案子背后还有文章,咱们不能操之过急,要一步一步来。”

大锤和章一德都看着司马亮,等着下面的话。司马亮略一思忖,猛一拍桌子:“先把乔大年抓起来! 拔了萝卜就会带出泥来。”

大锤点头道:“拔了乔大年这个小萝卜不是带出点泥来,而是会带出大萝卜来。”

司马亮笑道:“彭大队长说得极是。”随后对章一德说:“章局长,抓乔大年的任务交给你了。”

章一德站起身来:“是!”

“你准备啥时动手?”

章一德思忖片刻,说:“今晚夕就动手。”

“不。”司马亮摇了摇头。“抓乔大年要秘密进行,千万不能打草惊蛇。乔大年住在保安大队部,保安大队部有一个中队的兵力,闹不好就乱了营。你想法把他诱骗到警察局来,到你的窝里动手岂不是万无一失。”

章一德连连点头称是。大锤也觉得这个主意不错,心中又对司马亮高看了两分。

(四十七)

第二天下午,章一德风风火火地来到县府,见到同永顺就问:“司马县长呢?”

同永顺说:“在办公室哩。章局长有啥事?”

“有急事。”章一德脸色很不好看。“快带我去见见。”

章一德跟同永顺来到办公室,司马亮正在批阅公文。章一德叫了一声:“司马县长!”

司马亮抬起头来,只见章一德阴晦着脸蹙着眉头,不由一怔,急问道:“出事了?”

章一德摇了一下头:“没出事,乔大年已经抓住了。”

“他现在哪里?”

“在警察局。”

“你审讯了没有?”

“审讯了。”

“他招认了没有?”

“他不招认,其中另有隐情。”

“另有什么隐情？”

“我就是特地请你去警察局一趟，再审审乔大年。”

司马亮放下了手中的笔，站起了身。他怕的就是节外生枝，可偏偏就节外生出枝来。他皱着眉跟着章一德去警察局。走出两步，章一德回过头说：“司马县长，叫上彭大队长一块儿去吧。”

司马亮抬眼看着章一德，似有不解。章一德说：“这个案子是彭大队长办的，最好叫上他一块儿再审。”

司马亮明白了。案情突出变故，章、彭二人不和，章一德怕大锤生疑心，因此要叫上大锤一块儿去。他对同永顺说：“你去把彭大队长叫一下。”

路上章一德把审讯乔大年的经过说给司马亮和大锤听。乔大年承认那天下午跟二杠去了野滩镇。二杠说家里有事是假，其实二杠是去野滩镇买烟土。他们太阳落山时赶到了野滩镇，买到烟土连夜就往回赶。他们刚刚渡过渭河，就遇上了一伙土匪劫道。他们开了枪，可寡不敌众，二杠被打死了，他好歹逃了一条活命。

司马亮说：“二杠去野滩镇买黑货，他去干啥？”

章一德说：“我问了，他说二杠拉他一块儿做生意。”

“这话你信么？”

章一德说：“很有可能，二杠也拉过我。”

司马亮不再说啥，大步走路。大锤一声不吭，跟在他们身后。

到了警察局，章一德亲自押来了乔大年。司马亮一看见乔大年就气不打一处来，恨得牙根直痒痒，昨天晚上自己的命差点送在了他的手中，此时此刻他真想一枪崩了乔大年。他青着脸，目光灼灼地直逼乔大年。乔大年浑身禁不住一颤，避开他的目光，垂下了眼皮。他厉声道：“乔大年，你可知罪？”

乔大年到底是个军人,他稳住心神说:“我不知有啥罪?”

“二杠是不是你打死的?”

“二杠是土匪打死的。司马县长若不信就问彭大队长。”

司马亮冷笑道:“到现在你还不说实话!”

“我说的全是实话呀。”乔大年把目光转向大锤,希望大锤能替他说句话。

大锤冷笑道:“乔副官,你说的恐怕不全是老实话吧。我问你,安葬二杠那天你跟章局长说啥了?”

乔大年一怔,惶然地说:“我不记得了。”

大锤把目光转向章一德:“章局长,你给乔副官说说吧。”

章一德说:“那天我问你这几天干啥去了,你说你老爹病了,回老家了一趟。可你分明去了野滩镇。”

大锤冷笑道:“乔副官,你还有啥话要说?”

乔大年腮帮的肌肉抽动了几下,身子往前挺了挺,说:“到了这一步了,那我就把实话全说了。那天我和二杠去了野滩镇,是给严大队长买黑货,二杠顺便做点生意,他跟章局长借了三十块大洋。章局长,有这码事么?”

章一德点点头。

司马亮道:“你为啥要撒谎呢?”

乔大年说:“为这事二杠把命都搭上了,我不想再把严大队长连累进去。所以才那么说。”

司马亮又问:“你们跟谁弄的黑货?”

“胡雷娃。”乔大年看了司马亮一眼,“他说他跟县长很熟。”

司马亮冷着脸说:“你身为政府官员,私买烟土,难道不怕犯法吗?”

乔大年不吭声了。

司马亮正想趁势审讯，查出昨天晚上的刺客到底是谁。这时同永顺匆匆走了进来，在司马亮耳边低语了几句。司马亮脸色陡然一变，站起了身。大锤和章一德不知发生了什么事，面面相觑。这时就听外边响起了沉重的皮靴声，他们转过脸去看，严智仁出现在门口。严智仁青着脸，瞪着眼睛冲着章一德吼叫："姓章的，你凭啥抓我的人？"

章一德不知说啥才好，神情紧张起来，看着司马亮。

"你要抓就明着抓，为啥来这一手？"严智仁大吼大叫，全然没把一旁站立的司马亮放在眼里，"你狗日的是门背后的蝎子，蜇人不现身！"

章一德脸上不是颜色了："严大队长，你先别撒歪，听我说……"

严智仁不容章一德开口："我不想听你说。我就要撒歪，看谁能把我球咬了！"后边的话明显把矛头指向了司马亮。

司马亮身子颤了一下，强抑住怒火，道："严大队长，是我让抓的。你有啥话好好说，有理不在声高嘛。"

严智仁把目光转向司马亮："你凭啥抓我的副官？"

司马亮道："乔大年私买烟土，罪责难免。"

乔大年看到严智仁，犹如狗见了主人，来了精神，嚷道："是他们向我逼供的。"

严智仁冷笑道："我当是啥屁事哩，不就是买了几两大烟么，是我让他去买的。我伤风着凉了，买点烟土治病是犯法啦？如果是犯法，你就抓我好了。"

司马亮一时语塞，气青了脸，拿眼睛直瞅大锤。大锤开口道："严大队长，乔大年很可能是打死二杠的凶手。"

严智仁更是火冒三丈:“有证据么?凭啥说他是打死二杠的凶手?他是我的副官,二杠是我的卫兵,他能打死二杠么?简直是胡说八道!”

乔大年青着脸道:“彭大队长,你凭啥说我是打死二杠的凶手?捉奸捉双,捉贼捉赃。你可不能诬陷我呀!”

大锤也无话可说了。严智仁抓住了把柄,嚷得更凶了:“打狗也要看主人,你们这是明摆着欺负我严某人!”

原来警察局里有严智仁的耳目。耳目把乔大年被抓的消息报知严智仁,他又惊又怒,带着他的卫队就直奔警察局。卫队荷枪实弹包围了警察局,形势十分危急,一触即发。

大锤怒火填胸,真想一枪崩了严智仁。但他看出眼前的形势不比寻常,一旦动起手来,严智仁是有备而来,再者,他是条疯狗,急了眼啥事都能干得出来,他们谁也活着走不出警察局。留得青山在,不怕没柴烧。他强压住心头的怒火,走上前把青脸换成笑脸对司马亮说:“司马县长,既然乔副官是买烟土给严大队长治病,那也无可厚非。都怨我和章局长没调查清楚。”他把事揽在了自己和章一德身上,给司马亮找台阶下。

司马亮也无可奈何,悻悻地说:“彭大队长,那你就看着处置吧。”

大锤转过脸对严智仁说:“误会了,请严大队长息怒,你可以把人带走了。”

严智仁带走了乔大年,临出门时又撂了一句话:“想找我的碴儿,你娃娃还毛嫩哩。”

司马亮一屁股跌坐在椅子上,脸色成了紫茄子,直喘粗气,他实在太气愤了,严智仁根本就没把他这个县长往眼里搁。章一德的脸色也十分难看,闷着头大口抽烟。他没料到事情让他办砸了。他在肚里直埋怨自己太掉以轻心了。

大锤跺了一下脚,冲着严智仁远去的背影咬牙骂了一句:“狗日的披被子上天,张狂得没了领了！咱骑驴看唱本——走着瞧!”

第十五章

(四十八)

这些日子司马亮的心情糟透了。那天他只想着抓住了乔大年,撬开他的嘴,让这个刺杀他的凶手束手待毙,也能彻底把严智仁打垮。没想到章一德做事不密,严智仁竟然带人冲进警察局把乔大年带走了。在关键时刻他希望大锤能像解野滩镇之围那样挺身而出力挽狂澜,没想到大锤却也草鸡了,让他大失所望。他不知道还有谁能让他倚重信任。

正在司马亮沮丧颓唐之时,周豁子的人马又去野滩镇打劫,恰好大锤回到野滩镇集训自卫大队,当即开上去迎敌。自卫大队初次作战,士气很足,加之以逸待劳,周豁子的人马很快就被击退了。消息传来,司马亮兴奋起来,当即带着同永顺去野滩镇慰劳自卫大队。这股武装力量是他一手扶植起来的,他还要利用它为自己的仕途削平障碍。

司马亮在望月楼酒楼设宴为自卫大队庆功,自卫大队小队长以上的官员都出席了酒宴,镇上的富商豪绅也都出席庆贺。司马亮、大锤、苏万山等坐在首席。

吃喝正酣,忽听有人大声叫屈。司马亮停下筷子,用目光询问苏万山。苏万山也一头雾水,正要起身去看个究竟,那喊冤叫屈者已闯进大厅来。苏万山闪目一看,是王山虎,心中顿时吃了一惊。王山虎在野滩镇是个出了名的鬼难缠,是谁惹犯了他?

王山虎认准了司马亮,冲着首席奔了过来。同永顺急忙起身拦住他。他扑通一下跪倒在地:“司马县长,请为小民做主!”

苏万山急忙过来为司马亮挡驾:“山虎,你有啥话就跟我说。”

王山虎瞥了他一眼:“苏镇长,不是我不给你面子,这事你管不了。”

“啥事这么严重的?”

“这事我要给司马县长说。”

司马亮开了腔:“你站起身来,慢慢地说。”

王山虎站起身来,冲司马亮一拱手:“司马县长,小民有苦情。”

司马亮问道:“啥苦情?”

“小民的老婆被人强奸了。”

司马亮不禁皱了一下眉头,这等事怎么能在这个地方谈论,看来这个壮汉也不是什么好鸟,可事已至此,不能置之不理。他不动声色地问:“可知奸夫是谁?”

“奸夫是自卫大队的团丁彭二锤。”

王山虎此语一出,满座哗然,都朝大锤行注目礼。大锤一直冷眼瞧着王山虎,只管喝酒吃菜,似乎是局外人。自打那年他跟王山虎打了一场恶架后,他与王山虎从没招过嘴。王山虎冲进大厅跪地叫屈时,他冷冷瞥了一眼,尽管嘴里什么也没说,可心里也在纳闷:是谁招惹了这个毛鬼神,闹得吃酒宴也不得安宁。没想到王山虎说二锤强奸了他的老婆!这着实让大锤吃了一惊,他拿筷子的手在半空中僵住了。

司马亮虽不知道彭二锤是何许人,但单听“彭二锤”这个名字就知道此人和大锤有关系。他沉下脸道:“你叫什么名字?”

“我叫王山虎。”

“王山虎,你可知道诬陷人也是有罪的!”

“小民知道,小民不敢诬陷人。”

“捉贼捉赃,捉奸捉双。你可有证据?”

“小民有证据。”

“拿出来。”

王山虎扭过头,冲着大厅门口喊了一嗓子:“带进来!”

只见两条壮汉把二锤拧着胳膊推搡了进来。二锤赤着身只穿着一条花裤衩,鼻青脸肿,背上还印着斑斑血迹,垂着头惶惶然如同一条落水狗。

大锤紫了脸,忽地站起身来,喝喊一声:“二锤,是咋回事?”

二锤抬头看了一眼大锤,又垂下头去。这时苏万山伏在司马亮耳边低声道:“他是大锤的堂弟。”

司马亮明白了。他思忖一下,问王山虎:“我不能听你一面之词,还有谁能证明彭二锤强奸了你老婆?”

王山虎振振有词地说:“他强奸我老婆还要谁来证明么?我老婆现在门外,司马县长可以问问她。”

司马亮让把王山虎的老婆带进来。须臾,一个小妇人被带了进来。司马亮仔细一看,小妇人二十出头的年龄,天生丽质,王山虎都可以做她的父亲。他瞥了王山虎一眼,疑惑道:“她是你的老婆?”

王山虎道:“她是小民的三姨太。”

司马亮皱了一下眉，转脸问王山虎的三姨太："彭二锤是如何强奸你的？你要从实说来，不得有假！"

三姨太的毛毛眼忽闪了几下，说："昨晚子夜时分，我去小解，回房时他溜进了我的屋，就把我那个啥了……"

司马亮厉声道："他是怎么溜进你的屋的？"

三姨太垂着头说："我不知道……"

王山虎插言道："他是从后墙爬进来的。他给我当过店伙计，对我家的情况一清二楚。"

司马亮厉声问二锤："他们说的可是事实？"

二锤垂着头不吭声。这等于默认了。

原来二锤在给王山虎当伙计时就和三姨太有了那码事。王山虎的三姨太原本在青楼做皮肉生意。王山虎常去那家妓院，迷上了她的姿色，便出重金给她赎了身，娶作三房。起初，王山虎很宠她，时间长了便疲了，加之另外两房女人跟她争宠，王山虎渐渐对她冷淡了。她正值青春年华，又出身青楼，哪里肯甘寂寞。她瞅准了眉清目秀的小伙计二锤，就眉目传情，暗送秋波，后来干脆就投怀送抱。二锤二十啷当岁，钢板板小伙一个，哪里经得起她的诱惑，很快就钻进了她的被窝。起初他们偷偷摸摸，处处小心。王山虎一来事多，二来粗心，竟然毫无察觉。三姨太胆子也就渐渐大了起来，跟二锤幽会的次数频繁起来。后来二锤辞了活参加了自卫队，可还经常出入王家，这便引起了王山虎的怀疑。他暗暗设防，发现了三姨太和二锤的奸情。他顿时怒从心头起，当即就想把二锤抓起来痛打一顿。但他粗中有细，并没鲁莽行事，他知道捉贼要捉赃，捉奸要捉双。如果没抓住二锤的把柄，二锤也不是好惹的主，有大锤给他撑腰，他哪里能吃他的打，只怕会闹翻了天，丢脸的只会是他。若是捉奸捉了双,到那时把二锤咋样都行。他佯装啥事都不知道,却暗中留意,伺机捉奸捉双。就在昨晚,二锤又去与三姨太幽会,脱了衣服刚钻进被窝,被他一脚踹开门抓了个正着。这三姨太年纪虽轻,却见过大世面,颇有心机,当即痛哭流涕,反咬一口,说二锤夜入民宅强奸了他。他心里明白是三姨太勾引的二锤,十分恼恨三姨太,却极要脸面,他就要三姨太这句话圆他的脸面,当下就让二锤吃了一顿饱打。二锤血气方刚,虽被捉了奸,却驴瘦架子还不倒。如果三姨太保持缄默,不反咬他一口,他就会把这事一身背了。男人嘛,就要敢作敢当。没料到三姨太反咬了他一口,气得他七窍生烟,咬牙切齿地说:“王山虎,是你老婆勾引的我,今日儿你要打就把我打死,打不死我就饶不了你!”王山虎十分恼怒,真想一顿把二锤打死。可真的打死了咋收场?他恐怕也难得活命。如今大锤是自卫队大队长,有权有势有枪,招惹不得。可他实在咽不下这口窝囊气,思前想后,他没有下狠手。今日儿他听说县长司马亮来了野滩镇,便跑来喊冤叫屈。他听说司马亮为官清正,想让司马亮为他做主,一来出出这口窝囊气,二来丢丢大锤的脸。大锤当年在街上打了他,他一直耿耿于怀。虽然二锤不是大锤的亲兄弟,可也是堂弟,一笔写不出两个彭字来。正所谓,打了鼻子伤着脸。

大锤怒喝道:“二锤,到底是咋回事?你说话呀!”

二锤讷讷地说:“我没强奸她,是她勾引我的……”

司马亮上下打量了那女人一眼。那女人浓妆艳抹,红袄虚掩,露出白脖和一片酥肉,虽然在哭,却不见泪水,一看就不是良家妇女。再看那王山虎,是个黑胖子,一脸的猥琐之相,已是四十往上的年纪,比那女人足足大出了二十多岁。那彭二锤二十刚出头,眉清目秀，唇红齿白，一表人才。他心中当下明白，肯定是那女人勾引了二锤。可事情闹到了这一步，二锤被本夫捉了奸，已无话可说。可他还是碍着大锤的面，有意偏向二锤。他瞪了三姨太一眼，喝问道："你是咋勾引他的？"

三姨太一怔，结舌道："我……我没勾引他……"

苏万山在一旁说道："母狗不摇尾，公狗岂敢跳墙。"

王山虎可是个难缠的角色，刚才他见司马亮偏袒二锤，心中有气却慑于县长的威严强忍着没有发作。苏万山话音刚一落，他便把一肚子的怒火冲苏万山发泄出来。他瞪着眼睛喊道："苏镇长，你说这话是啥意思？你们可不能官官相护呵。我老婆被人强奸了，你不审罪犯反而审我老婆，这是哪家的道理？"

三姨太不失时机地大声哭泣起来，大喊冤枉。王山虎转过脸对司马亮道："司马县长，人都说你为官清正，你可得为小民做主呀。"

司马亮沉下脸说道："你先回去吧，我调查清楚了会依律处置他的。"

王山虎不依不饶地说："他彭二锤是自卫队的团丁，不去打土匪，却强奸民妇，还有没有天理王法？"

司马亮黑了脸："王山虎，我已经说过了，如果彭二锤真的强奸了你老婆，我会依律处置他的。"

王山虎扑通一下又跪倒在地，挺直身板梗着脖子说："司马县长，有道是捉奸捉双，现在奸夫已被我捉拿，我不明白还要调查啥？"

司马亮一时语塞，黑脸变青了。大锤这时早已紫了脸，按捺不住走上前抬手扇了二锤一个耳光："老彭家的脸让你丢尽了！"

王山虎不阴不阳地说:“一个耳光就能抵罪么。”

大锤拔出了枪。王山虎惊叫起来:“你要干啥?!”

大锤把枪口指向了二锤。

“大哥!”二锤哆嗦起来。

司马亮急忙起身,把大锤举枪的手按下来:“彭大队长,二锤罪不至死。”

王山虎又嚷嚷起来:“你们官官相护,还让我们平民百姓活不活!”

大锤转过脸咬牙道:“你想咋样?”

王山虎也咬牙说:“我要讨还一个公道!”

大锤道:“咋样才能还你一个公道?”

王山虎站起身来,冷笑道:“彭大队长,二锤是你兄弟,也是自卫队的人,你可不能护短呵。”

大锤道:“我不护短。我知道你是想报当年的那个仇,说,咋样就扯平了? 我还你。”

王山虎说:“咋还还用我说么。”

大锤收起枪捋起衣袖,伸出左手食指放在桌上,忽地拔出匕首,猛地剁下去。那食指在桌上弹了弹,掉在了王山虎的脚地。大厅的人都惊呆了,发出一片惊呼之声。大锤的左手血流如注。可他毫不理会,盯着王山虎道:“行不? 不行我再剁一个指头给你。”

王山虎被镇住了,瓷着眼看着脚地的断指,那断指汪出一摊血,还在突突地颤动。王山虎瘆出了一身鸡皮疙瘩,呆若木鸡。司马亮没料到大锤跟王山虎玩起了刀子,先是吃了一惊,随即看到王山虎被镇住了,暗暗松了口气。他站起身来,不失时机地训斥王山虎:“你怎么不识好歹! 凡事都有个调查了解过程,你竟敢威逼政府官员，真是胆大妄为！”

这时苏万山也训斥道：“山虎，得饶人处且饶人，没有你这么弄的。还不赶紧出去。”

王山虎不再吭声，拉着三姨太的胳膊退了出去。

（四十九）

司马亮以前常听人说刀客在关键时刻就会挺身而出玩刀子，把事摆平，哪怕赔上性命也在所不惜，但他从没经见过刀客玩刀子的场面，那天他见了大锤玩刀子算是开了眼界。虽说他对大锤因女人给王山虎玩刀子不以为然，可他在心里还是敬重大锤是条硬汉。他虽然对大锤有许多不满意的地方，但还是觉得大锤是可以倚重依靠的。因此，他对大锤更加器重几分。

时隔几日，专署送来一封加急密件，司马亮拆开密件，仔细一看，不禁皱起了眉。周豁子打劫野滩镇失利后，不仅心中不甘，而且怀恨在心。他突出奇兵洗劫了终南县县城，而且枪杀了终南县县长，并放火烧了县府。是可忍，孰不可忍！专署的联防司令部得到急报，急令终南、渭北、扶眉、佛坝、渭东五县的保安大队一齐出动，围歼周豁子。司马亮不敢怠慢，把加急密件亲自送交严智仁，并让他立即率保安大队出征。严智仁虽说恼恨司马亮，但联防司令部的命令他还是不敢不服从，第二天就出兵了。

严智仁走后，司马亮还是很担心。他看得明白，专署联防司令部这次是下决心要剿除掉周豁子，可周豁子凶残如猛虎狡猾似狐狸，不是说想除就能除掉的。他担心周豁子被打急了率人马渡河来渭北往北山逃窜，便让大锤率自卫队驻扎在野滩镇，沿河岸布防，以防周豁子往渭北县流窜。

司马亮的担心并非多余，防守得很及时。他没想到此举获得了出乎意料的惊喜。

黑熊沟在秦岭腹地，山势险峻，人稀林深，易守难攻。如果周豁子提高警惕，居险而守，别说五县保安大队去攻打，就是一个正规旅去围攻，也不见得能获胜。周豁子洗劫了终南县县城，不仅获得了丰厚的财物，而且掠走了数十名妓女。空前的胜利冲昏了他的头脑，使他放松了警惕。由于豁嘴的原因，没有女人愿意嫁给周豁子。为此，周豁子特别恼恨女人，尤其恼恨漂亮的女人。他占山为王后，掠了好几个女人做压寨夫人。那几个女人都十分烈性，有两个上了吊，一个吞了大烟，一个跳了崖，她们宁愿死也不愿陪他睡觉。所以他身边至今没有女人。这次一下子掠来了数十名漂亮女人，周豁子大喜过望，忘乎所以，他给自己留了两个最漂亮的女人，其余的让喽啰们去享用。他在窝巢里天天摆酒宴，夜夜睡女人。女人和烈酒把山寨搞得像过大年似的热闹，他一手搂着一个女人，喷着熏天的酒气问众喽啰："弟兄们，人生在世干啥事最好？"

众喽啰七嘴八舌地说："娶媳妇过年最好。"

周豁子哈哈大笑："我也知道这两样最好，可这两样事只有皇上才办得到，咱们办不到。不过，往后咱们抢了女人就娶媳妇，有了酒肉就过年。哈哈……"

众喽啰一起大笑起来。

五县保安大队打进黑熊沟时周豁子还搂着女人喝酒。爆豆般的枪声把他从沉醉中惊醒了，他慌忙推开怀中的女人，一脚踢翻酒桌，拔出枪往外就冲。可已经晚了，满山遍野都是五县的团丁，齐声高喊："活捉周豁子！"他仗着枪法好道熟，杀出重围逃遁。急急如丧家之犬，惶惶如漏网之鱼。

周豁子在山里躲了几天，五县团丁一齐出动搜山，吓得他睡觉都不敢闭眼睛。思之再三，他决定出山渡河去渭北县躲过这一劫。

太阳冒花时分，周豁子来到了野滩镇。他想渡河北去渭北县，但怕上船时被人认出来，便打算到野滩镇暂且躲一躲，到了晚上再渡河北行。

主意打定，周豁子脚一拐就进了野滩镇。他在野滩镇有个眼线叫满粮，他想去满粮家躲一躲，可他不知道满粮的家在哪达，便想找个人问问。一大清早，街上行人稀少，可他还是怕人认出他来，把帽檐压得很低，一双眼睛左睃右瞅。一不留神，他撞着了人，那人骂道："你眼瞎了！"

周豁子哪里受过人的骂，肚里的怒火腾地就蹿了起来。可随即他就醒悟了，此时不是彼时，再大的气也得受。他强压住心头的怒火，头都没敢高抬，连声道歉："爷们，对不住了，对不住了。"

那人还是骂骂咧咧地说："狗日的，你不好好走路，胡瞅啥哩？"

周豁子赔着笑脸说："没胡瞅啥，我想找人打听个道。"

"打听啥道？"

"满粮家在哪达？"

周豁子说话漏风，好像感冒鼻子齉，字语含混不清。那人没听清，又问了一句："你问谁？"

周豁子又说了一遍："满粮家在哪达？"

那人瞥了他一眼："外来的？"

"外来的。"

"你是他啥人？"

"我是他表哥。"

“往前走,北边第二条巷子,拐进去,第三家,门朝南。”

周豁子心中大喜,急忙道谢:“爷们,谢你了。”一没留神抬起了头,把豁嘴露了出来。

那人一怔。周豁子忽然醒悟,急忙低下头,转身走人。那人望着他的背影发呆。这时就听有人大声喊叫:“雷娃,你卖啥瓷哩。苏镇长叫你赶紧去镇公所一趟。”

雷娃应了一声,抬腿往前走。走出几步,他回头去看,看见问路人拐进了他指的巷子,心里又咯噔了一下,又惊又喜地直奔镇公所。

到了镇公所,苏万山拿出一卷白纸让雷娃去张贴。雷娃展开仔细一看,是悬赏捉拿周豁子的布告。上面白纸黑字写得清清楚楚,活捉周豁子者,赏大洋五百;知情报信者,赏大洋二百。

雷娃看着布告发呆。苏万山笑骂道:“你狗日的咋了?还不快贴布告去。”

雷娃醒过神来,问了一句:“这上面说的全是真的?”

“不是蒸(真)的还能是煮的?”苏万山瞅了他一眼,“这回五县保安大队一齐出动,剿了周豁子的老窝,只可惜让周豁子跑了。”

雷娃还是不相信地问:“抓住周豁子真个赏五百大洋?”

苏万山说:“这是五县联防司令部的布告,难道还能有假?你这是咋了,还没睡灵醒?”

雷娃猛一拍巴掌,嘻嘻地傻笑起来。苏万山惊诧地看着他:“雷娃,你又胡成啥精哩。”

“我要发财咧!”

“你发啥财?我看你是得了想钱疯。”

雷娃附在苏万山耳边低语了几句。苏万山瞪着眼看他:“你不是在说胡话吧。”

雷娃急了眼，跺着脚说：“好我的镇长叔哩，我灵醒得很，咋能是说胡话哩！”

“你真个看清楚了？”

“我真个看清楚了。那年我去投他入伙，他不收我，还把我赶出了黑熊沟。他那个豁豁嘴我到死都忘不了。”

苏万山以拳击掌，咬牙道：“好你个周豁子，天堂有路你不走，地狱无门你偏来。”

雷娃摩拳擦掌地说：“我带几个人抓周豁子去。”

苏万山瞅了他一眼，不屑地说：“你这样的去上十个八个也抓不住周豁子，是白白送死。”

雷娃没想到这一层，惊出了一身冷汗，忙问：“哪咋办？”

苏万山略一思忖，说道：“自卫大队驻扎在镇上，让大锤去抓周豁子，那可是卤水点豆腐，一物降一物！”

（五十）

大锤带了几个人直奔满粮家。雷娃屁颠屁颠地跟在后边，他本不想去冒险，可惦记着赏钱。

进了院子，满粮迎了出来。他看见大锤一伙手里提着枪，脸上顿时变了颜色，说话都有点结巴：“彭、彭大队长来、来了。”

大锤冷着脸问：“你家来了啥人没有？”

“没……没来……来人。”满粮更结巴了。

大锤冷笑道：“你平常说话不结巴嘛，这会儿咋结巴了？”

满粮语塞，额头鼻尖冒出了冷汗。

大锤冲着屋子喊:“周爷,别藏了,出来吧。”

屋里没有动静。满粮一家人缩在院子一角,人人面带恐惧之色。

大锤又喊:“周爷,我敬重你是条汉子,不想跟你动刀动枪。”

屋里的啥东西响了一下。院子的人都举起了枪。满粮一家人都瑟瑟发抖,女人在低声啜泣。

屋里又没有了动静。

大锤对着屋子继续说:“周爷,今日儿你是在劫难逃,你认命吧。如果动起枪来,满粮这个家可就完了,你也难逃活命。”

满粮的身子筛起糠来,双腿一软冲着里屋跪下了:“周爷,你就出来吧……”放声哭了起来。

少顷,周豁子提着枪走出了屋。他看见大锤说道:“我说是谁哩,原来是大锤你。”

大锤说:“周爷别怨我。我现在是官家的人了,上峰差遣,身不由己。”

周豁子说:“听说你当了啥自卫队大队长,当官好哇,当了官就不受人欺了。不过,你得记住你是镖客出身,官府也曾抓过你。”

大锤点头道:“周爷的话我会记住的。”

周豁子话锋一转:“你咋知道我在这达?消息蛮灵通的。”

大锤没有吭声。周豁子目光一扫,发现了雷娃,笑了一下:“是你告的密吧?”

雷娃身子往后缩了一下,竟然不敢与周豁子对峙。周豁子把他仔细看了半天,说:“适才我就看你有点面熟。你叫雷娃吧,你给曹老二当眼线抢劫你舅家,对吧?你来投我入伙我没收你,对吧?我真后悔当时没毙了你这个驴不日的东西!”

雷娃缩着身子红着脸,一声都不敢吭。周豁子哈哈大笑起来:“瞧你这个熊样,驴锤子都比你强！大锤,你也是条响当当硬邦邦的汉子,咋看上了这么个货？我替你脸红哩。”

大锤瞅了一下雷娃那熊样,脸上的颜色重了许多。他是个硬汉子,最见不得脓包软蛋。他挥了一下手,让雷娃走开。

雷娃嗫嚅地说:“彭大队长,还没给我赏钱哩。”

“啥赏钱?”

“布告上说知情报信者赏大洋两百,我是知情报信者。”

“回头再说吧。”大锤哄苍蝇似的连连挥手。雷娃见大锤脸色很不好,就赶紧溜了。

周豁子看着雷娃的背影说:“那可不是条好狗,你得防着点。”

大锤点点头,有点埋怨地说:“你不该屡屡作案。”

周豁子说:“我的人马要吃要喝。”

大锤说:“可你不该杀人放火。”

周豁子说:“我杀的是贪官,烧的是贪官窝。”

大锤说:“你把天捅了一个窟窿。”

周豁子说:“不就是个死么,头割了也就碗大个疤。”

大锤把手伸向他:“把家伙给我吧。”

周豁子把手中的枪交给了大锤,苦笑道:“大锤,我没想到能栽在你手中。”

大锤一伸手:“周爷请吧。”

(五十一)

大锤关押起周豁子,随后派人报知司马亮。司马亮闻讯大喜,当即赶到野滩镇。他来到关押处,见过周豁子,验明身份,确信无疑,赶紧派人报告联防司令部。

第二天,联防司令部派来了一队团丁押解周豁子。章一德亲自出马带着一队警丁把周豁子押出牢房,交给那队团丁。周豁子临上囚车时,大锤匆匆赶来,跟站在一旁的司马亮和苏万山点点头,便朝周豁子走去,喊道:“周爷,慢走!”

周豁子转过头来,冷眼看着大锤。大锤刚要过去,章一德拦住了他,皮笑肉不笑地说:“彭大队长,这恐怕不妥吧。”

大锤沉下了脸:“咋的,章局长不肯给我面子?”

“彭大队长,不是我不给你面子,他是要犯,恐怕会引起别人的猜疑。”

大锤冷冷地说:“猜疑啥?明白地说,他是我江湖上的朋友!”大步走了过去。

章一德呆在了一边,脸上很不是颜色。

大锤招了下手,两个自卫队员一个抱着酒坛一个拿着碗走了过来。大锤倒了一碗酒,双手递给周豁子:“周爷,请喝了这碗酒。”

周豁子看着酒碗,笑了一下:“你是送我上路的吧。”

大锤说:“我敬重你是条汉子。”

“好,我喝。”周豁子接过了酒碗,一饮而尽,哈哈笑道,“再过二十年我还是一条好汉!”

大锤说:“这话我信。”

周豁子转身要上囚车,大锤又叫了一声:“周爷!”

周豁子回首过来。大锤迟疑一下,欲言又止。周豁子道:“你还有啥话要说?”

大锤说:“我有个事不明,想问一下。”

周豁子道:“问吧,只要我知道,绝不隐瞒。”

“城门楼上的人头是你的人拿走的吧?”

周豁子哈哈大笑起来:“是我亲自拿走的。我是要露一手让渭北县的人看看我的手段,看那严智仁还狂不狂。”

大锤说:“周爷果然好手段。”

周豁子敛了笑:“我不如你的手段好。”

“周爷过谦了。”

“我说的是心里话。这些年我浪得了个‘南山虎’的名声,可不胜你‘鬼见愁’的英名。今日儿我才知天外有天,人上有人。大锤老弟,我真心服你。栽在你手里我不冤。”

“周爷这么说让我无地自容。我还想问个事。”

“你问吧。我这一去就到了冥间地府,你想问啥也找不着门了。”周豁子苦笑道。

“王县长是不是你杀的?”

周豁子摇头道:“不是我杀的。我想杀尽天下的贪官,可惜我没那个能耐没那个本事。”

“二杠呢?”

“二杠是谁?”

“二杠是严智仁严大队长的护兵。”

“如果我杀他我就连严智仁一块儿收拾。你还有啥要问?”

“没有了。”

周豁子转身去上囚车。

大锤拱手相送:“周爷一路走好!”

周豁子在囚车上冲大锤拱了拱手,哈哈大笑。

囚车门被关上了。发动机轰鸣起来,囚车绝尘而去……

（五十二）

三日后周豁子在终南县县城被处决了，脑袋高高挂在城门楼上示众，连木笼都没装，用一根竹竿挑着。

消息传到野滩镇，镇子里大街小巷的店铺作坊都在放炮作贺。野滩镇连年遭周豁子的抢劫，人人痛恨周豁子。现在周豁子被割了脑袋谁能不高兴。

这天大锤成了英雄。他骑着高头大马，着一身军装，胸前戴着大红花，被众人簇拥着游四街。他所到之处鞭炮声响起，锣鼓镲钹齐敲。这是野滩镇的乡亲对大锤最高的奖赏和最大的拥戴。

野滩镇有一支庞大的锣鼓队，敲锣鼓镲钹的是清一色的青壮汉子。锣鼓队只是春节期间展示一下雄风。可今日锣鼓队齐聚镇十字，鼓乐手人人都是短装打扮，腰扎红绸带，头绾英雄巾，英武异常。锣鼓队打击的套路很多，有出征锣鼓、丰收锣鼓、得胜锣鼓、迎亲锣鼓等等。此时他们敲打的当然是得胜锣鼓。

锣鼓的阵势蔚为壮观，四周拥挤着黑压压的看热闹的人群。最初是一阵难熬的沉寂，骤然间数十面牛皮大鼓一齐擂响，无数铜锣镲钹同时发声，声震长空，势如山崩海啸。镲钹在鼓乐手们头顶上翻飞，耀眼的阳光被弹得粉碎，四处飞溅。鼓槌在他们手中激越地跳跃，化作团团火球，飞扬的流苏变成了对对蝴蝶，翩翩起舞。锣鼓在他们手中震响，驱散了镇子多日的沉闷，呐喊着平安和吉祥。那鼓点愈来愈急，犹如暴风骤雨一般；鼓音浑厚苍劲，恰似万马奔腾，势不可当；锣声钹音铿锵，犹如秦腔大净的吼声，又似电闪雷鸣。这一切声响交织出一曲无与伦比、气势恢宏的交响乐，令人忘乎一切。

大锤被众人簇拥着来到镇十字。指挥锣鼓队的麦囤瞧见了大锤,手中的令旗一挥,鼓乐手们更加卖力地敲打起来。一时间,天地万物间只听得锣鼓镲钹之声争鸣,别无他物了。大锤的神情也亢奋起来。他原来也是锣鼓队中的一员。他擅长敲鼓,鼓槌在他手中玩得跟流星似的。有好几年他没摸鼓槌了。此时他真想下马去敲上一阵鼓,以抒胸臆。最终,他还是没有下马。

太阳斜过头顶,锣鼓队才散了伙。众人各回各家去吃午饭。大锤也下了马回家。他快到家门口时,彭五老汉迎面走了过来,随口问道:"大锤,是你亲手捉住了周豁子?"

大锤一怔。这事在野滩镇人人皆知,难道五爸不知道?他有点疑惑地看着五爸。

彭五老汉说道:"你给野滩镇除了一害。听说官府把周豁子的头割下来示众?这事就做得绝了些。毙了也就行了,为啥要砍头示众?官府肚量也小了些。"老汉摇着头走了。

大锤刚才心情还兴腾腾的,这会儿被彭五老汉说了这么几句,兴奋之心顿减。他和周豁子本来都是官府缉捕的对象,而现在周豁子栽在了他手里,落了个无头鬼的下场。这事传扬出去让江湖中人耻笑他哩。这么一想,他的心情反倒沉重起来。

大锤脚步沉重地进了家门。外边的鞭炮声一阵接着一阵,似乎日子已到了除夕。他觉得刺耳,躲在家里,蒙头盖被地躺在炕上。麦草做了一大老碗扯面,端到炕前轻声唤他吃饭。他没好气地说:"不吃!"

"你咋咧?"

大锤不再理识她,默不吭声。

麦草坐在炕边,抽泣起来。他忽地撩开被子,凶道:“哭啥哩,哪来那么多的尿水?”

麦草边抹泪边嘟哝:“你咋不吃我做的饭?”

“我不饿!”

“都一晌了,能不饿?是她做的饭你吃不?”

麦草说的“她”是指秋月。

大锤更恼火了:“你胡黏八扯啥哩?去去去!”把麦草往外轰。

麦草哭声更大了。大锤娘闻声摸了进来,训斥儿子:“你胡撒啥歪哩?麦草哪点亏待你了?她给你撕扯面吃你还要她咋?”

大锤蔫了:“娘,我真个不饿。”

大锤娘说:“你饿要吃,不饿也要吃。麦草如今是双身子了,她撕扯面容易么,你个不知好歹的东西!”

麦草拭干泪说:“娘,也不全怨他,是我把饭没做好。”

大锤娘语重心长地对儿子说:“大锤,你看麦草对你有多好,你这么对她撒歪她还向着你。你要知足哩。”

大锤看了一眼麦草鼓鼓的肚子,受了感动,对娘说:“娘,我错了。我吃饭。”端起桌上的饭碗,大口吃了起来,咀嚼有声。

大锤娘脸上泛起了笑纹,麦草也破涕为笑……

撂下饭碗,吸了一支烟,大锤心情好多了。他想明白了,周豁子干的是杀人放火的勾当,死在他手中的人恐怕都上了百,砍他的脑袋他是罪有应得。就是他大锤不抓他,迟早也会有人抓住他,抓了他,他的脑袋就得搬家。也罢,早死早托生。他周豁子说了,再过二十年他又是一条好汉。那就二十年后再和他见面吧。

大锤捏灭烟头,便去镇公所。司马亮和苏万山正在谈论什么。这几天司马亮在野滩镇住着,剿灭了周豁子仿佛搬掉了压在他心头的一块大石头。看见大锤来了，苏万山笑道："陕西真是地邪，说谁谁就来。"

大锤也笑道："说我啥哩。"

司马亮呷了一口茶，说："专署刚来了一封公函，你先看看。"顺手把一封公函递给大锤。

大锤接过公函一看，原来专署要开一个庆功大会，邀请参战的各县县长、保安队大队长等官员出席参加。他生出一丝不快，心里说，没有我啥事让我看这公函干啥，嘴里却说："专署这次可是要掏钱热闹热闹了。"

司马亮道："彭大队长，这次庆功大会你也要参加，我已经给专署写了呈文。"

大锤说："没有我的啥事嘛。"

司马亮道："自卫大队虽然没有参战，可周豁子却是你亲手抓住了。擒住匪首，功不可没。"

苏万山也说："彭大队长抓住周豁子可是立下了奇功，理应出席庆功大会。"

就在这时，雷娃在门口探头探脑地往里瞅。苏万山一眼瞧见了他，大喝一声："雷娃，你瞅啥哩？进来！"

雷娃躬着身子走了进来，一双眼珠子骨碌碌乱转。苏万山瞪了他一眼："你在门口胡瞅啥哩？"

"我想问问在哪达领赏钱。"

苏万山骂道："领啥赏钱？你狗日的得了想钱疯！"

雷娃涎着脸着："布告上说了，抓住周豁子给赏钱哩。"

"周豁子是你抓的么？那功劳是大锤的！"

雷娃急了眼："是我报的信呀！"

苏万山这才想起是雷娃报的信。他自语道:“我咋把这事给忘了。”

雷娃哭丧着脸说:“好我的镇长老叔哩,你咋能把这事忘了呢。布告上写得清清楚楚明明白白,知情报信者赏大洋二百。”他从怀里掏出一张布告来。“你再看看,我可是‘知情报信者’。到哪达领赏钱哩?”

这时司马亮开了腔:“苏镇长,是咋回事?”

苏万山便把抓周豁子的前因后果说了一遍。司马亮瞥了雷娃一眼,说道:“赏钱一定会给的,政府说话是算数的。你先回去,等候消息吧。”

雷娃还不肯走,嘟哝着要赏钱。司马亮面有不快之色。苏万山瞧在眼里,恼火了:“雷娃,你狗日的嘟哝啥哩?我的话你可以不信,司马县长的话你也不信么!”

雷娃这才知道坐在上面的白面书生就是县长司马亮,急忙换上一副谄媚的笑脸:“司马县长,您老好。我有眼不识金镶玉,您大人莫见小人怪,我是真穷哇……”

司马亮皱了一下眉头,打断了雷娃的话:“我知道了,赏钱不会少你的。你走吧。”

“多谢司马县长!多谢司马县长!”雷娃连连打躬作揖。转脸又冲大锤作揖,“多谢彭大队长!”

大锤冷着脸看雷娃,沉默不语。苏万山耐不住性子了,骂道:“你狗日的还不赶紧滚!”

雷娃惶然出了镇公所。大锤双肘抱在胸前,望着雷娃的背影,若有所思。

（五十三）

暮色降临了，黑暗笼罩了野滩镇。酒馆、烟馆、妓院、赌局里灯光通明。灯光照射出来，把大街小巷映照得半明半暗，不由得使人生出一种迷茫和欲望。

雷娃像一条游狗似的在街巷里游荡。吃喝嫖赌抽，样样都需要钱，近几天他兜里空空如也，想干啥都不成。他想偷想抢，可他有贼心没贼胆。他想跟人去借，可野滩镇的人都知道他的德性，没谁肯借给他。他只想着报了信抓住了周豁子能领到一大笔赏钱，可那个赏钱还没个准。他只能游狗似的大街小巷里游荡，想寻一根别人吃剩的骨头。

路过一家酒馆，酒肉的香味扑鼻而来。他吸着鼻子，口中的涎水禁不住流了出来。他感到有失体统，慌忙用手背抹去。其实，他家里也有米有面，可他懒得去做。他不喜欢吃米吃面，喜欢吃肉喝酒。他可以对不起亲娘老子，对不起亲娘舅，但不能对不住自个的嘴，对不住自个的肚子。

这时从酒馆走出来一个熟人。那熟人打着酒嗝跟雷娃打招呼："吃过了么？"

那熟人是个劁猪的，雷娃平日很有点看不起他。他不能在劁猪的面前倒了架子，挺着胸脯说："刚吃过。望月楼的带把肘子就是嫽，大料调和是地道的正宗货。"

"那是，好厨子一把盐，主厨的老李可是下大料调和的高手。下回去吃带把肘子可要把我叫上。"劁猪的冲雷娃怪模怪样地笑了一下，打着酒嗝走了。雷娃吞咽了一下涌到嘴边的口水，忍不住往酒馆里瞅。

忽然,一只大手抓住了雷娃的肩膀。那只手十分有力,雷娃感到肩膀生疼生疼的。他很恼火:“是谁个狗日的?”骂骂咧咧地回过头来,当下惊呆了,急忙赔上笑脸,“大锤哥,不不,彭大队长,我不知道是你……”

大锤没有恼,笑着脸说:“你站在门口瞅啥哩,想吃就往进走嘛。”

“我,我……”雷娃神情尴尬起来,“我”了半天没说出个字语来。

大锤笑道:“赏钱还没拿到手吧?往进走,我请客。”一把把雷娃推进了酒馆。

跑堂的迎了上来:“彭大队长,里边请。”

大锤问:“有雅座么?”

“有有有,楼上请!”

大锤带着雷娃上了楼,进了雅座。跑堂送上菜单让大锤点菜。大锤问雷娃:“想吃啥?”

雷娃受宠若惊,急忙说:“随便,随便。”

大锤指着菜单说:“那就上老碗鱼、黄焖鸡,再拣拿手的菜上几盘,把那陈年西凤抱上一坛来,今晚夕我和雷娃兄弟美美喝上几杯。”

“好嘞!”跑堂转身进了后厨。

片刻工夫,酒菜上齐了。雷娃望着满桌丰盛的酒菜惊喜异常,恍如梦中,禁不住嘴角流出了涎水,竟不知道动筷子。大锤瞅了他一眼,心里觉着好笑,嘴里说:“别卖瓷了,动筷子吧。”

雷娃抓起了筷子,迟疑了一下,问:“你请我吃喝?”

大锤笑道:“放心吃吧,不要你掏腰包。”

雷娃不再迟疑,动起了筷子,连吃带喝。大锤抽着烟,看着他吃喝,脸上挂着一丝狡黠的笑意。雷娃发现他没有动筷子,举着手中的鸡腿说:“你也、也吃。”

大锤拿起筷子,夹了一颗花生米,慢慢嚼着。雷娃吃了一个鸡腿,又喝了一杯酒,打了个嗝儿,用手背抹了一下嘴,伸手又撕下了另一只鸡腿。

大锤开言问道:“好吃么?”

“好吃。”

“好喝么?”

“好喝。”

“那就多吃点多喝点。”

雷娃点着头,又往嘴里灌了一杯酒。酒肉给他的冬瓜脸镀上了一层油光,也给他长了精神,他的舌头也恢复了往日的功能:“大锤哥,不不,我叫错了,彭大队长,在野滩镇,不,在渭北县我就服你一个人。你是咱渭北县头条好汉!”

大锤笑着又给他倒了一杯酒。他又一饮而尽,抹了一下下巴:“彭大队长,我想给你去背枪,你要我么?”

大锤笑道:“你是苏镇长身边的人,让你给我背枪那是拿檩条做椽子,大材小用了。”

雷娃的酒气上了眼,他的眼珠子发红了,摆着手说:“别这么说。我只是个跑腿的。镇里的人都骂我是苏镇长的一条狗,苏镇长也不拿我当人看。就说那天我去要赏钱吧,他当着县长的面骂我,让我滚。我肚里的气到现在都没撒。”他打了个酒嗝,又说,“他苏万山是个啥东西?一个老狐狸!我早就不想伺候他了。彭大队长，你是条好汉，我给你背枪那是周仓给关公扛大刀！我服你，我心甘情愿。”

“你真的想给我背枪？”

“真的想给你背枪。”

“那我问你个事，你可要说实话。”

“啥事？”雷娃一拍胸脯，“只要我知道，一定实话实说。”

“二杠找你买过大烟么？”大锤压低声音问。

“找过。”

“他和谁去找你的？”

“乔副官。”

“他俩没在野滩镇过夜？”

“没有，他们连夜赶回县城去。”雷娃忽然神秘兮兮地说，“他们是给严大队长买的黑货。你知道么，严大队长不光抽烟，也贩卖烟土哩。”

大锤不置可否，盯着雷娃的眼睛又问：“二杠那晚被人打死在河滩上，你知道么？”

“知道。不不，我不知道……”

“你当真不知道？”大锤的声音阴冷得怕人。

雷娃打了个哆嗦：“我当真不知道。我、我是后来才听人说的。”

大锤给嘴上续了一根烟，大口抽着，一双犀利的目光盯着雷娃。雷娃被他盯得心里发毛，酒也醒了一大半，惶然地垂下眼皮。

良久，大锤冷冷地说：“有人向我密报，说是你打死了二杠。”

雷娃急了眼：“哪个狗日的给我栽赃哩？大锤哥，不不，彭大队长，你是知道的，我只是个嘴把式，连枪都不会放，哪里敢打黑枪杀人呀。”

大锤冷笑道:“你没有打黑枪杀人的胆,可你有勾结土匪的本事哩。你不是勾结过土匪抢劫了你舅么?你就不会勾结土匪打死二杠?”

雷娃变颜失色,跺着脚痛心疾首地说:“我这回可是跳到黄河也洗不清了。是哪个狗日的给我栽赃哩?我日他八辈先人哩!”

“你这是骂谁哩?我看你是活颇烦了!”

“好我的大锤爷哩,二杠真不是我打死的。”雷娃的眼泪鼻涕都出来了。“我跟他无冤无仇的,打他的黑枪做啥哩嘛。再说了,我也没那个胆呀……”

“你把我叫老爷也不行。”大锤瞥了他一眼,说,“看在咱俩都是野滩镇人的分上,我跟你说句实话,是乔大年乔副官说你打死了二杠。”

雷娃一把揩掉脸上的鼻涕眼泪,咬牙切齿地骂道:“驴不日的乔大年倒咬起我来了。大锤哥,不,彭大队长,我说实话,二杠是乔大年打死的。”

大锤沉着脸说:“你可不敢乱咬人。”

“我不乱咬人。他打死二杠是我亲眼看见的。”

大锤给他倒了一杯酒:“你不会看走眼吧。”

“我咋能看走眼!”雷娃一仰面,把酒灌进了肚里。“那天他俩从我手中拿走了三百两烟土,可只给我了五十块大洋。那点钱连本钱都不够,二杠让我跟他们到县城去拿钱。二杠那熊脾气瞎得很,是个白眼狼,连他丈人爸都敢往死打,我算个球。我不敢跟他硬要。他俩走了,我心里瞀乱得不行,我不能做亏本的买卖呀。二杠让我跟他去县城拿钱,我就跟他上县城。乔副官那人面善好说话，到时候我跟他要钱。这么一想，我心里来了劲，就去撵他们。到了河滩天黑了。那天正好是十五，月亮很亮。我走得急，很快就追上了他俩。我刚想喊二杠等等我，就看见乔副官蹲下了身子，二杠问他弄啥呢，乔副官说鞋带松了，绑绑鞋带。二杠说天黑了你麻利点，又往前赶路。这时就听枪响了，吓得我蹲下身子大气都不敢出。只看见二杠转过头来，说了声，乔大年你打我的黑枪！乔大年说，二杠你别怨我，是严大队长要你的命。说着手中的枪又响了两下。二杠倒在地上不再吭声了。我吓得趴在地上头都不敢抬，我怕乔副官看见我把我也毙了。后来我听不见动静了，才爬起身来，乔大年已经没影了……"

大锤问："你把这事还给谁说了？"

"我没敢给谁说。今晚夕要不是你说乔大年那驴不日的胡咬我，我也不会给你说的。"

大锤说："这事不许再给任何人说。说出去你就没命了，知道么！"

"知道，知道。"雷娃鸡啄米般地点着头。少顷，他眼珠子转了转，说，"二杠还欠着我一百块大洋哩，不然的话我手头也不会这么紧。"

大锤从衣袋掏出一把银圆扔给了他。

第十六章

（五十四）

专署的庆功大会如期召开，司马亮和严智仁前去参加。原本大锤也应该去参加，可大锤说他闹肚子就不去了。参加庆功大会其实就是去吃庆功酒，坐在庆功宴席上老往茅厕跑也太大煞风景了，因此司马亮也没强勉大锤。

大锤躺在秋月的床上，双手枕在脑后，望着天花板出神。秋月偎在他身边，推了他一把，娇嗔道："你想啥哩？"

大锤醒过神来："没想啥。"

"没想啥你干吗不瞅睬我？"

大锤腾出手搂住了秋月的肩膀。秋月娇声道："你摸摸，你儿子在里边动哩。"

大锤摸着秋月高高鼓起的肚子，脸上泛起了喜色。

"在动吧？"

"在动哩。"

"你要当爹了，高兴吧。"

"高兴，她也怀上了。"

秋月在大锤额颅上戳了一指头:“你可真有本事,一下子种了两个种。”

大锤说:“你不高兴?”

秋月噘了一下嘴:“高兴。”

“高兴咋还噘嘴?”大锤在她夹肢窝挠了一把。秋月忍不住笑出了声,用拳头擂着大锤的胸脯:“你得了便宜还卖乖。”大锤把她搂在怀中,挠着她的痒痒肉,她笑得上气不接下气:“别,别,我要岔气了……”

笑闹了一阵,大锤坐起了身。

“你干啥去?”秋月问。

“我有点公事。”大锤穿上了鞋,“你好好歇着,将来好给我养个大胖小子。”

“万一是个女子呢?”

“不会的,我下的种都是儿子。”

“看把你能的。”

大锤笑呵呵地出了屋。他径直朝警察局走去。快到警察局门口时他站住了脚,掏出烟点着,抽了几口,折身朝自卫大队部走去。

来到大队部,大锤唤来冯大顺,在他耳边低语几句。冯大顺说:“大队长,你一个人行么?带上几个弟兄去吧。”

“你按我吩咐的去做,其他事你就不必操心了。”大锤把烟头掷在脚地,一脚踩灭,抬腿出了队部。

大锤走得不疾不徐,迎面有人跟他打招呼:“彭大队长,干啥去呀?”

大锤含笑答道:“没事,闲打浪哩。”

又有人打招呼:“彭大队长,进来喝壶茶吧。”

“刚喝过了,你消停着喝吧。”

一问一答间到了保安大队门口。平日里保安大队门口站着岗,可今日儿没有岗哨。周豁子的老窝被剿了,周豁子的脑袋被砍了,天下太平了。严智仁到专署去开庆功大会,临行时给保安大队放假三天以示奖励。因此,保安大队门口的岗哨也撤了。

大锤在保安大队门口站住了脚,左右瞅了瞅,嘴角挂上一丝冷笑,大步走了进去。他来到大队部,一伙团丁在打麻将,一个眼尖的团丁瞧见大锤,热情地打招呼:“彭大队长来了,找我们严大队长吧,他到专署开庆功会去了,有事你去找乔副官,他现在管事。”

“他人呢?”大锤问。

“刚才还在这儿哩。”那团丁环目四顾,不见乔大年的人影。“可能出去了,你等会儿吧。要不,你先玩会儿牌?”

大锤摆了一下手:“你玩你玩,我等等。”他背着手在门口转悠着。

这时乔大年哼着秦腔乱弹走了过来。他一眼瞧见了大锤,怔了一下,随即笑道:“彭大队长,啥风把你吹来了?”

大锤笑道:“我找你有点儿事。”

“我知道你是无事不登三宝殿。啥事? 说吧。”

大锤说:“这里不是说话的地方,咱俩出去说吧。”

乔大年笑了:“彭大队长有啥机密话在保安大队部不能说? 我不知道还有啥地方比这达更安全?”

大锤也笑了:“看来乔副官对我存着戒心哩。”

乔大年敛了笑:“常言说得好,防人之心不可无。人心险恶,不能不防。彭大队长有啥话请在这里讲吧。”他说着伸手按了按腰间的盒子枪。

大锤掏出香烟，抽出一支递了过去。乔大年没有接烟，一双眼睛警惕地看着大锤。大锤笑道："咋的，我的烟你也不抽？看来你为上次的事还记恨着我吧？"

乔大年不置可否。这时一个头目从办公室走了出来，乔大年喝道："王德胜，谁让把门口的岗哨撤了？赶紧站上去。年年防旱，夜夜防贼。这个理你懂不懂？"

王德胜嘟哝说："周豁子的廱都砍下来了，还防谁哩。"

乔大年沉着脸说："周豁子的廱是砍了，可还有刘豁子张豁子哩。再说了，到鹞子窝掏雀儿也不是没有的事。"

王德胜很不情愿地去找人上岗。

大锤把烟叼在嘴角，吸着，笑着说："乔副官真是治军有方，令人佩服。"说着朝前跨了一步。

乔大年看似随意地往后退了一步，跟大锤保持着一定的距离。他打第一眼瞧见大锤，就提高着警惕。大锤是夜猫子进宅，没有啥好事。他知道大锤的手段，心中对大锤又恨又怕，可他还是笑着脸跟大锤说话："彭大队长有话请讲，我洗耳恭听。"

"乔副官的老家在乾州大王镇吧？"

乔大年点点头。他疑惑了，不明白大锤问这个干啥。大锤见乔大年不上钩，心里着急，便想编个故事诱他上钩。

"我姑家也在大王镇，我有个表哥叫秦满囤，你知道吧？"

乔大年摇头："大王镇好几个村子哩，他是哪个村的？"

"杨村的。我表哥跟人打架打折了人家的胳膊，被保安大队的团丁抓起来了。我姑捎话来让我想法子把表哥救出来，我姑只有这么一个儿，这个忙我不能不帮。可我在乾州没朋友。思来想去就找你来了，你是乾州人，又在保安大队当副官，肯定在乾州有朋友。乔副官,这个忙你可不能不帮。”

原来大锤真是有事求他。乔大年松了口气,说:“不瞒你说,乾州那边我的朋友不少,乾州保安大队的李大队长跟我交情也不错,这事是小菜一碟,我给你摆平它。”

“那就太谢谢乔副官了。”大锤递过一根香烟。

乔大年接住了。大锤划着火柴给他点烟。他刚要吸烟时,侧目发现冯大顺带着一队人马冲进了大院,顿时大惊失色,手一哆嗦香烟掉在了脚地。

“王德胜!”乔大年大声叫道。

大锤早已瞧见了冯大顺,扔了手中的火柴,一把抓住了乔大年的衣领。乔大年又喊一声:“王德胜!”伸手要掏盒子枪,可大锤的手比他来得更快,抢先掏走了枪。

王德胜闻声带着两个团丁跑了过来,见此情景不知发生了什么事,呆呆站在一边发痴。乔大年被大锤扭着胳膊动弹不得,气得破口大骂:“瓷锤,还不快动手!”

王德胜和那两个团丁还是没醒过神来。这时冯大顺带着人马冲了过来,王德胜三人糊里糊涂就做了俘虏。

大锤命令道:“大顺,把保安大队人的枪全都下了!谁敢反抗就打死谁!”

“是!”冯大顺带着人马去执行命令。

乔大年跺着脚咬牙道:“彭大锤,你敢造反!”

大锤冷笑道:“乔副官,我不是造反。我是学着在鹞子窝掏一回雀儿。”

乔大年恨恨地说:“我咋就把你没防住哩。”连连跺脚。

（五十五）

大锤把乔大年带到自个的队部，派人去叫章一德赶紧来一趟。

章一德来到自卫大队部，大锤跷着二郎腿消消停停地在喝茶。他见大锤一脸喜色，便笑道：“彭大队长，有啥喜事叫我来分享？”

大锤笑道：“大喜事，我把乔大年抓起来咧。”

章一德一惊，忙问是怎么回事。大锤便把抓乔大年的经过说了一遍。章一德大惊失色：“你缴了保安大队的械？”

大锤说：“把他们的枪全缴了，不然的话会闹出乱子来的。”

章一德心里说，你已经闹出了乱子，这事也只有你彭大锤干得出来。他下意识地皱起了眉头，问道：“你事前给司马县长说过没有？”

大锤说：“上次你就是做事不密才把事办砸了。这回我给谁都没说，搞了个突然袭击。乔大年那家伙灵着哩，一直防着我。可狐狸再狡猾也斗不过好猎手，他到底还是落在了我手中。”

章一德忧心忡忡地说：“司马县长和严智仁回来了你咋交差？”

大锤胸有成竹地说：“这事我早已想好了。二杠是乔大年打死的，我已经有了人证。乔大年背后的指使人是严智仁，咱要撬开乔大年的嘴，让他老老实实地交代。到时候我就给司马县长好交差了。至于严智仁嘛，我看他的保安大队队长是当到头了。”

章一德大口吸烟，半天不吭声。大锤看了他一眼，说：“人是我抓的，枪是我缴的，你不用担心，出了啥事我全兜着。我叫你来，是要你帮我撬开乔大年的嘴。”

章一德暗自思忖，事已至此，只好如此了。如果能掏出乔大年的口供，拔出萝卜带出泥，那就啥事都摆平了。如果真的把严智仁扳倒了，保安大队队长的那把椅子他还想坐坐哩。想到这里，他心神安稳了，也来了精神，问大锤："人呢？"

大锤说："在后边押着哩。乔大年是条硬汉，他的嘴可不好往开撬。"

章一德诡笑道："彭大队长，你听没听过县长整治刀客的故事？"

大锤看着章一德，茫然地摇摇头。

章一德说道："乾隆年间有个刀客，武功十分了得。后来他被官府抓住了，知县拉他过大堂。他戴着脚镣手铐，见了知县立而不跪。衙役们打他打得都累了，他却连眉头都没皱一下，还笑着说，你们打累了就歇歇吧，让我也抽锅烟。知县就让人给他烟抽，却不给火。他顺手从火盆拿起一块木炭点火抽着了烟，那火红的木炭把他的皮肉烧得吱吱直响，大堂的人都看得目瞪口呆，可他却哈哈大笑。往后的日子，知县换了好几任，都拿他没办法。后来来了一位城府很深的知县。那刀客笑话新来的知县是个蔫老汉，更是满不在乎。那新来的知县却不着急，等到三伏天让人杀了一口大肥猪，取肉留皮，然后将刀客塞进去，把猪皮缝了，只露出刀客的头，拉到太阳处晒。片刻工夫苍蝇蚊子就爬满了猪皮，看不清刀客的头了。不到半天时间苍蝇蚊子就下满了蛆，那蛆直往刀客的鼻子眼睛嘴巴耳朵里钻，刀客就呼天喊地地求饶了。"

大锤听着，瘆出了一身的鸡皮疙瘩。

章一德讲完故事，阴鸷地一笑："我就不信他乔大年的嘴比那个刀客的嘴还硬。"

大锤说："那这事就交给你了。"

章一德很自信地说:“你就在一旁看西洋景吧。”

“带上来!”大锤喊了一嗓子。

两个自卫队队员把乔大年押了上来。乔大年挺着胸脯,看了章一德一眼,很不屑的样子。章一德见他如此桀骜不驯,肚里的火腾地就上来了,可他没有显露出来,皮笑肉不笑地说:“乔副官,这回你没想到吧?”

乔大年怒声质问道:“你们凭啥抓我?”

章一德说:“凭啥抓你你心里明白。”

“我不明白。”

章一德脸色一沉:“二杠是不是你打死的?”

乔大年道:“那天当着司马县长和严大队长的面已经把这事澄清了,二杠不是我打死的。”他把“严大队长”几个字说得特别重,显然是威胁章一德和大锤。

大锤坐在椅子上悠然地抽烟喝茶,一声不吭。他相信章一德今日儿有办法收拾乔大年,只是冷眼看西洋景。章一德走到乔大年面前,冷冷一笑:“乔副官,你看错了皇历,今日儿的日子不太吉利,严大队长去专署了。我估计三两天他回不来。”

严智仁去专署参加庆功会乔大年当然知道,三两天是回不来,可总是要回来的。严智仁回来了看你章一德坐不坐蜡。乔大年冷冷一笑,并无惧色。章一德又说:“乔副官是严大队长的红人,没有确凿证据我和彭大队长也不会走这步险棋。”

乔大年垂下了眼皮。

章一德提高了声音:“乔副官,我再问一遍,二杠是不是你打死的?”

乔大年冷眼看着章一德,硬邦邦地说:“章局长,我跟你往日无冤近日无仇,你做事可得留点后路。”

章一德不禁一怔。大锤开言道:“乔副官,章局长是饭吃大的,可不是吓大的。”

这句话不仅给章一德壮了胆,也把他激怒了。他咬牙道:“你别在我面前充大尾巴狼!你不过是一条狗,只是拴你的铁链子粗了些而已。”

乔大年青了脸。

章一德走近他的跟前,逼问:“二杠是不是你打死的?快说!”

乔大年呼呼喷着粗气,缄默不语。

“看来乔副官是不想开口了?”

乔大年气昂昂地说:“我无话可说。”

章一德冷笑一声:“乔副官的牙口硬得很么。你是敬酒不吃,那就别怨我章某人对你不客气。来人!”

跑过来一个自卫队队员:“章局长有啥吩咐?”

“拿纸来!”

那个自卫队队员麻利地拿来笔墨纸砚。章一德这才意识到这是大锤的队部,便吩咐道:“要麻纸,再打盆水。”

那队员懵了,不知章一德要麻纸和水做啥,站着发瓷。大锤说道:“执行章局长的命令。”

那队员醒过神来,急忙去照办。

少顷,麻纸和水送来了。众人都呆眼看着章一德,不知他要干啥。就连乔大年也丈二和尚摸不着头脑了。章一德冲乔大年嘿嘿一笑:“乔副官,我再问你一遍,二杠是不是你打死的?”

乔大年也冷笑道:“章一德,你想把我咋样?”

“我要你开口说实话!”

“你算个啥熊东西，我就不尿你！”

“牙先甭硬！把这狗日的给我按住了！”章一德喊了一嗓子。

几个壮汉过来把乔大年按倒在脚地。乔大年大声叫骂：“章一德，你狗日的敢跟我动刑！严大队长回来我让你狗日的认得狼是个麻的！”

“把他的胳膊腿给我按紧！”

四个壮汉按胳膊的按胳膊，压腿的压腿。乔大年拼命挣扎，却被按压得动弹不得，只是呼呼直喘粗气。章一德冷冷一笑，授意一个汉子把麻纸用水浸湿往乔大年脸上贴。一屋的人都十分好奇，围过来观看。湿麻纸贴在了乔大年的脸上，看不见乔大年的眉眼了，那麻纸随着乔大年急促的呼吸波浪似的起伏着。乔大年可能觉着憋气，在叫骂，但由于湿麻纸的阻隔，叫骂声变成了呜噜声。

“再贴！”章一德命令道。

又一张湿麻纸贴了上去。

乔大年拼命挣扎起来，头也仰了起来。

章一德冷着脸又喊了一嗓子：“把头摁住！”

一个汉子上前把乔大年的头摁住了。乔大年发出的呜噜声含混一片。

“再贴！”

又一张湿麻纸贴了上去。随后又贴了一张。乔大年的呜噜声听不见了，也不挣扎了，只看见胸脯和脸上的麻纸起伏得很疾。

大锤看出名堂了，在章一德耳边说：“会不会把他憋死？”

章一德阴鸷地一笑：“憋死人要贴七张麻纸，这才贴了四张。你放心，他死不了。”随即让把贴上去的麻纸揭掉。

乔大年的脸色涨得血红，大口喘着气。章一德俯下身，皮笑肉不笑地说："乔副官，感觉咋样？想不想说点啥？"

乔大年咬牙道："章一德，你狗日的真损！"

"不损由不得我么。咋样，说吧？"

乔大年啐了章一德一口："你狗日的打错算盘了！"

章一德抹了一把脸，狞笑道："今日儿我倒要看看是乔副官的牙硬，还是我的麻纸硬！"他猛地站起身，大声命令，"再贴！"

这次麻纸贴到了五张。

揭掉麻纸时，乔大年脸色已经乌青了，好半天才喘过气来。

"乔副官，还不想说吗？"章一德狞笑着问。

乔大年看了他一眼，没吭声。他没了先前桀骜不驯的神气，似乎皮球挨了一锥子。他完全尝到了麻纸的厉害，可他还不想服输，以沉默抵抗着对手。章一德耐不住性子了，猛地一挥手："再贴！"

这一次麻纸贴到了六张。章一德吸着烟一直在冷眼看着。大锤担心地说："别贴了，当心把他憋死了。把他憋死咱就没猴耍了。"

章一德吸着烟不吭声。他也真担心把乔大年憋死。这时就听压腿的壮汉嘟哝道："真臭！"

章一德和大锤的目光同时转了过去，只见乔大年的裤裆湿了一大片。乔大年拉在了裤裆。章一德急忙让揭掉麻纸。

麻纸揭掉了，几个壮汉也松开了手。乔大年脸色乌青，嘴角挂着一丝鲜血，双目紧闭，动也不动。章一德傻了眼，半晌，转脸去看大锤，大锤也拿眼看他。他稳了稳心神，弯腰伸手去探乔大年的鼻息。

俄顷，大锤问："死了？"

章一德摇头："还有气。"直起了腰。

大锤嘘了一口气。章一德拍了拍手,命令道:“浇醒他!”

一盆冷水劈头盖脸地泼了过去,乔大年全身打了个哆嗦,慢慢睁开了眼睛。他的眼珠子转了转,目光与章一德的目光撞在了一起。没等章一德开口,他开口了:“章局长,我跟你无冤无仇,你为啥出这损招逼命?”

章一德说:“别说这些没用的。我只问你一句话,说还是不说?”

乔大年不吭声了。章一德脸色一变:“乔副官,我看你是湿麻纸的味道还没尝够,那就再尝一遍!”

乔大年长叹一声:“我说……”

章一德面泛喜色,喊道:“扶乔副官坐下。”

两个壮汉把乔大年扶到椅子上坐下。

“笔墨伺候。”章一德大声喊。

大锤急忙唤一个通文墨的队员笔录口供。

乔大年喘息了一下,说:“我换一下裤子。”

大锤和章一德都嗅到了臭味,大锤对手下人说:“给乔副官换件衣服。”

时辰不大,乔大年换好了衣服,坐在椅子上。大锤道:“乔副官,这回该说了吧。”

乔大年说:“二杠是我打死的。”

章一德问:“你为啥要打死二杠?”

“我是执行严大队长的命令。”

“严大队长为啥要打死二杠?”

乔大年说:“给我口水喝。”

章一德招了招手,有人送上一杯水。乔大年喝了水,看了一眼大锤，说："这事要问彭大队长。"

大锤一怔，道："这里有我啥事？"

乔大年说："彭大队长是不是怀疑二杠是杀害王县长的凶手？还要抓他的活口？"

大锤点头说是。

"有人把这个消息给严大队长说了，严大队长坐卧不安。他把我叫去，让我秘密把二杠除掉。"

大锤佯装不解地问："二杠杀害了王县长，他理应逮捕二杠，可为啥要打死二杠？"

"二杠杀害王县长，严大队长是背后指使人。"

"你咋知道的？"

"杀害王县长是我和二杠一起去的。"

大锤和章一德相对一视，心中都惊诧不已。

章一德忽然又问："严大队长为啥要杀害王县长呢？"

乔大年说："严大队长私贩大烟，被王县长发现了。为了堵住王县长的口，严大队长把从曹老二手中缴获的一个宝物送给了王县长。"

"啥宝物？"

"金貔貅。"

"王县长收了宝物为啥还要杀他？"

"后来严大队长听说王县长要升副专员，心里惶恐得不行，怕王县长升了官不肯放过他，就让我和二杠对王县长下了手。"

章一德说："严大队长可真够毒的。"

乔大年苦笑道："他比不了你。你这一手才叫毒哩。我乔大年自信是条硬汉，可败在了你的麻纸上。"

章一德狞笑道:“让你见笑了。”

大锤冷不丁地问:“李秘书是不是也让你打了黑枪?”

乔大年道:“那是二杠干的。”

“他把李秘书的尸首扔在了哪达?”

“他没给我说,我也没问。”

大锤又问:“那天晚上刺杀司马县长的刺客是不是你?”

乔大年迟疑了一下,点点头:“严大队长见司马县长穷追不舍,就吩咐我伺机对司马县长下手。”

“你出了酒馆就去了县府?”

乔大年又点了一下头。

“你腿脚够麻利的,身手也不错。你知道么,能在我手中逃脱的人还没有,你是头一个。”

乔大年苦笑一声:“我不胜你,到头来还是没从你的手中逃脱。”

“可惜你这身本事了。”大锤在乔大年的肩膀上拍了一下。

乔大年眼里闪出一丝亮光:“彭大队长能不能网开一面,放我一条生路。我回家种地去,不再干这舞刀弄枪的事咧。”

大锤摇摇头。

乔大年眼里的亮光消失了,长叹一声:“唉,我伤了好几条人命,罪该当诛啊。”眼里有了泪水……

第十七章

（五十六）

专署的庆功大会开了三天，奖励了渭北县一辆小汽车。第四天上午，司马亮和严智仁坐着小汽车返回渭北县。

严智仁新换的贴身马弁坐在副座，严智仁和司马亮、同永顺坐在后排。严智仁嘴角叼着雪茄烟，一脸的兴奋。这次围剿周豁子他是得益最大者。周豁子在渭北县的野滩镇落网，擒获周豁子的彭大锤没有去参加庆功会，他作为渭北县的保安大队队长自然就是功臣了。联防司令部不仅嘉奖了他，还给了一笔丰厚的奖金。他不是见财不舍的人，那笔丰厚的奖金不但一分没留，还贴了不少腰包送给了联防司令。联防司令流露出要提拔他来司令部任职的意思，他大喜过望。现在坐在汽车上想到将来不久他就要升任联防副司令，忍不住就想乐。美中不足的是，专署奖励的这辆小汽车没有讲明是奖给县府的，还是奖给保安大队的。想到这里他往前上方的后视镜瞅了一眼，坐在身边的司马亮在闭目养神。他心里说，你娃娃还嫩了点，等把毛长全了再跟我争这小汽车吧。他弹了一下烟灰，对司机说："开快点！"似乎小汽车已经归他了。

司马亮坐在后边闭目假寐，心里却翻腾着。他是又喜又忧，喜的是周豁子在渭北县落了网，他不是功臣也是功臣了。专署的专员和副专员对他都刮目相看，说他年轻有为，来日方长。他在上司的夸赞中看到前途和希望。忧的是他看到严智仁更狂了，竟然把那笔丰厚的奖金私吞了，全然没把他这个县长放在眼里。他本想把这事捅到范专员那里，可又一想，此次围剿周豁子是联防司令部的事，严智仁很得张司令的赏识，风头正健。官场上的事很难琢磨，也许范专员和张司令穿着一条裤子，那就糟透了。要把严智仁扳倒，还需从长计议。正想着烦心的事，车子忽然剧烈地颠簸起来，他没留神，头磕在了车窗上。他睁开了眼睛，面露愠色。

同永顺也很恼火，斥责司机："开慢点！"

司机放慢了速度。没开出多远，严智仁又对司机说："开快点！"

司机又加快了速度。司马亮被颠得前倾了一下身子。他抓紧了椅背，强压住恼火说："严大队长，路不好走，还是开慢点吧。"

严智仁哈哈笑道："这点颠簸你都受不了。也难怪，你是读书出身，身子嫩。"随后对司机说："那就开慢点。"

速度便又放慢了。严智仁往后座瞥了一眼："司马县长，你的脸色不好呵。"

"我有点发困。"司马亮说着打了个哈欠做掩饰。

严智仁笑道："常言说得好，穷要精神富要稳，倒糟鬼出来光打盹。咱们这回露了个大脸，你发的哪门子困。"

"我是昨晚没睡好。"司马亮又闭上了眼睛。他不想理睬严智仁，也不愿看他那张狂傲的黑胖脸。

严智仁一脸的得意，哼起了秦腔乱弹：

有为王打坐在金銮宝殿

文臣武将分站两边……

正午时分,汽车开进了渭北县县城。司机问道:“严大队长,往哪达开?”

“大队部。”

司机转动方向盘,汽车开进了保安大队的大门。在大队部门前汽车停下了。严智仁下了车,举目环顾,偌大的院子空荡荡的,不见一个人影。他有点恼火了,嘟哝道:“狗日的都跑到哪达去咧?”随即大声叫喊:“乔副官!”

不见乔大年应声,大锤从大队部走了出来,身后跟着几个随从。大锤笑着脸说:“严大队长回来了。哦,还开着小汽车,威风得很么。”

严智仁愣着眼看大锤:“你!你咋在这达?乔副官呢?”

大锤笑道:“乔副官在里边呢,他等着你哩。”

严智仁刚想往里走,心中又疑惑起来,止住了脚,叫道:“大年你狗日的出来,跟我你还敢装爷哩。”

听不见乔大年应声,也不见乔大年出来。严智仁心中大惑,警惕地看着大锤:“你跟我耍的啥鬼把戏?”

大锤哈哈大笑起来。严智仁一怔,忽然发现大锤身后没有保安大队一个人,全是大锤的部下,而且手里握着枪。他大惊失色,情知出事了,伸手就要拔枪。但晚了一步,几个壮汉扑了过来,扭住了他的胳膊。他的马弁也被几个自卫队队员擒住了。

大锤走过来,掏走了他的枪,举在眼前看了看,赞道:“德国货,是把好枪!”插到了自己腰间。

严智仁被扭得动弹不得,气紫了脸,跺着脚骂道:“大锤你狗日的,敢跟我玩这一手!”

大锤冷笑道:“我不会玩,跟着你学手哩。”

司马亮没有下车,正想让司机送他去县府,却看见车外发生了意料不到的变故,惊出了一身的冷汗,不知所措了。大锤走过去拉开了车门,请司马亮下车。同永顺已持枪在手,黑着脸问:“彭大队长,你这是啥意思?”

大锤笑道:“你把枪收起来,我不会伤害司马县长的。”

司马亮不得不下车。他掏出手绢拭着额头的冷汗:“彭大队长,这到底是咋回事?”

“请司马县长到里边说话。”

司马亮无奈,只好硬着头皮往里走。忽然,严智仁冲着他大声喊叫:“司马县长,救救我!”

司马亮转过目光,只见严智仁棕熊似的身躯被两个壮汉扭成了一团。那两个壮汉身坯十分粗壮,使出了全身的力气降服对手,严智仁疼歪了脸,全然没了刚才在车上桀骜不驯的神气,只差哀号求饶了。

司马亮脸上显出嘲讽的笑意:“严大队长,识时务者为俊杰。我帮不上你的忙,你还是自救吧。你不要挣扎了,越挣扎遭的罪就越大。”

大锤也冷笑道:“严大队长,司马县长说的可是金玉良言,请你能采纳。”

严智仁咬牙切齿道:“我要到联防司令部去告你们!”

大锤阴冷地一笑:“那你就告去吧,我等着哩。”

司马亮进了大队部,看见章一德坐在椅子上大口抽烟,急问道:“章局长,这到底是咋回事?”

章一德说:“我比你早到了十分钟,也弄不清出了啥事。还是请彭大队长说说吧。”他虽然没有参与今天的事,可心中完全清楚是怎么回事,心中暗暗钦佩大锤做事果断,敢作敢为。但他为人狡诈,佯装什么也不知道。全推在大锤的身上。

大锤原打算在严智仁返回的途中抓捕他,但觉得那样干太费事,闹不好还抓不到活口。他没读过兵书,却懂得兵不厌诈,便布下了今天这个网笼。上次抓乔大年是在鹞子窝掏雀儿,今日儿抓严智仁是在老虎嘴里拔牙。只有这样干才能显出他的手段。他怕走漏风声,封锁了一切消息。他在外边设了许多暗哨,严智仁的汽车刚进渭北县县境,暗哨就报回了消息,他便把章一德叫了过来。他并不是要章一德做什么,只是要他做个见证,他彭大锤抓乔大年、严智仁是为民除害,下保安大队的枪是迫不得已,不是谋反。

大锤把诱雷娃口供抓乔大年,再到抓严智仁的经过详详细细给司马亮讲了一遍。司马亮又惊又喜:“原来如此,严智仁身为保安队大队长却贩卖烟土,暗杀政府官员,罪不可赦。”

章一德也感叹道:“没想他是这样一个人,真是知人知面不知心,画人画虎难画骨呵。”

司马亮又问:“可有口供?”

大锤说:“有。人犯都在押,司马县长可以再审。”

“好,好,好!”司马亮连声叫好。“彭大队长,你又立了一大功。我要为你请功哩。”

(五十七)

司马亮很快重审了这件案子,在铁证面前严智仁不得不低头认罪。审讯结果报到专署，事关王县长的命案，专署又报到了省府。张司令得到过严智仁不少好处，本想帮他说说话，却见事情已闹到了省府，避之唯恐不及，哪里还敢开口。省府的批文很快就下来了：就地枪决严智仁和乔大年。

严智仁和乔大年在县城西门外的荒草滩伏了法，全县都在传扬着大锤智擒严、乔二魔的传奇故事。传得远了也就走了样了，大锤不是大锤了，成了手执利剑为民除害的英雄侠客。

司马亮没有食言，报上呈文，一为大锤请功，二让大锤出任渭北县保安队大队长。批文下来了，嘉奖大锤的功劳，并给了一笔奖金，但没有说让大锤任渭北县保安队大队长。渭北县保安队大队长一职空缺，由县长司马亮兼任。

大锤的心情很郁闷。他很在乎保安队大队长这个位子。自卫队大队长算个啥官？是司马亮封的，上面根本不承认。保安队大队长才算是政府的官员。上面传来消息，保安队大队要改编成保安团，到那时大队长就成了团长了。当上团长可就真正光宗耀祖了。他认为渭北县保安队大队长这个位子非他莫属。可上峰却偏偏不让他坐那把交椅，他心里感到十分憋屈，整天窝在秋月的屋里喝闷酒。秋月瞧在眼里，急在心上，劝他回野滩镇散散心。时值送子菩萨庙会，野滩镇请了个戏班来热闹。大锤也想娘和麦草了，便回到了野滩镇。

野滩镇一年一度的送子菩萨庙会是十分热闹的，此地民众把送子菩萨又称为“送子娘娘”，家家户户都盼着人丁兴旺，因此对送子娘娘顶礼膜拜。每逢庙会，几十里外的乡亲都来赶庙会，给送子娘娘上香。

野滩镇充满了欢乐的节日气氛，大街小巷的店铺摆满了糖果糕点、苹果、梨、大枣……街上行人摩肩接踵，人人脸上溢满着笑。周豁子除了，严智仁毙了，没有哪个再敢来祸害野滩镇了，人们放心地来赶庙会，不必提心吊胆。戏楼下边更是人声鼎沸，中间是黑压压看戏的人群，四周摆满了各种小摊和小吃，扶老携幼的，呼朋唤友的，扯着嗓子叫卖的，乱哄哄的声音营造着一种喜庆气氛。长线辣子西凤酒，羊肉泡馍秦腔戏，秦人好的就是这调调。但凡有喜庆之事必请戏班前来助兴。野滩镇自然不能例外。

送子娘娘庙在戏楼的对面，庙里庙外挤满了善男信女，人人手端木盘，盘内置放着香火、黄表、蜡烛和供品。庙内大殿有十几个和尚盘腿而坐，双掌合十，高声诵经。钟鸣磬响，木鱼笃笃，香烟缭绕。善男信女们也都模仿和尚，席地而坐，却诵不了和尚们的经，便齐诵“南无阿弥陀佛”。

大锤来到庙前，本想进庙上炷香，却见庙里庙外拥挤得水泄不通，迟疑片刻，脚一拐，来到了旁边不远处的关帝庙。

野滩镇的男人们尚武，对武圣关云长关老爷最为崇拜。因此，野滩镇的关帝庙修盖得很气派，飞檐斗拱，雕梁画栋，是此地数一数二的宏伟建筑。可今日儿关帝庙的香火很是冷清，远不如毗邻的送子娘娘的香火旺盛。这也难怪，今日儿是送子娘娘的庙会嘛。

大锤进了庙门，庙内竟空无一人。神龛上的关云长正襟危坐，一身绿袍，丹凤眼、卧蚕眉，五绺长髯飘洒胸前，一手握拳置在右膝之上，一手按着腰间佩剑的剑柄，威风凛凛，气宇不凡。左边关平按剑侍立，右边周仓手扶青龙偃月刀，越发给关老爷添了几分威风。

大锤最敬仰崇拜的神灵就是关云长关老爷。打小他就听说书人讲过关老爷的故事，温酒斩华雄、过五关斩六将、千里走单骑、水淹七军擒于禁……关老爷文武双全，忠义盖世，无人能及，神人的形象早就在大锤心中生了根。他认为做人就要以关老爷为榜样，讲忠孝、讲信义。

大锤给关老爷上了三炷香，恭恭敬敬地磕了三个头。出了庙门，戏楼那边锣鼓弦索响得正紧火，把他的脚步吸引了过去。

大锤来到戏楼下，一阵锣鼓弦索声把鼎沸的人声压下去了。大幕徐徐拉开了，头场戏是《龙凤呈祥》，加演《斩单童》。

《斩单童》是出好戏，扮演单童的黑脸嗓音不错，唱得够味。大锤爱看这出戏。他把头上的礼帽往低拉了拉。野滩镇的熟人太多了，他不想让谁打扰他看戏。

台上的黑脸唱得气冲牛斗：

呼喊一声绑帐外
不由豪杰泪下来
小唐儿被某把胆吓坏
马踏五营谁敢来
敬德擒某某不怪
某可恼瓦岗众英才
想当年一个一个受过某的恩和爱
到今儿委曲求全该不该
单童一死心还在
二十年报仇某再来……

一出唱罢，台下一片喝彩之声。大锤也喊了一声："嫽！唱得嫽！"心中的郁闷之气一扫而光。

正戏开演了。大锤挤出了人群。他在摊上买了些娘爱吃的东西，又割了几斤肉，便回家去。

大锤娘眼睛看不见,麦草腆着大肚子,她们都没去看戏。婆媳俩坐在院子拉闲话。听见脚步声,麦草转过头来,惊喜地叫道:“你回来咧!”

“是大锤么?”大锤娘问。

“娘,是我。”大锤快步走上前拿出热腾腾的油糕和甑糕让娘吃,又递给麦草一个油糕:“你也吃吧。”

这是从没有过的事。麦草急忙接住油糕,咬了一口,一脸的欢笑。

吃了油糕、甑糕,大锤娘问儿子:“听麦草说,她也怀上了?”

大锤明白娘说的“她”是指秋月,心里一喜,以往娘都是把秋月叫“小妖精”,这回是“她”。这说明娘认可了秋月这个媳妇。上次回家他把秋月怀孕的事给麦草说了,麦草又说给了娘。现在娘问,他便说道:“怀上了。”

“几个月了?”

“七个月了,比麦草晚一个月。”

“谁照顾她哩?”

“我要给她请个人,她不让,说自个能照顾自个。”

“你把她带回来吧。我已经跟你麦囤嫂打过招呼了,让她这段时间过来勤点。她回到家也好有个照应。再说了,你整天在外,她一个窝在屋里闷得慌,回来我们娘仨说说笑笑,日子也好打发。”

大锤娘说的“麦囤嫂”是麦囤的媳妇,她会接生,方圆十村八堡的人都来请她。大锤没想到娘想得这么周到,心里顿觉热乎乎的,急忙答道:“娘,我明日儿就把她接回来。”

（五十八）

在娘的催促下，大锤返回县城去接秋月。

秋月以为听岔了耳朵："你说啥，你娘让你接我回野滩镇？你不会哄我吧。"

大锤笑道："我吃饱没事干，哄你做啥。"

秋月神情激动起来，眼里有了盈盈的泪光。

"你哭啥？"大锤不由一怔。

"你娘总算认我这个媳妇了……"秋月喃喃地说。

大锤笑着纠正："不是'你娘'，是咱娘。"

秋月抹了一把眼睛，笑道："是咱娘，是咱娘。"

"我说过，咱娘迟早会认你的，跟我回家吧。"大锤说。

"几时走？"

"现在就走，我已经雇好了马车，在门口等着哩。"

秋月翻箱倒柜地找起衣服来。她找出那袭红绸旗袍在身上比画，问大锤穿这件合适不。大锤笑道："太合适了，这旗袍就是为你定做的。"

秋月迟疑了一下，放下旗袍，又找了件碎花斜襟布衫穿上。大锤问她咋不穿旗袍。她抿嘴一笑："这旗袍太扎眼，我怕咱娘骂我是小妖精。"

大锤黯然地说："咱娘看不见……"

秋月怔了一下，说："我也怕她看着心里不高兴。"

大锤没有想到她想得这么周到，受了感动，把她拥在怀中，在她额头上亲了一下，动情地说："你真是个好女人……"

出了门，秋月又站住了脚，不放心地问："咱娘真的不会再骂我了吧？"

大锤笑道："再骂就是我骂，娘是不会再骂的。"

秋月咯咯笑着，打了大锤一下，上了马车。

正午时分他们回到野滩镇。马车停下了，大锤从车上跳了下来，搀扶秋月下了车，指着低矮的门楼说："到家了。"秋月望着低矮的门楼发呆。她虽说踏进过这个门槛一次，但由于当时心情很不好，没有细看过这门楼。可大锤曾无数次给她说过他的家，这个低矮的门楼和漆皮剥落的门扇也曾好多次走进她的梦里，此时目睹着它们，她感到既陌生又熟悉。她在县城的住处远比大锤这个家好，可她一直希望着能回到这个家。她心中十分明白，只有走进这个家她才能真正算是大锤的媳妇。现在愿望终于实现了，她却迟疑着不敢往进走。

"进家呀。"大锤催促道，推开了虚掩的街门。

秋月抬腿跷进了门槛。偌大的院子静悄悄地，几只母鸡在觅食，一只大红公鸡单腿独立，雄视着母鸡们，一副帝王的气派。脚步声惊动了那只公鸡，它转过头瞪着不速之客，发出了"咯咯咯"的惊叫声，扇起翅膀做出拼搏的架势。秋月冲它笑了笑，公鸡读懂了她的表情，见她没有敌意，叫声变得温和友好了，转身到母鸡群中寻欢作乐去了。

秋月环视着既陌生又熟悉的家院，百感交集。西边的窑洞有一架织布机，她走过去摸东又摸西，感到无比亲切，眼里竟有了泪光。忽然，她听见有脚步声，急忙抹了一把眼睛，出了窑。这时从东边的窑洞走出一个年轻的女人，身体健壮，腆着大肚子，讶然地看着秋月。秋月也呆眼注视着她。

在洒满秋阳的院子里，两个年轻的怀孕女人看着对方。她们都不吭声，都仔细地打量着对方。上次秋月回来时，麦草走亲戚去了。尽管她们从未谋过面，此时一句话也没说，但她们都知道对方是谁了。

大锤这时提着行李从外边进来，看见她们站在那里眼对眼发呆，便过来对秋月说："这是麦草。"转过脸又对麦草说："这是秋月。"

秋月这时醒过神来，略一迟疑，落落大方地叫了声："姐！"

麦草点了点头，一时竟不知该怎样称呼秋月，只是冲着秋月一个劲地笑。

这时从大窑里传出大锤娘的声音："麦草，是大锤回来了吧？"

麦草急忙回答："娘，是他回来了。"

"他把秋月接回来了么？"

"接回来了。"

"快让秋月进窑来。"

麦草便对秋月说："娘叫你进窑哩。"

秋月跟着麦草进了大窑。大锤娘端坐在炕上，满头银发，一双黑眼珠定定望着窑门口，脸上溢满着慈祥的笑意。秋月看着老人的眼珠下意识地有点惊慌，刚想垂下眼皮，却发现老人的黑眼珠没有焦点，这才醒悟到老人失明了，心里顿时生出一股怜爱之情。

麦草对娘说："娘，秋月回来咧。"

秋月叫了声："娘！"跪下了身子。

麦草说："娘，秋月给你磕头呢。"

大锤娘身子往前一倾，急忙说："别礼数了，你身子不轻省，快起来，快起来。"

麦草把秋月搀扶起来。

“过来，让娘看看。”大锤娘伸出了双手。上次秋月回来老人没理识她，这次今非昔比，老人对她另眼相待，她心里涌出一股融融的暖意。

秋月走到大锤娘跟前。大锤娘摸着她的头和脸，笑语盈盈：“好头发，瓜子脸，大眼睛，高鼻梁，樱桃口，是我彭家难得的俊媳妇，大锤的命好呵。”老人笑出了声。

秋月也含羞地笑了。大锤娘拉着秋月的手关切地说：“别站着，坐下说话吧。一路颠簸，好人都累日塌了，何况你是个双身子。”

秋月顺势坐在炕边。

“几个月了？”大锤娘问。

“七个月了。”秋月回答。

“你麦草姐比你早一个月。咱屋虽比不上县城，可究竟是自个的屋。金窝银窝比不上自家的土窝。你说是不？”

秋月说：“娘说得对。”

“以前都是娘不好，你别跟我这个老糊涂计较。”

“娘，别这么说，是我和大锤不好，惹您老生气了。”

正说着话，麦囤媳妇来了。她是随和人，也是个热闹人，一进门就跟秋月开玩笑：“这是秋月妹子吧，长得跟仙女似的，难怪我大锤兄弟把魂丢在了县城。”

秋月羞红了脸。大锤娘笑着对秋月介绍：“这是你二嫂，她接生的本事大得很，在咱野滩镇是数一数二的高手。”

秋月听大锤说过二嫂的本事，红着脸道：“拜托二嫂了。”

二嫂笑道：“就冲着你这句话，到时候二嫂也要叫我妹子少受点罪。”又看了麦草一眼，对大锤娘说：“三娘，我看麦草和秋月的样子十有八九都是球球娃。”

大锤娘笑道：“托你的吉言，咱老彭家这回是人丁兴旺了呵。”

这时大锤进了屋，笑道：“啥事说得这么高兴。”

二嫂说：“我们正说你哩。”

“说我啥哩？”

“说你本事大，让麦草和秋月都怀上了娃娃。”二嫂说着大笑起来。

一屋人都笑了。

第十八章

（五十九）

司马亮嘴角叼着烟，仰靠在椅背上，微闭双目。桌上的烟灰缸堆满了烟头和烟灰，一包烟已经空了，另一包刚刚拆封，烟盒旁边是专署送来的密函。

良久，司马亮坐起身，把烟头按灭在烟灰缸，又拿起了密函。这封密函他已经看了不下十遍，可他还逐字逐句仔细看了一遍。专署密令他秘密除掉彭大锤。这个密令出乎他的意料之外，但他沉思许久，觉得也在情理之中。

几天前，他去专署参加一个会议。会议结束后，范专员把他单独留了下来。他不知范专员留他有啥事，心里很是忐忑不安。他跟着范专员走进一间密室，越发感到惶恐。

自打抓住周豁子后，范专员对他赏识有加。此刻范专员却一脸的严肃，询问渭北县当前的治安情况。他说剿除了周豁子，灭掉了严智仁，没有了外匪侵入又消除了隐患，渭北县的治安情况空前良好，老百姓安居乐业。他还说下一步要彻底在野滩镇禁烟，把滩地全改良为水田，种上水稻，让老百姓真正过上安居乐业的日子。

范专员摆摆手打断他的话:“禁烟种水稻的事以后再说。今日我要问的是:渭北县的治安当真再没有隐患了么?”

司马亮不由一怔,听出范专员话中有话,可他实在不清楚渭北县的治安还存在着什么隐患,惶然地看着范专员。

“你是被胜利蒙住了眼睛,什么也看不见了。”范专员的声音严厉起来。

他赶紧站起身子来:“请专员明示。”

范专员冷着脸问道:“那个彭大锤现在担任什么职务?”

“自卫队大队长。”他疑惑地望着范专员。他呈文到专署,举荐大锤出任保安队大队长,呈文上写得明明白白、清清楚楚。难道范专员没有看到呈文?

范专员又问:“他是什么出身?”

“他开过镖局,是镖师。”

“什么是镖师?镖师就是刀客,刀客就是土匪。历朝历代刀客土匪都是官府缉捕打击的对象。他们就是社会的不安定因素。不把他们除掉就国无宁日,民无宁日。”范专员敲着桌子说,“让一个土匪去当自卫队大队长,真是匪夷所思!”

司马亮怔了一下,随即辩解道:“他当上了自卫队大队长才抓住了周豁子,又除了严智仁,破了杀王县长的血案。他是个难得的人才。”

“糊涂!”范专员拍了一下桌子,“我原以为你让他当自卫队大队长是利用他而已,没想到你倒十分地器重他,竟然要举荐他当保安队大队长。让一个土匪去当保安队大队长,简直就是让黄鼠狼去给鸡保平安嘛。”

司马亮斗着胆说:“专员,彭大锤真的不是土匪。再说了,他抓周豁子除严智仁也是有功之臣，我们是可以继续利用他为党国效力的。”

范专员说：“你就不怕他反了？”

他怔住了。他确实没想到过彭大锤会造反。

范专员又道：“周豁子临上囚车时彭大锤敬酒为他送行，可有此事？”

司马亮一怔，随即点点头。他在肚里嘀咕：是谁把这事告知了范专员？看来他身边有想拆他台的人哩。他心里不禁一寒。

“彭大锤给周豁子敬酒说明了什么？”

司马亮思忖一下，答道：“他们是惺惺惜惺惺。”

“又是糊涂！他们是臭味相投！”

司马亮喃喃道：“彭大锤真的是个忠勇之士，不可多得。”

范专员沉下脸道：“什么叫忠勇之士？什么叫不可多得？一个和土匪头子称兄道弟臭味相投的人你也敢用？真是糊涂！”

范专员又训斥道：“他虽说擒严智仁有功，可你想过没有，他事先跟你通过气没有？他先斩后奏，为所欲为，如此下去，如何了得！”

司马亮道：“他那样做是怕泄露机密。”

“你还替他辩解！”范专员敲了一下桌子，“他那是有叛逆谋反之嫌的！”

司马亮不敢吭声了。

少顷，范专员在他肩膀上拍了拍，语重心长地说：“司马，你年轻有为，来日方长。可你在官场历练还不够老到，在用人方面更是欠火候。跟你说实在话，有人告你，说你重用土匪做亲信，置党国利益于不顾。”

他感到脊背一阵发凉，额头也渗出了冷汗。

范专员忽然问道："听说你喜欢读《资治通鉴》？"

他点点头。

"读过《水浒传》么？"

"读过一遍。"

"有什么感受和见解？"

他想了想说："作者的文笔极其老到，全书充满着阳刚之气。"

范专员摇了一下头，说道："你只看了个皮毛，未解其中的深意。你回去再仔细认真读读《水浒传》，就知道渭北县下步棋该走哪一步了。"

临出密室时，范专员又道："司马，我是很看重你的，有心提携你。你下步棋走对了就会平步青云。"

回到渭北县，他饭都没顾上吃，立即找出《水浒传》来静心拜读。读到七十一回他都没读出什么名堂来。说实在话，后边的几十回他不喜欢读，可他还是硬着头皮往完读。读完全书，合上书本的那一刻他突然明白了范专员的用意，惊出了一身的冷汗。第二天专署就送来了密函，果然不出所料，专署密令他尽快除掉彭大锤，且要行事机密。

司马亮放下密函，长叹一声，自语道："飞鸟尽，良弓藏；狡兔死，走狗烹。可惜了大锤这条汉子了。"

他沉思良久，唤来同永顺，吩咐道："你去请章局长过来一下。"他想把这件棘手的事交给章一德去办。

同永顺转身刚要走，又被司马亮叫住了。他忽然想起，这些日子章一德很是鬼鬼祟祟，好像有啥事瞒着他。会不会是章一德向范专员告了他的状？防人之心不可无，还是小心为妙。想到这里他突然有了新的想法。略一思忖，他拿过密函让同永顺看。同永顺看罢大惊失色："专署咋的要杀害大锤？他可是有功之臣呵。"

司马亮道："范专员说他是土匪。"

"他是个镖客，不是土匪。"

"范专员说镖客就是刀客，刀客就是土匪。"

"就算他是土匪吧，可他归顺了政府，也就是政府的人了，而且还为政府立了大功，政府不奖也就罢了，咋地还要杀他？"

"他是受了招安，可他匪性能改么？他将来要造反了咋办？"

"他不会造反的。"

"万一他要造反呢？"

同永顺语塞了。

司马亮点燃一根烟，说："我原来的想法和你一样，范专员说我糊涂。我回来仔细想想，先前的想法的确是糊涂。你想想，我去专署开庆功会，大锤推病不去，缴了保安大队的械，捉了乔大年，后又擒了严智仁。这先斩后奏的事只有彭大锤干得出来，他把谁放在了眼里？"

同永顺说："他这么做是怕泄露机密，也是迫于无奈。"

司马亮摇头道："他原本是政府通缉的对象，肯定对政府心怀不满。现在他有了职位不会谋反，倘若有啥事不合他的心意，他会不会也缴了我的械？防人之心不可无啊。"

同永顺说："卸磨杀驴，这事也做得太绝了。"

司马亮道："范专员是为渭北县的长治久安着想。"

同永顺不吭声了。

司马亮又道："你看这事咋办才好？"

同永顺反问道："你想咋办？"

司马亮看着他的眼睛说:“我想听听你的意见。”

同永顺说:“大锤是条难得的汉子,杀了他让人心寒啊。我斗胆说一句,当初是你要他出任自卫队大队长,他鞍前马后为你干事,现在事干完了却要杀了他,让世人咋看你?”

司马亮半天不吭声,大口抽着烟。想当初,他满怀抱负去三边县,实想为国为民做些有益的事,一来可光宗耀祖,二来也好升迁。没想到一念之差收了贿银,落了个贪官的骂名,险些丢了头上的乌纱帽。来到渭北县他事事小心,唯恐再有个啥闪失。却流年不利,遇到多事之秋,步步都是坎坷,所幸得到大锤这员虎将,帮他渡过难关,前程有了希望。可上峰却要他除掉大锤,正如同永顺所说,这是卸磨杀驴,他于心何忍!同永顺提醒得好,他不必也不该去做这个恶人,卸磨杀驴不仅让世人唾骂,也令忠心事他的人寒心。再者说,大锤是个好汉子,这样的人死在他手中他良心难安。还有,大锤江湖上有许多朋友,他杀了大锤,大锤的那些朋友能不给大锤报仇?会不会也杀了他?想到此,他惊出一身的冷汗。

沉思良久,他有了主意,看了同永顺一眼,说:“我不想,也不愿去做恶人。可专署的命令咋能违抗?还有那范专员盯着这事。”

同永顺说:“能不能想个变通的法子……”

“啥变通的法子?你说说。”

同永顺思忖片刻,说:“能不能像严智仁和章一德那样,借颗人头李代桃僵?”

司马亮摇头道:“李代桃僵的主意是不错的,可上哪达找人头去?再说了,严、章二人那么干过一回,再干难免不泄露机密。”说着蹙起眉头,低头啜茶。

同永顺一时也想不出好的办法,在一旁干着急。

司马亮又道:“有人把大锤给周豁子敬酒送行的事捅了上去,还告我重用刀客土匪。你看这人会是谁呢?”

同永顺沉吟道:“姓严的死了,谁还敢和你作对?难道是大锤身边的人?”

司马亮摇头:“大锤身边的人都是血性汉子,不会干那龌龊事。”

“那会是谁?——会不会是章一德?”

“我想可能是他。他那人城府极深,藏而不露,严智仁死了,他一直觊觎着保安队大队长的位子哩。”

同永顺说:“把你扳倒了,他还想当县长哩。”

司马亮点头:“他在专署还有后台靠山,扳倒了我他就能坐上县长的位子。”

“你得防着他点。”

司马亮叹道:“有大锤在,十个章一德我也不怕。大锤是他的克星。没了大锤,我是防不胜防呵。”

同永顺深有同感地点点头。

俄顷,司马亮展开了眉头,扔了烟头,在同永顺耳边低语了几句。同永顺顿时面泛喜色,以拳击掌,连声说:“好主意!好主意!”

(六十)

大锤在家里待了几天,无所事事,只觉得心里十分瞀乱。他找出劈柴的斧头,把一个枯树根劈得木屑飞落满院。劈完柴他搓着双手在院里转来转去,神不守舍。秋月看他心神不安,就说他:“你这是咋了,转来转去的。”

大锤说："不知咋的，我心里瞀乱得很。"

这时麦草出了屋，秋月便说："我和麦草姐都守在你身边，还拴不住你的心？你还瞀乱啥哩？"

大锤说："我老觉得要出点啥事，想去县城看看。"

秋月说："你的功劳都让人家抢去了，还操那闲心干啥。"

大锤瞥了秋月一眼，有点不高兴。麦草这时开了腔："妹子，你让他去吧，他不是能在家里待得住的人，你就是能留得住他的人，也留不住他的心。"

秋月讶然地看着麦草，这时她才明白麦草比她更懂得大锤。半晌，她对大锤说："姐让你去你就去吧，没事早点回来，别让娘和我姐妹俩惦着。"

大锤望着面前两个腆着大肚子的女人，她们正看着他，眼里满含着深情、依赖、信任和期盼。他受了感动，心里只觉得暖洋洋的，眼里竟有了泪光。半晌，他抑制住自己的感情，用少有的柔情语气说："你俩相互照应着点，没事我明日儿就回来。"

大锤告别了娘、麦草和秋月，返回县城。出镇口时，迎面走来了雷娃。雷娃缠住他，要他带自己去县城："大锤哥，不，彭大队长，我给你背枪去（当卫兵）。"

大锤轻蔑地冷笑道："你给我背枪？我怕我睡着了你拿枪把我打了。"

"哪能呢？"雷娃还涎着脸拦住大锤的马头。大锤恼怒了，用马鞭在他手背上打了一下："让开！"

雷娃吃不住痛，闪到一旁。大锤打马扬长而去。雷娃看他走远，往地上啐了一口："狗日的狂啥哩，当心挨了黑枪！"

耳畔忽然有人问道："你骂谁哩？"

雷娃大吃一惊,急回首,是王山虎,他放心了,嘻嘻一笑。王山虎朝大道那边看了看,问:“是大锤吧?”

雷娃说:“不是他还能是谁。”

“他上哪里去了?”

“回县城去了。”

“你跟他说啥哩?”

“我想给他背枪……”

“他不要你?”

雷娃悻悻地说:“我还不去他妈的脚了。”

王山虎嘿嘿笑道:“你还骂他要挨黑枪。”

雷娃脸上变了颜色:“山虎叔,你可不敢胡说。”

王山虎哈哈大笑:“看把你吓的。”

雷娃掏出一根香烟递给王山虎,又打火给他点着。王山虎吸着烟,在他肩膀上拍了拍:“你骂得好,他狗日的要挨黑枪。”诡谲地一笑,转身走了……

(六十一)

大锤打马过了渭河,没走多远,只见一骑急驰而来,马背上的汉子伏着身子目不旁顾,连连加鞭,显然有什么急事。那马奔得疾速,看不清那汉子的面目,可大锤觉得那汉子的身影很熟,却一时想不起是谁。

大锤策马徐徐前行,脑子在想刚才那骑马的汉子是谁?他禁不住又回首张望,只见那汉子勒马回过头来朝他大声喊叫:“是彭大队长吗?”

大锤听清了声音，也看清了来人，急忙勒回马头："同大哥，是我！"

同永顺打马到了近前，大锤看他满头是汗，急忙问："出了啥事？"

"出了大事！"同永顺跳下了马。

"出了啥大事？"大锤也跳下了马。

同永顺举目四下张望，午后的河滩空荡荡的，水草随着阵风此起彼伏，宛如绿色的波涛，看不见一个人影，河那边摆渡的船只已回到了南岸。

大锤见同永顺神色慌张，情知出了严重的事，禁不住又问道："到底出了啥事？"

同永顺抹了一把汗，掏出一封书信递给大锤。大锤接过书信一看，是专署的密函，这不是他该看的东西。他疑惑地看着同永顺。

同永顺说："你看看吧。"

大锤掏出密函，仔细一看，脸色顿时大变，咬牙骂道："狗日的心真黑！"

同永顺道："他们这是卸磨杀驴哩。"

大锤忽然警觉地看着同永顺："你哪来的这密函？"

同永顺说："密函是专署发给县府的。"

"咋到了你的手里？"

"是司马县长让我送给你看的。"

"司马县长？他……"大锤心中有点疑惑。

"司马县长不想伤害你，也不愿伤害你。相处这么长的时间，司马县长说你是个真正的关中汉子。"

“这么说司马县长要放我一马了?”大锤盯着同永顺的眼睛问。

同永顺笑道:“难道彭大队长还不肯相信?”

大锤从同永顺的眼里看出了他们的确是真诚的,冲同永顺一拱手:“同大哥,多谢了。”

同永顺摆手道:“彭大队长不必客气。你仗义行侠令同某人十分敬佩。”又道,“现在形势危急,不知你欲何往?”

大锤咬牙切齿道:“我要去咸宁专署杀了那伙乌龟王八蛋!”

同永顺道:“彭大队长,专署那伙人对你早就有了防范之心,你万万不可鲁莽行事。”

“不杀了那伙乌龟王八蛋我怒火难平!”

“君子报仇,十年不晚。留得青山在,不怕没柴烧。现在正在风头上,你可不能往人家的枪口上撞。”

“依同大哥之言,我该咋办?”

“三十六计,走为上嘛。”同永顺说着取出一百块大洋递给大锤,“这点钱你带上做盘缠。”

大锤大为感动:“同大哥,我不知咋谢你才好……”

同永顺笑道:“你别谢我,这是司马县长给你的。”

大锤心里一热,动容地说:“请同大哥代我转谢司马县长。青山不改,绿水长流。往后我彭大锤只要不死,滴水之恩,定当涌泉相报。”说罢又是一揖,转身就要上马。

同永顺急忙问:“你上哪里去?”

大锤说:“我把钱送到家里去,明日去投江湖上的朋友。”

同永顺道:“彭大队长,据我所知,专署发的密函不止这一封。你赶紧走吧,免得夜长梦多。如果你相信我,我把钱送到府上去。”

大锤大喜过望,急忙深施一礼:“那就有劳同大哥了。”把钱给了同永顺。

同永顺说:“你留几块吧。”

大锤说:“我好对付。我这一走,不知猴年马月才能回来,我娘和两个媳妇还有两个没出世的娃娃就吃苦了。”说罢长叹一声,眼里有了泪光。

同永顺说:“彭大队长不必叹息,躲过这一劫再说。你的府上我会常去关照的。”说着从衣袋掏出几块银洋给大锤,“当作盘缠吧。”

大锤知道他也不宽裕,挡了回去,苦笑道:“同大哥,你也不易,今日儿你冒着天大的风险来给我报信,我不知咋谢你才好。”

同永顺有点儿不高兴了:“咋的,你嫌少?”

大锤急忙说:“看同大哥说的,我哪里还敢嫌少。”

“不嫌少,就拿上。”同永顺把银洋塞到了大锤手中,“穷家富路,出门在外不易,带点钱免得遭罪受难场。”

大锤动容地说:“那就太谢谢同大哥了。”

“别说这话了,咱们就此分手吧。”同永顺说着翻身上了马。

大锤也跳上马背。

“多保重!”

“你也多保重。”

“后会有期!”

“后会有期!”

没走出一箭之地,同永顺又打马追上大锤:“彭大队长,你打算去哪里落脚?”

“浪迹天涯,四海为家。”

同永顺摇头:“流落江湖不是长久之计,也会辱没了你的英名。”

“请同大哥给我指条明路。”

“你还记得刘永福么?”

“记得。他是你的表哥,上回冯大顺把他当作土匪探子抓了起来,是我看在你的脸上放了他。”

“我跟你说实话吧,他是共产党的人,现在在陕北刘志丹的队伍里当团长,你去投他吧。”

“他能收我么?”

“能的。上回你放了他,我独自跟他见过面,他夸你是条汉子,还要我叫上你去他们的队伍一块闯天下。司马县长待我不薄,不然的话我早就去投了他。”同永顺说罢,拱手告别,“彭大队长,一帆风顺!”

大锤拱手道:“同大哥,我不是啥大队长了,往后我就是你的兄弟了。”

同永顺很动感情地说:“兄弟,多保重!”

“大哥,你也多保重!”

(六十二)

二人分手,同永顺打马直奔渡口。大锤遥望着他上了船,这才扬鞭催马往西而行。北边是渭北县,南边是终南县,东边是咸宁专署;渭北和终南都归咸宁专署管辖,肯定都接到了杀他的密函。西边是西秦县,西秦归岐风专署管辖,且西秦县城有他一个把兄弟开镖局,他决定去投把兄弟暂且躲上几日,再去陕北投刘永福。

时值仲秋,河滩被各种植物涂染成一片墨绿。玉米和高粱长得跟竹林似的，间或夹杂着几块花生和红芋、大豆等作物，好似铺开的绿色地毯。西去的沙土道在“竹林”和“绿毯”中蜿蜒延伸。越往西行，沙土道越窄小。路两边疯长的水草甚至高过了人头，把沙土道夹成了一条深不可测的绿色“胡同”。“胡同”中空无人迹。太阳斜到西天，照耀着荒无人烟的野河滩。大锤骑着马踽踽独行。他心中翻江倒海似的翻腾着，很不是滋味。他想着自己独闯江湖，浪得了一个“鬼见愁”的绰号，也算风光了一场。可他不甘心今世今生只做个绿林豪杰，投靠了官府。他只想着拼着一腔热血，凭功劳挣来官帽，一来为民众做点好事，二来也好光宗耀祖。万万没料到他舍命为官府出力，擒了匪首周豁子，除了内奸严智仁，破了悬案，却落了个飞鸟尽，良弓藏，狡兔亡，走狗烹的下场。越思越想他越愤慨，心中燃烧着一股怒火。可这股怒火该向谁去发泄？他仰天长叹一声，吼起了秦腔：

呼喊一声绑帐外
不由豪杰泪下来
小唐儿被某把胆吓坏
马踏五营谁敢来……

忽然，草丛中飞起了几只水鸟，惊得大锤胯下的马腾起了前蹄，大锤急勒马缰，那马在空中旋了个圈，长嘶一声，落下了前蹄。大锤也吃了一惊，待他稳住神时，草丛中钻出一队警察，拦住了马头，举枪对准了他。他大吃一惊，闪目疾看，为首的是章一德。

“章局长，你在这达干啥？”大锤惊问。

章一德皮笑肉不笑地说：“彭大队长，你让我好等呵。”

“你等我干啥？”

“等你就是有事嘛。”

“啥事?”

章一德笑眯眯地说:“请你跟我走一趟。”

“去哪达?”大锤目光紧盯着章一德。

“咸宁专署?”

打看到章一德,大锤就明白了是咋回事,可他还是吃了一惊,伸手就掏腰里的盒子枪。章一德早他一步举起了枪,阴鸷地一笑:“彭大队长,我知道你的厉害。可我告诉你,你最好还是别动手,我这一队弟兄手中的家伙也都不是吃素的。”

大锤见此情景,不再贸然动手。他稳住神,佯装糊涂:“章局长,让我去咸宁专署干啥?”

章一德说道:“不知道,我只是奉命行事。”

“那咱们走吧。”大锤打马欲行。

章一德拦住马头,用枪指着大锤说:“彭大队长,请下马来。”

大锤道:“下马干啥? 我有关节炎的毛病,走不了远路。”

章一德笑了:“彭大队长,你我都是明白人,别说这没用的话了。你下马吧。”

大锤无奈,只好下了马:“章局长,我不明白犯了啥法,专署要你来抓我? 就是要我死,也得让我做个明白鬼呀。”

章一德说:“彭大队长,不瞒你说,我也不明白为啥要抓你,我只是执行命令罢了。”

其实章一德心明如镜。就是他把大锤和司马亮告到了专署。他很早就觊觎着保安队大队长的位子,只是严智仁在专署的根基太深,不好动摇。他似一匹贪婪的狼一直在等待着时机。他配合大锤终于置严智仁于死地,渭北县保安队大队长的位子空了下来,他只想着能戴上这顶乌纱帽。没想到司马亮举荐大锤当保安队大队长，他把司马亮恨得牙痒痒。后来上峰命令下来了，大锤也没戴上这顶乌纱帽，便宜让司马亮捡去了。气恼之时他想到司马亮在渭北县全仗着大锤，若把大锤除掉，司马亮也就没猴耍了，他也就有了出头之日。于是，他搜罗大锤的种种罪名，连带着司马亮一并告到了专署。最好把司马亮也能扳倒，他还想当渭北县的县长哩。让他惊喜的是，他这一步棋走得十分正确，司马亮被范专员训了一顿，还密令司马亮除掉大锤。同时他也接到专署联防司令部和专署警察局的密令，缉捕大锤，能抓活的就抓活的，抓不住活的就砍下头来。大锤回了野滩镇，他不敢去野滩镇缉捕大锤，心中十分犯难。忽然他想到了王山虎，那王山虎一直记恨大锤，何不让他做眼线盯住大锤呢？他当即派了一个伶俐的警丁换上便装去野滩镇和王山虎联系。果然不出所料，王山虎一拍即合。有了王山虎做眼线，大锤在野滩镇的一举一动都在他的掌握之中。今日儿大锤刚一出门就被盯梢的王山虎瞧见了。王山虎估计大锤要回县城，就急忙派了一个心腹伙计骑快马给章一德通风报信。章一德这几天带着人马一直在渭河北岸驻扎着，随时准备抓捕大锤。得到王山虎的密报，他眉头一皱，计上心来，便在河滩水草中设伏守株待兔，果然大锤自投了罗网。

大锤自思今日儿在劫难逃。忽然，他瞧见了王山虎，冷笑道："原来是你通风报的信。"

王山虎也嘿嘿一笑："大锤，我知道你比我歪（厉害），我明里斗不过你，只好出此下策。谁让你是我的仇人呢。"

大锤又冷笑一声："这么说你还是个站着尿尿的。"

王山虎说："你不用损我。我今日儿倒要看看你咋闯过这道鬼门关。"

大锤不再理睬王山虎，转脸对章一德说："章局长，你能不能放我一马？"

章一德笑道："彭大队长此言差矣，章某人是渭北县警察局局长，岂敢违抗上峰命令？再者说，倘若是彭大队长奉命抓捕章某人，会不会手下留情？我想恐怕未必吧。"

大锤无话可说。章一德一挥手，几个警丁冲上前就要捆绑大锤。大锤猛地喊了一嗓子："大顺，快上！"

所有的人都吃了一惊，知道"冯大顺"是大锤的得力助手，急回首张望。大锤趁他们一愣神之际，掣出了手枪，一抬手，冲到他跟前的几个警丁稀里糊涂地做了冥间客。

章一德也回头去看那个"大顺。"没瞧见人影他就知道坏事了，赶紧卧倒在地。枪声一响，他彻底明白过来，大喊一声："开枪！"

其他警丁惊醒过来，举枪应敌。大锤就地一滚，躲开了枪林弹雨，手一扬，又有两个警丁被打死了。

十几个警丁转眼之间只剩下了七八个了。又有两个警丁见势不妙，扔了枪撒腿就跑。章一德气得浑身筛糠，破口大骂："狗日的往哪达跑！"举枪打死了一个临阵脱逃者。

"往上冲，抓住彭大锤赏洋两百！"章一德扯着嗓子喊。

有两个爱钱的端起枪往上就冲。大锤换了个弹匣，扬手又是一梭子。那两个警丁都去阎罗殿领赏钱了。

"不要命的就过来吧！"大锤大声喊。

没人敢往上冲了。

大锤又喊："弟兄们，我跟你们往日无冤，近日无仇，你们为啥要替章一德卖命？"

章一德气急败坏地喊："弟兄们，别听他的。给我往上冲！抓住他有赏!"

警丁们都知道大锤的厉害,也领教了大锤的厉害,哪里还敢往上冲,趴在沙地上不敢动弹。

大锤又喊:"弟兄们,我彭大锤人称鬼见愁,可我从不伤害跟我无冤无仇的人。我不想打死你们,也不愿打死你们。你们都有父母兄弟姐妹,妻子儿女,你们忍心丢下他们吗?"

警丁们趴在地上面面相觑,少顷,其中一个扔下枪,喊道:"彭大队长,别开枪,我回家去咧!"起身走了。

其他警丁也都扔了枪,起身走了。章一德气红了眼,声嘶力竭地喊:"回来!都给我回来!不回来我就毙了你们!"

可此时谁还听他的。警丁们不但没回来,反而撒腿跑得更快了。章一德气得直跺脚,举手就要开枪。大锤腾身一跃,到了他的身边,用枪戳着他的太阳穴说:"章局长,让弟兄们走吧。"

章一德浑身一颤,垂下了手中的枪,悻悻地说:"我没想到今日儿能是这样一个结局。我只说在这里设埋伏能抓住你……唉,早知今日,何必当初,不说也罢。你给我一枪吧,让我死个痛快。"

"我不想打死你。"大锤收回了枪。

章一德惊诧地看着大锤,似有不信。

大锤道:"章局长,你我虽曾有仇隙,但我们之间不是私仇。今日儿你来抓捕我是奉了上峰的命令,我也不怪罪你。你走吧。"

章一德怔住了,以为自己没听清楚。大锤又说了一遍:"你走吧。"

"彭大队长果然是条好汉,令我钦佩不已。"章一德这回听清楚了,心里十分惊喜,冲大锤抱拳施礼,转身而去。

大锤看他走远,也准备上路,他扭头过来,却不见马匹。他打了声呼哨，那匹马倏忽跑到他面前，咴咴地叫着。他抓住马鬃，跃身上了马背，扬鞭打马，往西而去。

忽然，一群水鸟腾飞而起，紧接着是一声枪响，大锤一头从马背上栽了下来。这时就见章一德从草丛中钻了出来，手提着还冒着青烟的盒子枪，一脸得意的奸笑。

章一德来到大锤的跟前，只见大锤的脸被血浆了，连眉目都看不清了，他嘿嘿地笑了，踢了一下大锤的屁股说道："彭大队长，别怨我手黑，不打死你我没法交差。你到了阎王爷那里也别怨我，谁让你是个刀客哩。"弯下腰又道，"你吃饭的家伙我还得带回去，不然也不好交差。这回你可真要做个无头鬼了。"拔出匕首要取大锤的首级，回去交差领功。

突然，大锤一个鲤鱼打挺站起了身，吓得章一德瘫坐在地上。大锤是何等乖觉之人！刚才那群水鸟腾飞而起他就情知不妙，回头已来不及，他急忙侧了一下脑袋。这时枪响了，子弹贴着他耳根飞了过去，一股鲜血流了下来。他也是急中生智，佯装中弹栽下马背，倒地的瞬间，他顺势抹了一下受伤的耳根，把鲜血涂了一脸。果然章一德上当了。大锤一把揪住他的头发，愤然骂道："你这个不知好歹的熊东西！我饶你一命，你不报恩也就罢了，反而还要谋害我。不杀了你天理难容！"骂着夺了章一德手中的匕首，猛地一旋，割下了章一德的脑袋。

大锤转过身来，正要上马，忽然看见王山虎从草丛中钻了出来，惶惶如丧家之犬，急急如漏网之鱼。他大喊一声："站住！"

刚才王山虎躲藏在草丛中把一切都看在眼里。大锤的神勇完全把他吓傻了，两腿直发软。此刻大锤一声喝喊，他哪里还走得动，木橛似的戳在那儿。大锤走过去，冷笑道："别急着走，你看我闯得过这道鬼门关?”

王山虎急忙点了一下头。

“你服不服气?”

王山虎迭声说:“服气服气服气。”

大锤哈哈大笑。少顷,他敛住笑声,说:“你知罪么?”

“知罪知罪。”

“你想活么?”

“想活。”

“你还能活么?”大锤用枪指着王山虎的脑袋。

王山虎一眼就瞧见大锤那根断了的食指,闭上眼睛喃喃地说:“我不得活了。”

“你还算有点自知之明。”

王山虎忽然睁开眼睛,说:“大锤,我知道你是条好汉,我求你了,你给我留个全尸。”

大锤怔了一下,随后道:“想当年,你欺负我年幼,反被我打了一顿,你一直怀恨在心,伺机要报这个仇。后来你抓了二锤的奸,想扳倒我,也被我化解了。今日儿你的仇不但没报,反而落在了我手里。你说你不得活了,还算有自知之明。我现在打死你就跟捏死只蚂蚁一样。”

王山虎身子颤了一下。

“可我不想打死你。咱俩都是野滩镇人,虽说是两姓,你爹和我爹在世时都以兄弟相称。论起来你还是我的老哥。你打我,我打你,咱们这是窝里斗,兄弟相残。”大锤收起了枪,摆了一下手,“你走吧。”

王山虎痴呆呆地看着大锤,似乎没听清他的话。大锤又摆摆手:“你走吧,回去好好做你的生意。”

王山虎这才灵醒过来,冲大锤一抱拳:“大锤兄弟,多谢不杀之恩!”转身走人。走出两步,他又回转过身来,“兄弟,你是条好汉,我真心服你敬你。你快走吧,官兵不会放过你的。”又说,“婶子和两个弟妹我帮你照顾。”

大锤脸泛笑意,冲他拱拱手。

王山虎走了。走出老远,他回过头去,只见大锤远远地看着他,他朝大锤挥了挥手。大锤也朝他挥挥手。

大锤直到看不见王山虎,这才跨上马背,加了一鞭,那马长嘶一声,往西急驰而去……

第十九章

（六十三）

十八年后的一个春日，阳光明媚。

一辆吉普车驶进了野滩镇，引来了一街两行的目光。吉普车穿过镇街，径直朝白门窑开去，在一个低矮的门楼前停下了。

车门打开，下来了四个军人。为首的军人年龄在四十开外，高挑的个头，四方脸，剑眉星目，左眉梢有道很显眼的伤疤。其余三个都二十刚出头，是警卫员、秘书和司机。

中年军人驻足凝望着低矮的门楼，门楼被经年的风雨冲刷剥蚀得破旧不堪，那扇黑漆门也被岁月改变了颜色，失去了光泽，变成了灰色，默默地虚掩着。

秘书在一旁问："师长，是这个家吗？"

中年军人点点头，喃喃自语："十八年了，不知娘和她们咋样……"

少顷，中年军人推开虚掩的街门，偌大的院子空荡荡的，只有一群鸡在觅食，看见不速之客，鸡们都停止了觅食，警惕地望着。为首的大红公鸡发出敌意的"咯咯"叫声，支棱着翅膀做出拼搏的架势。中年军人看着眼前的情景，似乎回到了十八年前，情不自禁地叫了声："娘，我回来了！"

"盼盼，是你么？"声音未落，一个中年女人从厨房出来，扎着围裙，手里拿着擀面杖，看样子她正在做饭，她看见几位不速之客一下子就愣住了，半晌，问道："你们找谁？"

"秋月，是我呀！"中年军人神情十分激动。

女人一惊，痴痴地把他仔细看了半天，叫了声："我的你呀……"扔了擀面杖，扑进他的怀里，呜呜地哭。"我总算把你盼回来了……"

他鼻子直发酸，眼里涌出了泪花。好半晌，他抑制住激动的情绪，问秋月："咱娘和麦草呢？"

这一问，秋月哭声更大了。他的心紧缩了一下，摇着秋月的双肩："咱娘和麦草呢？"

"咱娘和麦草姐都……都殁了……"

他惊呆了。少顷，他疾步进了大窑，窑里没有母亲的身影，桌上供奉着母亲和麦草的牌位，那架母亲用过的纺车在炕头上孤零零地置放着。

"娘！……"他叫了一声，跪倒在母亲的牌位前，泪水再也禁不住，疾涌而出。

三位年轻的随从也都跪倒在地，黯然泪下。

良久，秋月把他搀扶起来。他拭去泪水，问秋月："咱娘和麦草是咋死的？"

秋月抹着泪说："你走后不久，同永顺送来了一百块大洋，说是你去口外办一个案子，走得急，让他把这些钱送回来。又说你一时半会儿回不来，家里有啥事就来找他。没过几天，镇里传出一片风声，说你让专署的联防司令部抓了起来，把头割了，罪名是通匪。

娘和我都不相信这是真的,想去县城和专署打探个究竟,可我和麦草姐都是双身子,走不了远路。没奈何,只好在家里盼着你能早点回来。又过了几天,那个王山虎到咱家来了,给娘买了好多东西,还送了几十块钱,说家里有啥难场事就来找他,别见外。他走后,娘很纳闷,说他和你有仇,今日儿又送东西又送钱的,真个是奇了怪了,莫不是你真个出了啥事?我心中也犯嘀咕,可还是安慰娘,说你命大造化大出不了啥事。官府几次都说把你的头割了,你不是好好的么。"

"再后不久,我早产了,生了个女娃,起名叫盼娣。隔了七天,麦草姐也临盆了。她是难产,麦囤嫂把该使的法子都使出来了,可就是生不出来。最后麦囤嫂说大人娃娃只能保一个。麦草姐就说别管她,把娃保住。麦囤嫂很犯难,问娘咋办。娘说,媳妇孙子她都要。麦草姐就哭喊:'二嫂你下手吧,说啥也得给老彭家留条根!'她那时认定你殁了,也认定她生的是男娃……后来,娃娃保住了,是个男娃。麦草姐临咽气时拉着我的手说:'妹子,娃就交给你了,你一定要把他抚养成人……'娘给娃起名叫盼盼,是盼着你能回家来……"秋月说到这里已哭成了泪人。

屋里的人都在抹泪。

沉默半晌,大锤忍悲问道:"后来呢?"

秋月拭泪道:"麦草姐下世不久,娘悲痛过度,再加上想你,病倒了。请了好几个大夫来诊脉,都说娘得的是心病,无药可医。不到一月娘就升天了……"

"咱娘没留下啥话?"

"咱娘说,秋月,大锤这回怕是真的不在人世了。你还年轻,带着一双儿女过日子不易,你就别苦熬了,找个男人过日子吧。稀

(俊)丑不说,只要心善就行……我没听娘的话,我盼着你回来。我知道你没死,迟早会回来的。”

大锤动情地把秋月的一双手握在他的大手里,哽咽地说:“让你受苦了……”

“苦不算个啥,老天没有亏我,我把你到底盼回来了。”秋月说着,破涕为笑了,随后问,“那年你上哪儿去了?”

大锤便对秋月说了这些年在外闯荡的历程……

那年大锤离开了野滩镇,去陕北投奔同永顺的表兄刘永福。是时,刘永福在红军队伍当团长,很高兴地收留他。后来红军改编成了八路军,开到太行山去打日本鬼子。大锤作战勇敢,先升排长,后升连长,再后又升营长。到打败日本鬼子时他已经是副团长了。再后打老蒋,把红旗插到南京总统府上时,他是师长了,再后来抗美援朝,他又带领全师去朝鲜参战。一个月前他刚从朝鲜回来,部队在休整待命,他趁此机会回家看看。十八年只在弹指间,他没想到母亲和麦草都已经不在人世了。

大锤和秋月都嗟叹不已。

大锤又问:“司马县长和同永顺呢?”

秋月说:“你走后第二年,司马县长调到陕南去了,听说当上了副专员,同永顺也跟他去了陕南。”

大锤说:“那年多亏他们救了我一命,也不知他们现在咋样了。”

秋月又说:“那个王山虎逢年过节来咱家送上几十块钱,我不收都不行。我问他是咋回事,他说都是乡里乡亲的,谁还不帮谁一把。”

大锤便把当年在渭河滩饶了王山虎一命的事说了说,夫妻俩又感叹了一番。

大锤忽然问："咱们的儿和女呢？"

秋月说："下地去了，现在也该回家了。"

正说着，门外响起一个银铃似的声音："娘，我们回来了。"话音未落，进来了一个俊俏的姑娘，身后跟着一个壮实的小伙。

大锤闪目细看，姑娘的模样酷似二十年前的秋月，小伙简直就像他年轻时的复制品。两个年轻人都讶然地看着窑里的客人，最后把询问的目光落在了母亲的身上。

秋月指着大锤说："盼娣，盼盼，这是你们的爹。"

姐弟俩都愕然地看着大锤。尽管母亲一直对他们说父亲没有死，可他们从别人嘴里得知父亲早已不在人世了，而且他们也认为父亲死了，怎么现在突然又冒出个爹来？

秋月喜极而泣："我说过你们的爹没有死，也不会死。他现在回来看你们来了。"

大锤上前摸摸女儿的头，又拍拍儿子的肩，笑道："你俩傻看我干啥，不想认我这个爹？"

姐弟俩嘴唇颤动了半响，叫了声："爹！"泪水都涌出了眼眶。

"哎！"大锤把一双儿女揽在怀中，鼻子一酸，泪水也夺眶而出……

午饭后小憩，大锤对秋月说："我去看看咱娘和麦草。"

秋月让盼娣姐弟俩准备好香火纸钱等祭品，随后一家人去坟茔地。坟茔地在镇东的土坡上。大锤娘和麦草的坟墓并排兀立在半坡上，坟头草色青青，四周开满了野花，花丛中蜂飞蝶舞，闹出一派盎然的春意。

秋月和一双儿女在两个坟头前摆上祭品，点燃香火纸钱。

“娘，麦草，我回来了！”大锤膝盖一软，跪倒在两堆坟前，早已泪水潸然……

化成灰烬的纸钱打着旋，直向天际飘飞，飘飞……

2005年4月——12月11日写于杨凌——西安

2006年7月——8月再改于杨凌

2009年4月三稿于杨凌家乐园

2010年5月四稿于杨凌家乐园

2014年9月修订

后　记

我的文化程度是高中，但生不逢时，中学六年，有五年是在“文化大革命”中度过的。中国人都知道“文化大革命”革了文化的命，上学实属闹着玩。因此，我的“高中文化程度”要大打折扣。这不能怨我不好好学习，实在是事出有因。

高中毕业后我顺应潮流，回乡务农。我的家乡在陕西关中杨凌，这是一块圣地，农神后稷曾在这里教民稼穑，树艺五谷。如今的杨凌已发展成为农科城，前景辉煌。这是后话，暂且不说。我家世世代代都以种田为生，我当农民一是命运使然，二也是子承父业，所以并不感到悲哀，亦无非分之想。但苍天却不垂怜我，21 岁那年惨遭不幸，双腿伤残，所历苦痛，在此不说也罢。

此后，我不甘坐以待毙，遂与文学结缘，读书如饥似渴，恶补不足。步入文路，四大古典名著是必读之书。《三国演义》《水浒传》是我最喜欢的读物；《红楼梦》虽居四大名著之首，但我不甚喜欢。不是不识货，而是性情使然。如同满汉全席是特等佳肴，但还有人不喜欢吃。关云长温酒斩华雄的雄傲之气，张翼德怒鞭督邮的威猛之气，赵子龙大战长坂坡的英武之气，梁山好汉风风火火闯九州、除暴安良、惩恶扬善的强梁壮举，读之令人击案叫好，陡生豪

情。宝哥哥林妹妹卿卿我我一片脂粉味，不对胃口，让人打不起精神。故而，当我拿起笔写小说时，难免受到罗、施二位老夫子的影响。再者，秦人自古多豪杰壮士，不用昂扬激越的文字难以状描出他们的刚烈和血性。

关中枭雄系列小说我已写了四部——(《兔儿岭》《马家寨》《卧牛岗》《最后的女匪》)，这是第五部。其实这部书写了一个关中镖客的命运，关中人把镖客叫刀客，刀客在官府的眼里也是土匪，因此，我把这部书也划归我的“关中枭雄”系列小说之中。

在那个年代，潼关以西、宝鸡以东，渭河两岸以及渭北高原经常出没一帮镖客，他们身上带有一种特殊的刀子，人们把这些镖客称为关中刀客。关中不出剑客，剑客文弱了些。关中汉子的脾气秉性是：生、冷、蹭、倔。他们自嘲为“关中冷娃”。关中冷娃爱耍刀，所以关中出刀客。刀客们在刀尖上讨生活，他们带的刀长约三尺，宽约两寸，好钢铁打造而成。他们三个一群五个一伙保私盐，保私茶，也保大户人家的千金、漂亮媳妇和金银珠宝，路见不平，便拔刀相助。遇到催粮要款的，他们眼睛向天，敞着胸脯，敢跟当兵的玩命。如今是火器时代，刀客与时俱进，不仅耍刀，更多的时候玩枪。刀客在官府的眼里也是土匪，是社会的不安定因素。因此，刀客永远是被缉捕的对象。但他们是真正的关中汉子，草莽英雄。

我的作品也许没有多高的思想水准，也许没有多大的政治价值，也许没有强烈的时代感，但我是用深情之笔饱蘸着激情的热血，来状描过去那个年代生存在这片黄土地上的关中汉子和关中女人以及秦风秦韵。我以朴素和宏阔的叙事驾驭，所图摹和展现的“关中枭雄”，不仅是一部“关中枭雄”的惊世传奇，更是一曲秦人的慷慨壮歌。我自信我的作品有弘扬中华民族传统美德的旨意，有益于世道人心。相信读者一定能从中看到这些的。

再者,我以为写小说就是作者与读者聊天,用陕西话说就是"谝闲传",不是与陌生人谝,而是和朋友谝。古今中外、天南海北、魔幻玄虚、志异怪味……啥都可以谝,但不可用教训人的口气,不要扮演教主的角色,谝者高兴,听者愉悦,如此而已。如果作者把自己的信仰和思想在聊天中能让读者欣赏,甚至愉快地接受,那就是高手。我一直在朝这个方向努力。

关于"关中枭雄"的传奇故事,在我的库存里还有好多,再写几部书是没啥问题的,而且我也写顺手了,轻车熟路,驾轻就熟。可思之再三,还是决定缓一缓,换一套笔墨,写写其他。一个厨师一辈子只会做一道拿手菜,即使这道菜做得再可口,这个厨师也未免平庸了些。我不甘平庸。可话又说回来了,我不会把库存的东西烂掉的,在适当的时间我要把它做成更美的佳肴,端上桌让大家品尝。

就此打住。

2010 年 5 月改竣

2014 年 9 月修订